JN137217

1
嘘吐きは勇者の始まり
偽物勇者に転生したけど
大好きなゲームの死亡ルートしかない
悲劇のヒロインを救い出す。
柴猫侍
ill ミユキルリア

一拍遅れて、意識を引き戻される。
すると、居た。
魔物を倒し、軽薄で、隙を見てはふざけて、
表情も窺い知れぬ鉄仮面を被って、
挙句の果てには勇者と嘯いた――
「『行けたら行く』っつったっけ？」

「悪い、ありゃ嘘だ」
とびっきりの嘘つきが。

まるで龍を彷彿とさせる水流は、
一滴すらも住民や石畳に触れさせぬよう毒液を巻き込み、沈黙する。
そしてそのままアイムとライアーを阻む
盾となる水壁を築き上げてみせた。
「ありがとう。助かった」
「当然のことをしたまでですわ」
「貴様ァ……聖堂騎士団長セパル!!」

ライアー
Liar
大人気ゲーム
『ギルティ・シン』の
「偽物勇者」に
転生してしまった男。
アータン
本来は『ギルティ・シン』の
どんなルートでも必ず死んでしまう
「悲劇のヒロイン」。
Aatan

Sepal
セパル
ライアーを信奉する
聖堂騎士団・海の乙女《シーレーン》
の団長。
Xan
ザン
聖堂騎士団・
海の乙女《シーレーン》の
副団長。毒舌気味。
Aym
アイム
アータンの育った
孤児院を運営する教会の
心優しき司祭。

A liar is the beginning
of a hero
After being reincarnated as a fake hero,
I'll rescue the tragic heroine doomed to the death route
in my favorite game.

嘘吐きは勇者の始まり

偽物勇者に転生したけど
大好きなゲームの死亡ルートしかない
悲劇のヒロインを救い出す。

1

柴猫侍

CONTENTS

A liar is the beginning of a hero

After being reincarnated as a fake hero,
I'll rescue the tragic heroine doomed to the death route
in my favorite game.

第一章

A liar is
the beginning
of a hero

1話

炎が揺れている。
あれは地獄の業火だ。全てを焼き尽くす、無慈悲な火刑の光。
夜なのに青く照らされる森は、まるでこの世の終わりの光景だった。
それを眺める二人の子供はひどく顔が青い。
単に蒼炎（そうえん）に照らされているから、だけではない。
「ま、魔王だ……」
あれはただの魔物ではない。
あれはただの魔人ではない。あれはただの悪魔ではない。
魔王。
全ての魔の頂点に君臨する超越者。
世界を滅ぼす、永劫（えいごう）の闇。
――早く逃げなければ。
そう思った時、不意に蒼炎の中に一つの人影が浮かんだ。
「勇者（ひと）はどこだ」
燃える世界を背負った存在は、そう告げる。
その時、片方の肩がビクリと跳ねた。もう一方の子供が目線だけ動かして見てみれば、

第一章

1話

片方の子供は顔中から滝のような汗を流していた。

そして、死人のような顔色でもあった。

何かを紡ごうとする口も、単にパクパクと開閉を繰り返すばかりで空気の一つも肺には運ばない。

「シラを切っても無駄だ」

——さもなければ、全員殺す。

焼けた声色に空気が震えた。

とうとう子供は全身の震えを隠せなくなり、その場に膝から崩れ落ちた。

すると、この場に居た全員の視線が崩れた子供へと集まる。

彼らは同じ村に住まう住人だった。毎日顔を合わせ、挨拶を交わし、困った時には助け合う——そんな温かな関係を持つ人間のはずだった。

だが、彼らは子供からじっと目を離さない。

この半生半死の状況の中、彼らは生き延びようとしていた。

恐怖に、そして、それにより呼び起こされる本能に従うように動いていた。

(なんで?)

崩れ落ちた子供は周囲を見渡す。

誰もかれもが自分から目を離さない。

(なんで?)

誰も自分を助けようとはしてくれない。

誰も自分を庇(かば)おうとはしてくれない。

(なんで？)

怯(おび)えた瞳に血管を浮かび上がらせ、ただひたすらに凝視し続ける。

その狂気染みた瞳の色に、子供は心底恐怖した。

(ああ――私は、ここで)死ぬのか。

そう思った時だ。

死の恐怖に直面して涙する友。

その姿を目の当たりにした子供は立ち上がらせる。

体ではない、〝心を〟だ。

奮える勇気を心に宿し、いざ一歩前へと勇み出ようとした。

「わ――」

「待たせたな」

「私、が……？」その時だ。

子供の声は遮られた。二人の子供を後ろへ下がらせるように押しのけた一人の存在によって。

「俺様が、その勇者とやらだ」

「……お前が？」

第一章

1話

「その通りだ」

意気揚々と前に出たのは一人の少年だろうか。鉄仮面(ヘルム)のせいで顔は分からない。

ただ腰に剣を佩(は)いた彼は、飄々(ひょうひょう)とした声音を紡ぎながら魔王の方へと歩み寄る。

「あんたが噂(うわさ)の魔王様か？」

「……そうだ」

「勇者がご所望らしいが、要件は？」

「――死んでもらう」

「――なるほど」

両者の声色が、一気に冷え込む。

全身が総毛立つ寒気が迸(ほとばし)る中、体が震えこそすれ、戦意を失わぬ鉄仮面(ヘルム)の少年は明後日(あさって)の方向を指さす。

「……なら、場所を変えようぜ。無関係の人間が死ぬのはお互い本意じゃねえだろ？」

「……いいだろう」

「ありがとう」

これから死地へと向かうにも拘(かか)わらず、鉄仮面(ヘルム)の少年は軽い口調で礼を告げた。

そのまま彼は魔王と共に誰も巻き込まぬ決戦場とも言うべき場所へと向かい、歩み始める――が、しかし。

「ま、待って！」

一人の子供が、勇者を名乗り出た少年のマントを摑んだ。

子供は目じりに大粒の涙を溜め、力の限り少年を引き留めようとする。

「行かないで……ッ！」

後ろで泣き崩れていた子供も同様に、慌てて立ち上がっては少年の手を摑む。

二人の子供に止められる少年は、鉄仮面の奥の瞳を困ったように細める。

しかし、どこか嬉しそうな色も滲んでいるのは、彼からしてもその二人が宝のように大切で愛おしい存在だからだろうか。

「――大丈夫」

少年は振り返り、二人の子供と向かい合う。

泣き腫らした子供の目じりから涙を拭った少年は、それからおどけたようにこう告げる。

「なんたって俺はプルガトリア一の勇者だからな。魔王なんてちょちょいのちょいで倒してきてやるよ」

「でも……！」

「なになに、信じられない？　ったく、俺がお前らに嘘吐いたことがあるか？」

「割と……」

「ぐうの音も出ねえ」

その受け答えに少年はケタケタと笑う。

「じゃあ質問を変えるぜ。俺がお前らを泣かせる嘘吐いたことあるか？」これに、二人の

✦ 第一章 ✦

1話

子供はしばし口を噤（つぐ）んだ。

それから少年の方を見てゆっくりと首を横に振った。

「そういうこった」

鉄仮面（ヘルム）の奥の瞳をへにゃりと歪（ゆが）め、少年は再び魔王の方へと向かう。

「俺は負けないよ。魔王倒して、カッコよく帰って来てやるから良（い）い子にして待ってろよ」少年は手を振りながら魔王の下へと向かう。

燃え盛る蒼炎の中へと消えていく後ろ姿を前に、二人の子供はその場から動けずに居た。

ただ見送るだけで、拳（こぶし）を握って立ち尽くすしかできなかった。

それから三日三晩、森を焼き尽くす災禍の炎と轟音（ごうおん）は絶えなかった。

四日目の朝だ。ようやく森に静寂が訪れる。

魔王の影は消え、村には平穏が取り戻された。逃げ出していた村人も流れる月日と共に帰ってきた。


ただ一人、あの日『勇者』と嘯（うそぶ）いた少年を除いて——。

罪無き少年を生贄（いけにえ）に捧（ささ）げ、多くの人間が生き永らえた。

それから既に五年の月日が経過していた。

＊＊＊

物語は嘘ばっかりだ。これは悲観ではない。

端的な事実だった。

物心がついた頃に故郷の村は魔王の手によって焼かれた。勇者（ひと）は来てくれなかった。

その時に両親は死んだ。双子の姉と私を庇ったからだ。

しかも、逃げる途中に双子の姉とはぐれてしまった。それが私の運の尽きだったのだろう。

必死に逃げた先で、私は一組の夫婦に拾われた。とうに顔も声も思い出せない――いいや、思い出したくもない人間だったことだけは鮮明に覚えている。

毎日が地獄だった。

夫婦には子供が一人居た。私はその子供の体のいい子分だった。

無理な命令を言い渡されては、出来なかったと暴力を振るわれる。

最初は抵抗した。けれど、それがいけなかった。反撃をされた子供がでっち上げた嘘を喚（わめ）けば、親が手を出してくる。当たり前の話だった。

（どうして、私だけ）

罵詈雑言（ばりぞうごん）を浴びせられるだけならまだマシで、少し口答えしようものなら生傷が一つ増

第一章

1話

えた。

まだ幼かった私は、拾われた恩義を盾に過酷な労働を強いられた。他の子供は違った。私が働いている傍で皆集まって遊んでいた。

(どうして、私だけ)

胸の中に暗い感情が生まれるまで、そう時間は掛からなかった。

毎日夜遅くまで働かせられ、クタクタになって帰れば冷えてボソボソになったパンと野菜クズが入ったスープだけが、食卓ではなく床に置かれていた。

時折、外を出歩いていると家の窓から食卓を囲む一家団欒の光景が目に入った。

(どうして、私だけ)

私は世界に祝福されていないのだろう。

当時、信心深くなかった私でさえそう思った。

そんな生活を続けて数か月経った頃だろうか。

ある教会の司祭を名乗る男性が家を訪れた。司祭を前に、親代わりであった夫婦は頭をペコペコ下げ数枚の金貨を受け取っていた。

すると、私の家は教会が面倒を看る孤児院へと移り変わった。

「いいですか、アータン。貴方は神に祝福されて生まれてきたのです。神は貴方の祈りをけっして見過ごしたりはしないでしょう」優しい声色だった。

その日、私は枯れ切っていたはずの涙を流した。

勇者は来てくれなかったけれど、救いの手は現れた。

司祭の優しい声と、頭を撫(な)でる温かな掌(てのひら)に心から安堵(あんど)したのだ。連れて行かれた先の教会では、私と同じ境遇の子供が大勢居た。姉の姿はなかったけれど、それでも歳(とし)の近い子供が居るだけで私にとっては心強かった。

孤児院での生活は、けっして楽ではない。

清貧を心掛けた教会での生活は、質素と呼ぶ他なかった。食事の前に長い祈りを捧げ、その間に冷え切ったパンとスープをゆっくりと食べる。以前よりは大分(だいぶ)マシになったけれど、ふいに故郷で食べていたシチューがどうしても恋しくなる。

それでも耐えられたのは、ひとえに友達(ともだち)が居たから。私だけが不幸じゃないと錯覚できていたから。

「はぁ……はぁ……はぁ……!!」

幻想は、打ち砕かれた。

ある日、司祭に呼び出された友達が居た。その友達とは『陰で野草を食べていたのがバレたかも……』と冗談を言い合ったことを鮮明に覚えている。

次の日からだった。

その友達の姿を見なくなった。

司祭は彼女の引き取り手が見つかったのだという。それは祝福すべきことだと皆に伝えていたけれど、私は違和感を覚えた。

第一章

1話

『お別れの言葉くらい言ってもいいのに……』

『ねー』

頷(うなず)いてくれた友達も、一か月後に姿を消した。

司祭は言う。彼女もまた、新天地に旅立ったのだと。

私は、その頃から強い不信感を抱くようになった。

そして、とうとう聞いてしまったのだ。

『次は……アータンが頃合いでしょう』

『ええ。他の者達では失敗しましたが、あの子には天賦の才がある……きっと〈洗礼〉も上手(うま)くいくでしょう』

『当然です。その為(ため)に長い時と安くない金を掛けたのですから』偶然聞こえてきた会話に脚はいつの間にか動いていた。

　正直、話している内容なんてちっとも理解できなかった。

ただ、唯一(ゆいいつ)分かったのはその〈洗礼〉のせいで友達が居なくなったのであろうということ。このまま教会に居続ければ明日にでも――いいや、明日を迎えない内に良くない出来事が起きる。

　そう思い至った時には、既に私は森の中を無我夢中で走り回っていた。

「はぁ……はぁ……!!」

「バウッ!!　バウッ!!」

「グルルルッ!!」

「来ないでッ……お願いだから……!!」

後ろから迫る足音と唸り声に急かされるように前へと走る。

身を守る道具なんて持っていない。着の身着のまま逃げ出したのだから当たり前だ。

行く当てもなく、それでもせめて身を隠せるようにと森に逃げ込んだのがそもそもの間違いだったのだろう。ロクな知恵も与えられず飼い慣らされてきた人間なぞ、森の獣にとっては格好の獲物だ。

「はぁ……はぁ……あぅ!?」

突如、足を締め付ける感覚にバランスを崩して転倒する。

木の根にでも躓いた？

しかし、それにしてはしっかりと足首を締め付ける感触だった。

（くくり罠……!?）

そうだ、森は何も動物や魔物の狩場ではない。

他ならぬ人間が日々の食料を確保するべく仕掛けた罠。それがこの時ばかりは人間に牙を剥いたのだ。

――ああ、こんな時も。

すぐ後ろから魔物の足音が迫る。

急いでくくり罠を外そうとするけれど、しっかりと足首を締め付ける縄はちょっとやそ

第一章

1話

っとでは解けそうにない。

そうして慌てれば慌てるほど手元は狂い、さらに魔物が迫る時間を与えてしまう。

魔法を使おうにも、とうに魔力は枯渇している。魔物を撃退することも、くくり罠を焼き切るだけの力も残されてはいない。

「……けて……」

か細い指で縄を解こうとする間、自然と声が溢れた。

「助けて……」

今までに何度も何度も心の中で唱えてきた言葉。

願ったところで御伽噺に出てくる勇者や英雄が来てくれたことはなかったけれど。

それでも、この時は口に出さずには居られなかった。

「助けて……！」

必死に声を搾り出す。

いつの間にか涙が零れ落ちていたのもあってか、声は酷く震えていた。

「助けて……!!」

魔物は背後まで迫っている。

血肉の味を思い出し、涎を滴らせる魔物の生温かな吐息は鮮明に聞こえていた。一刻の猶予もないのは明白だった。

その時、地面を蹴る音が鼓膜を打った。

標的へと飛び掛かる為の跳躍。

きっと瞼を開いた時、私は魔物の手に掛かっているであろう。

そんな今際の際になってまで御伽噺に縋っていた。

いつの時代の誰が書いたかも分からない法螺話。

いつも楽しそうに読み聞かせてくれる姉との思い出――――そこに出てくる勇者が来てくれるのではないかと。

「誰か……誰か助けてぇえええええ！！！」

私は、天に向けて祈った。

――――……。

――――…………。

――――……………。

いつまで経っても痛みは訪れない。

不可解に思った私は目を開いた。

「……え？」

そこに横たわっていたのは一つの屍。

とはいっても、自身を追いかけて来た魔物が倒れているだけだ。

遅れて地面に血の雨が降り注いだ。それが魔物の首の断面から噴き上がった血飛沫だと理解するには十秒ほどを要した。

第一章

1話

けれども、その間私が血の雨に打たれることはなかった。

マントだ。私の頭上を覆うくすんだ赤色は、すぐ隣に並ぶ何者かの手によって広げられていた。

（助、かった……？）

恐る恐る視線を横に向ければ、物々しい鉄仮面（ヘルム）が目に飛び込んだ。騎士が被（かぶ）るような頭部全体を覆うデザインの代物。対して、それ以外の装備は比較的軽装でまとまっている。

どこかチグハグな、それでいて顔だけを覆（おお）い隠す意図が見えなくもない出（い）で立（た）ちだ。

けれど、私には彼が救世主に見えた。

そうだ、それこそ御伽噺に出てくるような――。

「勇者……様……？」

「うん？」

若い声だった。

同時に焼けた鈍色（にびいろ）の鉄仮面（ヘルム）のスリットから瞳が覗（のぞ）く。

予想に反し、くりくりとした瞳だった。

そんな瞳でマジマジと見つめられるものだから、一抹の不安が胸を過（よぎ）る。

――もしもこの人が教会の手先だったら？

「お前、もしかして……」

バクンッ、と心臓が跳ねた。

「あ、あの……！

「――ギルシン史上最も不幸な悲劇の死を迎えたヒロインランキング一位!?」

「え？」

「あっ」

今、とても嫌な単語が聞こえた気がする。

ところどころ意味の分からない単語もあったが、そればかりははっきりと聞こえた。

「あの……私、死ぬ……？」

「……」

「……」

「……フッ」

次の瞬間、スリットから覗く眩（まばゆ）い笑顔と共にサムズアップが向けられた。

鉄仮面（ヘルム）をかぶった得体の知れない相手はこう言い放つ。

「死ぬなぁ～んて……ウ・ソ☆」

「嘘だ」

反射的に出てしまった言葉に、相手は慌てて手を振る。

「いやいやいや、嘘じゃないって」

「嘘だもん……顔が嘘って言ってる」

「じゃあ嘘じゃないじゃん。ん？　今の流れだと嘘になんのか？　あれ、どっち？」

「嘘が嘘」

「あ、そう？　いやいや、嘘じゃないって。ホントホント」

「私死ぬ方？」

「違う違う。そっちじゃなくて」

「嘘だぁ……」

「嘘じゃないって」

「嘘」

「嘘じゃない」

「嘘!!」

「嘘じゃなぁーい!!」

「嘘だ!!」

「嘘なんて嘘って言ってるでしょ、もぉ～!!　リピート・アフタ・ミー!!　『嘘じゃない!!』。さん、はいっ!!」

「嘘だぁ――!!」

「嘘だって!!　嘘嘘嘘嘘全部嘘ぉ――――!!」

「嘘嘘嘘嘘うるせぇ――――！！！　カワウソか、おめえらは！！！　獲物が逃げるだろうがぁ――――！！！」

第一章

1話

「「あ、はい」」

木陰から現れた猟師らしき人。

彼の怒号で私達の言い合いは強制終了した。

これが〈彼〉との出会い。

神なんかいない。

勇者なんかいない。

物語は嘘ばっかり。

そんな世界で出会った、嘘つきで偽物を名乗る勇者との物語の序章(プロローグ)である。

Tips1: 魔物

魔力を有する生き物の総称。広義には人間も一応魔物に分類されるが、基本的には人間以外の生き物を言う。

魔力とは自然界に存在する〈魔素〉より生成され、この魔素を体内に保有しているか否かが、ただの生物と魔物を区別する点となっている。

魔力を保有すること、それすなわち、魔力を用いた魔法を操れることを意味する。したがって魔物は、通常の生物が生きられぬ環境でさえ生き残ることを可能とした。

だが、あらゆる環境とそれに適応した魔物の跋扈は、時に理解の範疇を超えた謎の進化を彼らへもたらす結果となった。

噛み砕いて言えば、アホみたいな生態をした魔物でさえ生き残れてしまうのである。無駄にデカい声で叫ぶネズミ、尻尾にカカオ豆が生るネコ、筋トレに熱中するが余り餓死するクマ等々……。

あからさまに生存競争に無駄であろう生態でさえ、魔力を有した魔物であればこそ、そのデメリットを押して生き残ることを可能としている。

このように合理性という言葉に中指を立てて今日も生きる魔物だが、我が道を突き進む代償として、時にアホみたいな生態が裏目に出て命を落とすケースもしばしば。それ故に人間と共存する道を辿った魔物も少なくない。

ある時は人間と敵対し、ある時は人間と手を取り合う。

それがこの世界の魔物なのである

2話

——好きなゲームの世界を冒険してみたい。

こんなことを考えた経験、誰だって一度はあるだろう。

俺の場合、それは『ギルティ・シン』というゲームだった。

略して『ギルシン』と呼ばれるこのゲームタイトル、あろうことか記念すべき一作目が同人エロゲーだった代物だ。

しかし、同人エロゲーとしては破格の大ヒットをかましてシリーズ化せざるを得なくなったらしい。当時、まだ同人サークルであった企業『TSUMIKI（ツミキ）（通称・積木）』も、開発秘話として雑誌で語ったのは有名な話だ。

ジャンルはＲＰＧ。

よくある剣と魔法の世界で魔物と戦う王道ファンタジーである。

それだけ聞けばファンタジーという食傷気味のジャンルで埋（う）もれそうだが、ギルシンは常に最先端を突っ走っていた。

新たなナンバリングごとにおし出される、ゲームハードの容量ギリギリを攻めた美麗なグラフィックとシステム。

『罪（シン）』をテーマに厨二心（ちゅうにごころ）をくすぐる世界観。

起用した大御所イラストレーターによって出力されるキャラデザイン。

そして、何よりプレイヤーを引き付けたのは、シナリオ枚数原稿用紙数千枚にも及ぶシナリオライターの〈癖〉を隠さない重厚なストーリーだ。

ギルシン名物のシステムとの兼ね合いからマルチエンディング方式を採用している本シリーズだが、これが中々に厄介なシステムだった。

だって、捨てエンディングが無いんだもん！

あるルートで大して深掘りされなかったキャラクターが、別ルートで味のある魅力的なキャラクターになるなんてザラだ。

特定のルートでしかゲットできないアイテムやアーカイブも合わせて、収集要素をコンプリートしようと思うなら周回は大前提。それで新たなキャラの魅力に気づき、のめり込んでいく。

これこそがギルシンの沼。

俺もまたその沼に嵌まった一人だ。

ⅠからⅦまであるナンバリングと外伝はすべてクリア済。当然、収集要素もコンプリートしている。

漫画や小説といったメディアミックスは制覇し、バイトの初任給は好きなギルシンのキャラクターのフィギュアにつぎ込んだ。

そんな生粋のギルシンファンを自負する俺だが、如何に大大大好きなシリーズとは言え文句の一つや二つはある。

第一章

2話

「アータンに救いはないんですか？」

画面の向こうで死ぬ寸前のキャラクターを前に、俺は淡々と語りかけた。

当然向こう側から返ってくる言葉はなく、実姉にトドメを刺されたアータンというキャラクターは塵になりつつある手を伸ばしていた。

その先にはこの世の終わりを絵に描いたような表情を浮かべながら駆け寄る姉が居るが……。

『おねえ……ちゃん……』

『アータン……？　待って、消えないで……ッ!!』

『どうして……私、だけ……』

『!!』

『こんなことなら……生まれて、こなきゃ……幸せだったのに……』

『アータン!!』

実姉が手を摑むより早く、アータンの腕は完全に塵となって消えた。

うんうん。

そらお姉ちゃんも涙を流して慟哭しますわ。

「人の心とかないんですか？」俺もちょっと泣く。

いや、嘘。大分泣く。

このルート五週目だけどアホみたいに涙出てくる。

俺がプレイしているのは『ギルティ・シン外伝　悲嘆の贖罪者』。ギルシン初の外伝作であり問題作だ。

何が問題かって、どのルートも救いがない話が多い。

今までのナンバリングも後味が悪い話がなかったと言えば嘘になるが、それはあくまでプレイヤーの選択次第なところがある。

けど、この外伝作はそれを差し引いても救いがない話が多い！　多過ぎる！

たとえばたった今死んだキャラクターの『アータン』。黒髪触角ヘアーに緑色のインナーカラーと、エメラルドのような蛇目がクリクリと可愛らしい女の子である。ちんまりとした体格も相まって庇護欲を掻き立てる印象を与える彼女だが、ゲーム内ではこれでもかと不幸な目に遭わされる。

前菜！　魔王によって故郷を滅ぼされて家族が離散。

スープ！　避難した先で虐待紛いの暴力を振るわれる。

魚料理！　邪教集団に買われて長い間劣悪な環境で生活。

肉料理！　邪教集団から逃げた先でクズに拾われてしまう。

サラダ！　無理やり加担させられた悪事で大勢が死ぬ。

ドリンク！　好きになった勇者を姉に取られる。

主菜！　死。

デザート！　死亡後に見つけられる夢を書き記していた日記。

第一章

2話

人でなしのフルコースがよぉ……。

特にクズ――偽物の勇者に拾われたのがこの子の運の尽きだった。

恩着せがましい偽物勇者によって悪事に加担させられ、自分の意志とは裏腹に多くの罪を重ねていく。

その度にアータンは罪悪感に押し潰されて憔悴(しょうすい)していく訳だが、中盤で主人公パーティーの一人と双子である事実が判明する。

主人公の行く先で悪事を働く偽物勇者を撃破し、晴れてアータンは自由の身！　生き別れた姉の居る主人公のパーティーに加わる……のだが、そこで終わらないのがこの外伝である。

パーティーで行動を共にする中、アータンは双子の姉と自分の境遇をどうしても比べてしまう。

最初は小さな劣等感だった。

それがいつしか本人にも抑えきれない嫉妬の炎へと変わってしまう。

結果、悪堕(あくお)ちからのパーティー離脱。

いや、完全に自分の意志とかじゃないけどね？

心の弱みにつけ込まれた感じで悪魔になる訳だけど、結局最後の最後まで姉とは和解できずに自分の境遇を呪いながら遺体の一つも残さずに消えていく。

それがアータンというキャラクターだ。

もう一度言おう。

「人の心とかないいんですか？」

この人でなし！　とシナリオライターを心の中で呪ったことは一度や二度ではない。それほどまでにこのキャラクターには救いがない。

いつぞや公式で開催された『ギルティ・シン　不幸な悲劇の死を迎えたヒロインランキング』では堂々の一位を飾った。飾るな、そんなもん。

それほどまでにアータンというキャラクターのインパクトは凄まじかった。

前代未聞のパーティー離脱からの死亡というのもあるが、何より全ルートで死ぬ方がプレイヤーの間で話題となった。

今までの作品だといずれかのルートで死ぬキャラでも、別ルートであれば生存するというのがお約束だったからだ。

そのお約束を初めて破ったキャラこそ……最早語るまでもないだろう。

そう、アータンだ。破るな、そんなもん。

しかし、こんなかわいそかわいいキャラ造形が一部の変態紳士に受けたのか、人気はシリーズの中でも随一。同作の他ヒロインを差し置いてフィギュア化されるという偉業を達成している。

大人向けの薄い本では大概可哀そうな目に遭っているシチュエーションばかりというのが、このキャラクターを好む需要層を物語っていると言えよう。

2話

そして、竿役は彼女を奴隷同然にこき使った偽物の勇者。

ゲスでカスでクズで救いようのない小悪党の癖に、嘘八百で他人を騙して不幸を振り撒くある意味諸悪の根源。

――すなわち、俺の転生先のことだ。

神は死んだ。

両手の中指で十字切ってやろうか。なぁ〰〰〰〰〰んでよりにもよって新たな人生が、この偽物勇者なのかな!? 二十年ほど前、赤子に転生したばかりの頃に俺は男泣きした。

どうして俺がこいつを嫌っているのかというと、理由はたくさんある。

その中からある程度抜粋すると、
1、アータンの死の原因
2、アータン以外にも色んなキャラの不幸の原因
3、行く先々でトラブルを起こしてゲーム進行の邪魔になる
4、各地で勇者を騙るせいで本物の主人公が迷惑を受ける
5、散々ストレス溜められた上でのボス戦も、大して強くないせいですぐ終わる
まあ、こんなところである。

そんなせいでネットでは『なんでこんな奴を登場させた』とか『存在意義がない』とか散々罵倒されていた。公式も『元々そういうキャラとして作った』と弁明はしていたものの、発売直後は結構荒れていたものだ。

しかし、しばらく経てばむしろ弱いのを逆手に取ってワンターンキルやら最大ダメージ検証やらと、色々とプレイ動画が出ていた。幾度となく偽物勇者が消し炭にされる動画は、俺もよくストレスを解消するために観たものだ。いいサンドバッグなのだ、こいつは。

おお、神よ！　どうして俺をそんなキャラに転生させてくれやがったんですか⁉

最初の頃はそう絶望していたものだ。

けれども待てよ？　と、途中で気づく。

あれ？　俺、別に何もしなけりゃ良くね？

だって、偽物勇者一行の悲劇とか主人公らのトラブルって、大概偽物勇者が余計な真似をしたせいだ。

だったら俺が何もしなければ悲劇は起こらない。原作主人公も迷惑を被らず快適な冒険を続けられる。

俺はこの時、天啓を得た。

「じゃあ好きにギルシン世界を楽しむかぁ！」俺のテンションは天元突破した。

だって、小さい時からファンだったゲームの世界に転生できたのだ。男の子なら大概テンション上がっちゃうだろうて。

原作主人公の邪魔さえしなければ無問題。

それだけ心の片隅に置いて、俺は存分にギルシン世界を堪能することにした。

知ってる町ィ！

第一章

2話

知ってる人ォ！

知ってる建物ォ！

町を一つ巡るだけでもファンが興奮する要素は満載！

現実でも実際の土地をゲームのマップとして登場させるケースがあるだろうが、俺の場合、その逆だ。ゲームで散々見たマップが目の前に広がっている！

「た～～～のし～～～～～！！！」

ギルシンはストーリーに関わりさえしなければ、大体の設定は王道ＲＰＧと似通っている。

町にはギルドもあるし、依頼なんかも受けられる。それで得た報酬金を元手に装備を作ったりと、やれることはたくさんあった。

しかも、このギルシン……ファンタジーＲＰＧの例にもれず魔法も使える。

これればかりは人によって適性があるのだが、俺も知ってる魔法をちょっぴりだけ使えた。

それだけでもう絶頂ものだ。テンションが上がり過ぎて何度も魔法を使ったし、それで死にかけた。ウケる。

そんなこんなでギルシン世界をとことん堪能していた俺だが、依頼をどんどんこなしていく内にギルドにも顔が利くようになって依頼を斡旋されるようになった。

ゲームでも依頼をこなしていくと特別な依頼を受けられるようになるが、それの再現ともいうべきイベントに遭遇し、俺のテンションはうなぎ上り。

最近人が姿を消してる？　調査してほしい？　あー、あったねそんなん。いいよいいよ、俺やるからー！

二つ返事で依頼を承諾した俺は、とある村を訪ねた。

こういう類(たぐい)の事件に関わっている組織には心当たりがある。

俺はきっと『あいつらだろうなー』なんてのんきに考えつつ、村で出会った猟師のおじさんに護衛を頼まれて、調査ついでに狩場の森に同行した。へへっ、俺は新しい町に着いたら片っ端からサブクエストをこなさないと気が済まねぇ性質(たち)なんだ……！

お礼に捕まえた獲物のお肉を食べさせてくれるとの約束を取り付けながら森を歩いてると、どこかから悲鳴が聞こえた。

聞こえた悲鳴の下まで駆けつけると、女の子が魔物に襲われてるではないか。

あらら大変。そんなことを考えながら剣で魔物の首をスッパーン。俺もこの世界(プルガトリア)に慣れてきたもんだぜ。

舞い上がる血飛沫(ちしぶき)から女の子を守ったところでご対面。

フッ、大丈夫ですかお嬢さん……的な冗談を飛ばそうとしたんだが、目と目が合った瞬間に俺は固まってしまった。

緑色の目。

黒い髪に緑のインナーカラーの触角ヘア。

それの右側だけに巻かれたリボン。

2話

小ぢんまりとした体躯。

恰好こそ違うが、顔のパーツ一つ一つがとあるキャラクターと酷似していた。

うんうんなるほど。

「――ギルシン史上最も不幸な悲劇の死を迎えたヒロインランキング一位!?」

あっ、声に出ちゃった。

＊＊＊

舞台は森から一軒家へと移っていた。

質素な内装の部屋の中では、机を囲む三人の人間が居た。

「それじゃあ自己紹介といこうか」

鉄仮面の男が音頭を取る。

ビクリと少女の肩が跳ねるが、鉄仮面の男はあえて気づかないフリをしておどけた態度を続ける。

「このおっちゃんはここいらの森で細々と猟師やってるモンでさぁ」

「あれ、ワシの自己紹介奪われた?」

「俺はその護衛をしてたライアーだ。そういう訳でよろしく」

(どういう訳?)

初っ端（しょっぱな）のボケに、台所で飲み物を入れていた家主がツッコむ。いい反応だ。森で嘘嘘言い合っていた二人を黙らせただけはある。

　しかしながら、未（いま）だ少女の緊張が解けた様子は見られない。寧（むし）ろ困惑するばかりだ。

　ここは真面目（まじめ）に自己紹介を始めるべきだろう。

　場の空気がそう告げている。

「いわゆるギルド所属の冒険者って奴さ。この村にはここいらで増えた魔物の討伐に来てた」

「魔物……やっぱり増えてるんだ」

「まあな。さっきは猟の手伝いのついでだけどな」

　そこで偶然少女の悲鳴を聞きつけてやって来たというのが大まかな経緯だ。

「それにしてもお前は運が良（い）いな」

「え？」

「誰が言ったかプルガトリア一の勇者とは俺のこと！　魔物なんてちょちょいのちょいの三枚おろしよ」

「おぉ……！」

「ま、嘘なんだけど」「……」

　盛大な前振りと共に嘘を自認した鉄仮面（ヘルム）の男——ライアーは、これまたわざとらしくボウ・アンド・スクレープで少女に頭を下げて自己紹介を終える。

第一章

2話

対する少女は反応に困った様子で、机の方を向いたまま目も合わせず口を開く。

「アータンです……」

「アータンか。知ってる名前だな」

「えっ⁉」

あからさまにアータンが驚愕の面持ちを浮かべる。

それもそうだ。彼女は元々教会から逃げてきた身。それ以前は不特定多数の孤児の一人として育てられていたのだから、名前を知っている人間は限られてくる。

(もしかして、教会の――⁉)

「――俺の故郷に伝わる、頭にマラカスぶっ刺した妖精の名前が確かそんなんだった気がする」

「誰⁉」

「知らない？　幼子を泣き止ませるその道二十年の妖精なんだけどなぁ」

「たった二十年の伝説……⁉」

「『たった』とはなんだ、『たった』とは。この業界で二十年は大御所だぞ？」

「あ……ご、ごめんなさい」

「ただし年齢は一歳半だ」

「その道二十年じゃなかったの⁉」

嘘じゃん⁉　と愕然とするアータンに向け、ライアーは曇りなき眼を向けたままサムズアップする。

教会の追手でないと判明して杞憂(きゆう)で済んだ訳だが、別ベクトルで押し寄せてくる疲労に少女は溜め息(たいき)を漏らす。(私、こんな人に助けられたの……?)

自分が読み聞かされた御伽噺(おとぎばなし)に出てくる勇者(ひと)は、もっと勇敢で誠実な清廉な人物だったはずだ。

だが、いざ助けてくれた人間はどうだろう?

口を開けば二言目に嘘か真か分からない——否、十中八九嘘であろうホラを吹く嘘つきだ。それに鉄仮面(ヘルム)で顔を覆っていて素顔が見えない。怪しい。怪しすぎる。

(でも……)

意を決し、アータンはライアーの方へ振り向く。そして、

「助けてくれて……ありがとうございました」

「おう!　どういたしまして」

誠心誠意感謝の言葉を伝えれば、気さくな挨拶が返ってきた。

それにアータンはきょとんと眼を丸め、呆気(あっけ)に取られた顔でライアーをマジマジと見つめる。

「どした?」

「いや……また何か変なこと言うんじゃないかって……」

「俺の事ホラ吹き爺(じい)さんかなんかだと思ってる?」

第一章

2話

「そんなことは……いや……うん、ちょっと思った……」

「短絡的に他人を信用しない警戒心は大事だな」

（原因そっちなんだけどなぁ……）

嘘を吐いている印象を与えている自覚はある分、まだマシと言えるだろうか。そうしている間にも、自己紹介を奪われた猟師の男性は、コップをテーブルの上へと並べていく。

「それにしてもビックリしただぁ。まさか人間が罠に掛かるなんてなぁ」

「ご、ごめんなさい……」

「いやいや、謝ることはねぇだよ！　……と、おじさんが言いたげにしている」

「どうしてもワシに喋らせたくないんか？　いや、別にいいんだけども……」

「だってさ。良かったな」

「は、はぁ……？」

いい笑顔を浮かべるライアーに、アータンは釈然としないながらも相槌を返す。

その間に少女が考えていたのはこれからどうすべきか、その一点だ。着の身着のまま逃げ出してきたが、頼れる人間などいない。たまたま人に出会い村まで案内されはしたが、広い活動範囲を持つ教会が近隣の村を探さないなどあり得ない。

早々に村を出るべきだと理性が訴えている。

せめてギルドまで辿り着けば、教会で過ごす間に覚えた魔法で冒険者なり生計を立てる手段を見つけられるかもしれない。

しかし、何の用意もないまま村を出たところで、次の村に辿り着くまでもなく行き倒れる自分の姿は想像に難くなかった。

(せめて、一緒について来てくれる人が居れば……)

チラリと視線を向けた先には、たった今冒険者と名乗った男がコップに口をつけていた。鉄仮面(ヘルム)を着けたまま。

もう一度言おう、鉄仮面(ヘルム)を着けたままだ。

なのにちゃんとコップの中身はみるみるうちに減っていく。

どこから飲んでるの？　と疑問を抱いているのはアータンだけではなく、猟師も謎の原理で減っていく水を凝視している。

(…この人だけはちょっと)決心は早かった。

この人だけは、ない。

人を見る目に自信があるとは言えないアータンであったが、それでも眼前の鉄仮面(ヘルム)の男だけは選んではいけないと直感で理解した。

猶予は、恐らく残されていない。

決めるや否や、アータンはコップに注がれていた水を一気に飲み干した。

「あのっ！」

「おかわり？」

「あっ、いただきます……じゃなくって！」

第一章

2話

言っている間にも水はなみなみと注がれる。たっぷたぷだ。実に迷惑である。

これにはアータンも零さぬようにと細心の注意を払いながら、窄めた口で啜って水位を減らす。

そうして潤った喉と唇で彼女は続きの話を口にする。

「……えっと、ここから一番近いギルドがある町ってどこですか？　教えていただけると助かります……」

「なんだ、冒険者にでもなりたいのか？」

「えと……まあ、そんな感じというか……」

「冒険者は…………………………いいぞ」

「なんでそんなに溜めたんですか？」

無駄に長い溜めを挟んだ鉄仮面を前に気を取り直し、いざ本題へ――。「探しましたよ、アータン」

その瞬間だった。

不意に扉が開く音が鳴り響いた。

ただの生活音だ。にも関わらず、アータンはこの上なく悍ましい感覚を覚えた。誰も居るはずがない廃墟や墓地で聞こえてくる物音を恐ろしく思うように、少女はその声をここに居てはならない存在だと認識していた。

恐る恐る振り返れば――居た。

仰々しい装飾が施された司祭服とミトラを身に纏(まと)い、高位の聖職者しか持つことを許されぬ荘厳なバクルスを携える男。

眼鏡(めがね)をかけた優しい目元は微笑(ほほえ)んだ相手に柔らかな印象を与えるが、傍らに控える教団所属の騎士の存在も相まってどうしようもない威圧感へと様変わりしていた。金糸のように滑らかな長髪はそよ風に揺れ、煌(きら)びやかな反射光を輝かせる。

「ア……アイム司祭……！」

「突然居なくなったものだから心配しましたよ、アータン。一体どうしたというのです？」

「これは……！」

「違ぁ――――うっ！！！」

『っ⁉』

突如、一人の男が大声を上げる。

空になったコップに水を注ぎ終わったライアーだ。突然声を荒げた彼は玄関まで……もとい、アイムと騎士の下までズンズン迫っていく。

あっという間に距離は詰められ、ライアーとアイムは鼻先が触れ合う距離感で睨(にら)み合(あ)う形と相成った。

「ええと、どちら様ですか？」

「初めまして、家主じゃない人間です」

第一章

2話

「そうですか。では、少しお待ちいただけないでしょうか？　この子は私達にとって大切な――」

「断る。てめえらみてえなお宅訪問の礼儀もなっちゃいない野郎はな」

「は？」

次の瞬間、面食らったアイムの表情は静かに閉じられる扉と共に消えていった。

「……え」二人部屋に取り残されたアータンと猟師が呆然とする間、扉越しに話し声が聞こえてくる。

『いいか？　まずは扉をノックする。それで家の人が出てきたらこう言うんだ。「あなたは今幸せですか？」って』

『いや……なんなんですか、それ？』

『俺の故郷で有名な宗教勧誘の謳い文句だ』

『別に宗教勧誘に来た訳じゃないのですが……』

『まあまあ、とりあえずやってみろ。話はそれからだ』再び扉が開かれるとライアーだけが部屋に入ってくる。

それから躊躇するような間を置いてから扉をノックする音が響いた。

『す、すみません……』

演技を恥じらうような声音だった。

それを聞いたライアーはと言えば、なぜか腰を低くして恐る恐る扉を開く。異様におどおどとした態度だった。

「……なんです？」

「え～……あなたは今幸せでしょうか？」

「いや……うち、そういうの興味ないんで……」

「え？」

「じゃあ」キィ……。

パタンッ。

ガチャ。

（今鍵掛けた？）

再び外と隔絶された部屋の中、アータンは確かに彼が戸締りする姿を垣間見た。

しばし信じられない光景に呆気に取られていると、玄関近くの窓からそっと覗き込んでくる司祭と騎士の姿もあった。やはり彼らも信じられないものを見る目を鉄仮面の変態に向けていた。

「――よし、さっきの話の続きするか」

「このまま⁉」

「近場のギルドだったっけか？　へへっ、安心しな。それなら俺が知ってる」

「散々レクチャーしてやらせた上で追い出したよね⁉　すっごい外から見られてるよ⁉」

「お前の心の弱さが見せる幻覚だ。心を強く持て」

第一章

2話

「これを幻覚と見なすのはただの図太い人だよ!?」

『開けなさぁ――――いッ!!』

「ほら、怒ってる!!　あああ、今開けます!!」

「……」

（えっ、なんでドアノブにロープ掛けた？）

『まったく、一体どういう教育を……ぶふぅー！！？』

「神父様ぁ――――ッ！！？」二度目の悲劇。

ロープのせいで半開きが限界だった扉に、まんまと司祭が激突したのだった。

護衛の騎士から『アイム様ぁー！！？』や『は、鼻血が！！？』と悲鳴が上がった辺り、割と強めに顔面を打ち付けたらしい。

「なんて、なんていうことをッ！！？　無用な犠牲が！！？」

「玄関で知らない人間と応対する時はドアチェーンぐらいかけるだろ？」

「常識を語らないで！！！　その面で！！！」

強めに怒られ、ライアーは部屋の隅で膝を抱いて泣き始めた。自業自得である。

その間、『やっぱりこいつだけはない』と考えを固めるアータンは、一先(ひとま)ずドアノブに掛けられたロープを取り外すのだった。

「フフッ、ユニークな方だ。まるで王都の漫談家のようですねぇ」

ニコニコと笑顔を絶やさない司祭だが、仄(ほの)かに青筋がピクピクと隆起している。

ズレる眼鏡の位置を直し、なんとか平静を取り繕いながらライアーの方を向く。というより睨みつける。隠し切れぬ眼光の鋭さから、アータンや猟師の男性は有無も言えなくなった。

「ですが、漫談ならまた今度の機会に……」

「遠慮しないでいいっすよ。まだ行けます、やらせてください」

「遠慮しておきます」

食い気味に断られてしょんぼり鉄仮面(ヘルム)は、どうしてか鉄仮面(ヘルム)越しでも見える眉尻を下げ、少女の隣へと戻ってきた。

「断られちゃった」

(だろうね……)

今この瞬間、アータンは完全に司祭側だった。

自分の立場だったとしても、こんなふざけた人を育てた両親には会いたくない――いいや、やっぱりちょっとだけ気になる。親の顔が見てみたい。

「アータン」

しかし、現実逃避染みた少女の思考は司祭の声で中断させられる。

恐る恐る伏せた目を上げれば、そこにはにこやかに微笑む司祭の顔があった。人が良い印象を与える柔和な笑みであるが、それでも背筋を這(は)う冷たい感触は拭えない――動けない。

第一章

2話

それこそ蛇に睨(にら)まれた蛙(かえる)の如(ごと)く。

微笑みで細められた目から覗(のぞ)く視線に気づいてしまえば、全身を二股に分かれた舌で舐(ねぶ)られるような錯覚に陥った。

その瞬間、脳裏に過(よぎ)るのは逃げ出す直前の会話。

『次は……アータンが頃合いでしょう』『他の者達では失敗しましたが』

──『きっと〈洗礼〉も上手(うま)くいくでしょう』

──『その為(ため)に長い時と安くない金を掛けたのですから』

不明瞭であったが、穏やかな内容であるとは到底思えなかった。

だからこそ本能的に逃げ出したというのに、奴はすぐ自分の下までやって来た。

「っ……！」

「いったいどうしたというのです？　何も告げずに出ていくなんて貴方(あなた)らしくもない……」

「はい……」

「貴方が居なくなって孤児院の者達も心配していますよ」

穏やかな声音も、今となっては全てが不穏に聞こえてしまう。

これが思い違いで済んでしまえば、どれだけいいだろうか。

居なくなった友達も、司祭の会話も。

全部が全部、自分の妄想の産物であるならば笑い話で済むだろうに。

「さあ、皆の下へ帰りましょう」

けれど。けれど、もしも全部嘘でなかったら。

その時を想像してしまった瞬間、この差し伸べられる手を取ってはいけないと心が訴えている。

いつの間にか培われた経験則からくる警鐘だ。

「どうしました、アータン？」

「――待て」

瞼(まぶた)の裏に浮かぶ最悪の光景。

その光景が、途端にまっさらに消し去られた。

「ぐっ……何をするのです⁉」

「家出したんならしたで理由があんだろ？」

アータンへ差し伸べられた腕を摑む手。

くすんだ鈍色(にびいろ)が輝く手甲(てっこう)を嵌めた男は、それ以上司祭の手が少女の方へ近づかぬように拘束していた。

相当な握力なのか、司祭は腕を振り払おうとするがピクリとも動けない。

代わりに睨みつけようとする司祭であったが、それよりも早くライアーは鉄仮面(ヘルム)を被った顔をギリギリまで司祭の顔に寄せていた。

「それをはっきりさせない内は……な？」

第一章

2話

「くっ……暴力に訴えるのはやめてもらいましょうか」

『大変だぁ――――!!　魔物が出たぁ――――!!』

「！」

外から聞こえてくる声があった。

ひどく切羽詰まった声色だった。ドタバタとした足音がすぐそこまで迫った瞬間、先程司祭を締め出した扉が勢いよく開かれる。

現れたのは恰幅（かっぷく）の良い中年の村人だ。滝のような汗を流し、焦燥の色を隠さぬ表情で部屋の中を見渡し、ライアーを見つけるや大急ぎで駆け寄ってくる。

「ぼ、冒険者さん！　ここに居ただか！　ま、ま、魔物が……！」

「落ち着け落ち着け。どんな魔物だ？　普通の動物とは違うのか？」

「違う！　ありゃあ蛇髪女（メデューサ）だ！」

メデューサの出現を耳にし、ライアーは司祭から手を放す。

メデューサとは半人半蛇の魔物だ。嫉妬深い人間が悪魔堕ちした末路であり、髪の一本一本が蛇と化した恐ろしい姿をしている。

悪魔堕ちした人間は魔物同然の存在だ。早急に討伐しなければ、偶然出くわした人間が犠牲になることは想像に難くない。

「――分かった。行くよ」

「ホントだかッ!?　すまねえ、危ねぇとは思うがアンタしか頼れる人が居ねえ……！」

「こういう時の為の依頼だろ？　任せな」剣を佩いて、ライアーは外へと向かう。

しかし、遅れて立ち上がる音が背後から聞こえた。

「よろしければ私も同行しましょう」

「ん？」

「悪魔堕ちは危険です。一人でも戦力が多い方が……」

「いやいやいや、平気だって。なんたって俺様、毒蛇竜だって倒したことがあるし。メデューサなんてちょちょいのちょいよ」

「フフッ、ヒュドラをですか。それはぜひとも聖堂騎士団に欲しい人材ですね」

「だろ？　だから同行はいらないよ」

同行を申し出る司祭に対し、にべもなく断ったライアーは振り返る。

「俺個人の依頼に聖職者様は巻き込めないっての。傷つけでもしたら信用に関わる問題だからな」

「……そうですか」

「安心しな。討伐ならしっかりこなしてきてやるよ」

「……そういうことなら私の出る幕ではありませんね」

「それにしても」

「？」

ゆっくりと司祭に歩み寄ったライアーは、耳元にそっと顔を寄せる。

第一章

2話

「こんなとこにメデューサが出るなんて珍しいこともあるもんだな」司祭は、少し間を置きながら眼鏡の位置を直す。

「……魔物……特に悪魔は知性がある分、行動範囲が広いですからね」

「……それもそうだ。ご教示いただきありがとうございます、っと」

「いえいえ」

しかし、と司祭は話題を変える。

「先の手荒な真似(まね)……あれは感心致しませんね。こればかりはギルドに報告させていただきましょう」

「げぇー」

「……いや、まさか貴方がこの子をかどわかしたのではないでしょうね？」

「さて、ここで問題です。俺は一体いつアータンと知り合ったでしょうか？　制限時間は十秒です。はい、いーち！　残念！　さっき知り合ったばっかでしたー！」

「……貴方と話していると頭が痛くなってくる」

「おいおい。俺の質問には答えてくれないのか？　それでこいつから家出の理由を訊(き)こうってのは筋が通らないんじゃないかぁ？」

「ええ。貴方が居ない場所で本人から聞かせてもらいますとも」暗に告げている。

関わるな、と。

だが、ここまでのふざけた言動を考慮すれば当然の判断だとも言える。真面(まとも)な神経をしていれば素性の分からない外野を含めながら、繊細な話題を取り扱おうとは思わないだろう。

——他人に聞かれては困る内容も。

「……アータン。一先ずは孤児院に帰りましょう。大丈夫、人には言えないことくらい誰にだってあるものですから」

「……は、い……」

「そういう訳です。うちの者が大変ご迷惑をおかけしました。もし、差し支えなければお詫びの品を後日お届けいたします」

「いえいえ、そんなぁ！」

恐れ多いと猟師が手を振って断る間、結局最後までアータンの手を取ることはなかった司祭が席を立つ。そして目配せだけで横に控えていた騎士に指示を送った。

直後、騎士に腕を摑まれたアータンは、抵抗する間もなく立たせられる。

長年の粗食でやせ細った腕では、摑んでくる手を振り払うことすらままならない。

「あっ……！」

連れて行かれる少女はある一人へ視線を注ぐ。

その人物は素顔も分からず態度もふざけている。

けれども、ロクに事情も話していない自分の為に動いてくれた——ただその一点が、彼女にとっての最後の希望だった。

第一章

2話

だからこそ、後ろ髪を引かれるように振り向いた時、声には出さずともありったけの心の叫びを乗せる。

――たすけて。

淡い桜色の唇が紡いだ瞬間、くすんだ鈍色の鉄仮面(ヘルム)がアータンの方を向く。

アメジストを彷彿(ほうふつ)とさせる色合いの双眸(そうぼう)は、少女を視界に収めるや弧を描く。見えないはずの口元も、ニヤリと吊(つ)り上(あ)がったように見えた。

「行けたら行く」

「え？」

――届いた？

「おい、行くぞ」

そうとしか思えぬ返答に呆気に取られている間も、騎士によって外へと連れ出されている。

だが、その瞬間だけは不思議と恐怖心が消えていた。目の前の彼が全てを持ち去っていった。

(なんで)

あれだけふざけていたのに。あれだけ嘘を吐いていたのに。

その言葉だけは、何故(なぜ)だか心からのもののように思えた。

外へと連れ出され、用意されていた馬車に乗せられる。

そうして教会へと向かう間にも、アータンの頭の中では幾度となく彼の声が繰り返されていた。

(本当に……助けてくれるの？)

答えてくれる当人の姿はもう見えない。

ただ、あの時向けられた真っすぐな眼差しが、全ての答えであるように思えた。

(……でも)

——本当は、違う。

——本当の本当は、今すぐにでも。

——今すぐにでも、助けてほしかった。

(そう思うのは私の我儘なのかな？)

Tips2: ギルティ・シン

日本発、全世界シリーズ売り上げ合計 3000 万本を突破した RPG ゲーム。ファンからの愛称は『ギルシン』。

〈罪《シン》〉と呼ばれる罪の力を操り、邪教や悪魔を打ち倒す王道ファンタジー。その設定から中高生をメインに人気が高く、数多くの中二病罹患者を生み出した罪深き作品である。

ナンバリングタイトル七作と外伝一作が存在し、それぞれにゲームシステムが大きく変化することが特徴。プレイヤーからの賛否あるものの概ね(おおむ)好評を得ている。

タイトルは以下の通り。
・ギルティ・シン　色欲のエデン
記念すべき初代タイトルであり RPG エロゲー。キャッチコピーは『罪すらも犯せ』。
・ギルティ・シンⅡ　暴食の晩餐会(バンケット)
農業&育成シミュレーションとして生まれた二作目。キャッチコピーは『罪を頂け』。
・ギルティ・シンⅢ　強欲の黄金郷(エルドラド)
ローグライク&海戦アクションに舵をきった三作目。キャッチコピーは『罪を欲せ』。
・ギルティ・シンⅣ　怠惰の新天地(フロンテイア)
二作目に街づくり&開拓要素を足した四作目。キャッチコピーは『贖罪(しょくざい)の道を拓(ひら)け』。
・ギルティ・シンⅤ　憤怒の執行者(エンフオーサー)
高難度アクション RPG となった五作目。キャッチコピーは『罪を犯すか、罪を赦(ゆる)すか』。
・ギルティ・シンⅥ　嫉妬の反逆者(リベリオン)
ウォーシミュレーション&無双ゲームの六作目。キャッチコピーは『罪に抗(あらが)う時だ』。
・ギルティ・シンⅦ　傲慢の救世主(セイバー)
七作目にしてシリーズ集大成。王道のコマンド RPG。キャッチコピーは『世界を守る罪』。
・ギルティ・シン外伝　悲嘆の贖罪者(スケープゴート)
七作目から 1000 年後が舞台の外伝。キャッチコピーは『取り返しのつかない罪の果てに』。

3話

馬車での移動はそう大した時間は掛からない。

街道沿いに進めば半日も経たず、アータンは孤児院へと到着した。

「アータンだ！　おかえり！」

「もぉ～、どこ行ってたんだよ。皆心配してたんだぜ？」

「もしかしたら魔物に食べられちゃったかもって……」

「あ……ごめん……」

「コラコラ、そんなに質問攻めにしたらアータンが困りますよ」馬車から遅れて司祭が降りてくる。

これまた朗らかな微笑を湛えた彼は、慣れた様子で子供達を手で制しながら続ける。

「どうやら森で迷子になってしまったようです。たまたま冒険者が居てくれて助けてくれたようですよ」

その言葉を聞いたアータンが『え？』と声を漏らした。

しかし、続けざまに『ドジだなぁ～』や『無事でよかったね～』と告げてくる言葉に掻き消されてしまう。彼女はまだ、出て行った理由をこれっぽっちも明かしてなどいなかった。

（嘘……？）

第一章

3話

平然と吐かれた偽りの言葉は、遅効性の毒のように少女の心を緩やかに恐怖で蝕(むしば)んでいく。当然、ただ単に気を遣ってくれたという可能性も考えられる。家出した理由なぞ、普通に考えて共同で暮らす者達が聞けば気まずくなるだろう。

だがしかし、やはり逃げ出す直前に聞いた司祭達の会話が少女の脳裏を過(よぎ)った。

特に〈洗礼〉という単語。一般的に入信の儀式とされる言葉であるが、プルガトリアにおいてはまた別の意味を持つ。

(〈洗礼〉ってたしか、〈罪(シン)〉を刻む儀式のことだよね……?)

——罪(シン)

それは天使にも悪魔にも成り得る業(カルマ)の力。

己が魂に善と悪の基準となる〈罪(シン)〉を刻むことで、自身が積んだ善行……あるいは悪行に応じた分の力を得られるとされている。

善行を積めば聖(せい)に。

悪行を積めば魔に。

一見危うく見える儀式ではあるが、教団に所属している高位の聖職者のほとんどは〈罪(シン)〉を刻んでいる。

教団に所属している騎士団や町を守護する守護天使、そして国の重役でさえ〈罪(シン)〉を刻んでいる。

なぜならば、〈罪(シン)〉を刻みながら魔に堕ちていない——その事実こそが清廉潔白に生きている証明となるのだから。

しかし、この〈罪(シン)〉を刻む為(ため)の儀式は誰に対しても行われるものではない。

なにせ人を人ならざる存在へと昇華させることも堕(お)とすこともできる人智(じんち)を超えた力だ。

〈洗礼〉を受けられる人間は教団の聖職者が魔に堕(お)ちぬと判断した者に限られる。

すなわち、教団からの〈洗礼〉そのものが名誉とされているのだ。

(私の考え過ぎなのかな……?)

「アータン? アータン」

「ひゃ!? はい!?」

「フフッ。疲れてボーっとしていましたか?」司祭の大きな掌(てのひら)が少女の頭に覆(おお)い被(かぶ)さる。

「慣れない馬車に揺られて疲れたでしょう。今日は早めにお休みなさい」

「あ……はい……」

「皆も聞こえていましたね? 夕食を取ったら早めに眠ること。夜の闇は魔を運んできますからね。夜更かしする子は魔物に連れて行かれますよ」

主に小さい子に向けた司祭の言葉に、集まっていた子供達は『きゃー!』と黄色い悲鳴を上げながら散っていった。

「さあ、アータンも」

優しく背中を押す司祭に、少女も孤児院の方へ歩ませられる。

これが日常のはずだった。

✦第一章✦

3話

ここが帰るべき場所のはずだった。

だのに、どうして自分の脚はこんなにも重いのだろう？

拭えぬ違和感や不安を胸に抱いたまま、少女は仕方なく孤児院の中へと戻る。

――どうか何事も起こらないように。

彼女にできることは、そんな漠然とした祈りだけだった。

＊＊＊

孤児院の夜は早い。

夜中は獣に野盗、何より魔物が活発に動く時間帯だ。火急の用事がない限り外を出歩かないことは最早(もはや)不文律だと言っても過言ではない。

「アータン、この絵本読んで！」

「私も～！」

「次はあたしの番！」

「ちょ、ちょっと待って！　一人ずつ！　一人ずつだから！　ね!?」そうなれば外で遊べない子供は室内で時間を潰す羽目になる。

孤児院の中では外のように走り回れない以上、残された娯楽は読書ぐらいだ。

しかし、孤児院に並ぶ書物は聖書や教典といった難しい本ばかり。

唯一幼い子供が楽しめるものは、長い間読み聞かせに使われてボロボロとなった絵本であった。

　かつて世界を救った勇者の英雄譚。

　この大陸に住む人間であれば一度は耳にするであろう伝説が描かれた絵本を、子供達は皆好んでいた。

　絵本の行く先は決まって年長者のアータンだった。

　彼女は幼い子供達から好かれており、よく就寝時間前には絵本を持った子供達に囲まれていた。

　アータン自身、幼い子の面倒を看るのはイヤではない。子供の無垢な笑顔に囲まれると自然と笑顔が溢れてくる。

　だが、今日はいつもに増して子供が殺到していた。

　普段は自主的に順番を守ってくれる子供は、今日に限っては我先にと絵本を掲げている。しまいにはあっちこっちで喧嘩が起こりそうな空気さえ流れる。

　どうしたものかと困り果てるアータンであったが、そこへ助け舟を出したのは孤児院で子供の面倒を看る老齢のシスターであった。

「お待ちなさいな、アータンが困っていますよ。彼女は疲れているのだから、今日は休ませてあげて」

「「「え～」」」

第一章
3話

「代わりに私が読んであげますから」

そう告げるシスターに、子供達は不承不承といった様子でアータンから離れていく。

かくして包囲から抜け出せたアータンは、ホッと安堵（あんど）の息を吐いた。

「ふぅ……ありがとうございます、マザー。助かりました……」

「いえいえ。でも、皆貴方（あなた）が恋しくなったんでしょうねぇ」

思いがけない言葉に呆気（あっけ）に取られると、シスターはにっこりと笑顔を浮かべる。

「貴方が中々戻ってこないと聞いて、皆心配していたんですよ？　中には泣いちゃう子も居て……」

「えぇ!?」

「貴方は孤児院皆のお姉さんだもの。さっきのはその反動かもしれないですねぇ」うふふ、とシスターは朗らかな笑い声を漏らす。

対するアータンは、照れ隠しをするように頭を掻いた。まさかそこまで自分が慕われているとは思ってもいなかったとでも言わんばかりだ。

「でも、そんな貴方ももうすぐ〈洗礼〉を受けるものねぇ。神父様が言っていたわ」思いもよらぬところから出てきた〈洗礼〉の二文字に、少女が固まった。

「……神父様が？」

「えぇ！　それにしても時が経つのは早いものですねぇ……貴方が来てからまだ少ししか経ってない気がするのに。って、いけないいけない。柄にもなくはしゃいでしまいました」

シスターはアータンの手を取りながら続ける。

「〈洗礼〉を受けたなら、聖都に赴いて更なる修練を積んだ後、大聖堂（カテドラル）にお勤めすることもできるかもしれません。貴方が望むのであれば、聖堂騎士団や守護天使にだってなれるはず」

「は、はい……」

「貴方の清廉さは私もよく存じています。神父様もそれを認めてくださったのでしょう。気が早いかもしれませんが、どうか祝福させてください」

「ありがとう……ございます……」

心の底から祝福するシスターは、目尻にたっぷりの涙を浮かべていた。

それほどまでに教団関係者にとって、〈洗礼〉を受けて〈罪（シン）〉を刻む儀式は名誉であるのだ。それを孤児院でずっと面倒を看（み）てきた少女が受けられる。彼女にとって、それは我が事のように喜ぶべき祭事であった。

（やっぱり思い違いだったのかな？）

感極まるシスターの様子に、次第にアータンは自分の中に留（とど）まる不安を疑い始める。そうだ。本来、〈洗礼〉とは喜ぶべき神からの祝福である。

清廉潔白に生きようとする者である限り、利益になっても不利益になる事態には陥らない。それこそ国や教団の重要役職に就こうものなら〈罪（シン）〉の刻印は必須。そうでなくとも〈罪（シン）〉を刻印された事実そのものが一種のステータス――身分証明となる。

第一章

3話

悪行を重ねれば魔に堕ちるとされるが、それを差し引いても余りあるメリットは、確かに身寄りのない孤児からすれば泣いて喜ぶべきかもしれない。

「失礼」

そこまで思い至ったところで、ぬるりと何者かの声が二人の間に割って入った。

「アータンはいますか？」

「あぁ、神父様。アータンでしたらこちらに……」

「おお、ちょうど良かった」

普段から孤児院に顔を見せに来る司祭の来訪に、シスターは笑顔で応対した。

すると彼女は話の邪魔になると思ったのか、一礼し、絵本を片手に待っている子供達の方へと向かう。

これで二人きり。

アータンは少し緊張した面持ちで司祭の方を向く。

「神父様、私に何か御用が？」

「実は〈洗礼〉の件で貴方にお話ししたいことが」単刀直入。

まさに今シスターと話していた話題に、アータンは動揺を隠す間もなく瞠目(どうもく)してしまった。

そんな彼女の様子にキョトンと呆気に取られる司祭であったが、たちまち堪(こら)えきれないと噴き出す。

「フフッ。嘘が吐けませんね、貴方は。まあ、そこが貴方の素晴らしいところなのですが」

「ご、ごめんなさい」

「大方、マザーか誰かから小耳には挟んでいたのでしょう……やれやれ。ですが、ゆくゆくは直接話すつもりでしたから手間が省けたと前向きに考えましょう」そう言って司祭は、おもむろに右手を差し出した。

「実はですが聖都にある教団の本部から打診が来ていましてね。『将来有望な若手を紹介してくれないか？』と——そこで、貴方を推薦しようかと考えていたんです」

「えええっ⁉」

寝耳に水の申し出だった。

驚き過ぎたアータンは後ろに飛び退き尻もちをついた。

「わわっ、私が聖都に……⁉　嘘じゃないですよね⁉」

「ハハッ、そんな嘘は吐きませんよ。貴方は同年代よりも魔法の扱いにも長けている……いわば、神童です。機会さえあれば推薦しようとは常々考えておりました」

「そんな……！」

望外の出来事に感極まるアータンへ、司祭は柔和な笑みを向けながら手を差し伸べる。

「〈洗礼〉は聖都で執り行われます。それすなわち、インヴィー神の使徒になるということ。貴方という清廉潔白な使徒を迎え入れることができて、きっと神もお喜びになるでしょう」

「あ……」

「どうしました？」

不思議そうに首を傾げる司祭。

だが、そもそもアータンは〈洗礼〉を受けるとは言っていない。

あくまで〈洗礼〉を受けるか否かは本人の選択だ。けっして司祭個人の判断だけで執り行われるものではない。

しかし彼は、少女が〈洗礼〉を受けるものだと断定した上で祝福の言葉を口にした。

「その……えっと……」

「何か不安でも？」

断るのならば、今、この瞬間しかない。

「いや……あの……」数秒の逡巡。

ゴクリと唾を飲み込んだアータンは覚悟を決める。

「〈洗礼〉――〈罪〉が刻まれたら、魔に堕ちるって……」〈罪〉の明確なデメリット。

悪行を積み重ねる者の成れの果て――悪魔堕ちに、とうとう彼女は言及した。

これに司祭は顎に手を当てて考え込む。

「フム……つまり、〈洗礼〉を受けた自分が魔に堕ちないか不安だと。そういう訳ですね？」

「は、はい」

「そういうことですか。なるほどなるほど……」うんうんと司祭は頷く。

真摯な面持ちで、しっかりと少女の不安に寄り添おうという心情が見て取れた。

だが、

「それなら問題ありません！」

「へ？」

「なぜなら、アータン……私が貴方を見込んだからです」がっしりと少女の両肩を摑む司祭。

彼の表情からは『信頼』の二文字が読み取れた。

「貴方ほど勤勉で真面目な子は孤児院の中でも他に居ません。魔王軍に故郷を滅ぼされ、貴方は長い辛抱の時を経た……ロクに贅沢もさせてあげられず、孤児院での生活は酷く苦労を掛けてしまいましたね……」

「い……いえ！　そんなっ……」

「ですが、そんな生活の中でも貴方は感謝を、慈愛を、人を人たらしめる教えを忘れなかった！　それこそインヴィー教が美徳と為すところ！　だから言わせてください……よく頑張りました……！」

「神父様……」

「なればこそ、私もせめてもの贈り物にと〈洗礼〉を決心したのです！」

第一章

3話

次第に熱くなる語り口に、アータンは今の今まで胸の内で渦巻いていたモヤモヤが晴れていくのを感じる。

と、同時にこう思った。

（私、どうして神父様のことを疑っていたんだろう？）

こんなにも強く想ってくれる相手を疑っていたなんて、自分はなんて失礼な人間だったかと恥じ入る気分だった。

途端に目頭が熱くなる。鼻の奥もツンとする感覚に襲われた。

脳裏には、故郷を焼かれたあの日からの思い出が走馬灯のように流れている最中だ。辛く苦しい日々に、今も尚胸が締め付けられる気分に陥る。

しかし、その地獄から真っ先に助け出してくれた相手は誰だ？

「……ぐすっ」

「うぇえ!?　どうしたのですか、アータン!?」

「ごめんなさい……そこまで考えてもらっていたなんて知らなくて……！　私……とっても失礼なこと考えちゃってて……！」

「ははっ。何のことかは分かりませんが、誰だって誰に対しても秘め事の一つや二つあるものです」

司祭は寛大に笑い飛ばし、今度は先程と打って変わって気さくに肩を摑んだ。

「貴方の栄進を、きっとマザーや孤児院の皆も祝福してくれるはずですよ」

「っ……はい！」

「段取りはまた後日話します。もう今日はお休みなさい」

アータンを労（いたわ）る言葉を投げかけ、司祭は孤児院を後にした。

その背中を見送ってしばらくしてからだ。

少女は、ようやく自分が祝福されている事実に温かな涙を流した。

他人よりも不幸な人生を送ってきた事実は間違いない。故郷を焼かれた事実も流れ着いた土地で受けた暴力も、けっして覆りはしない過去だ。

それでも清く正しく生きていればいつかは報われると信じて生きてきた。

――きっと〈洗礼（これ）〉がそうなのだ。

想いは堰（せき）を切ったように溢れ出す。

堪らえようとしても、胸に押しとどめていた万感は止（とど）まるところを知らなかった。

――あぁ、私はなんて幸せ者なんだろう。

そう、信じて疑わなかった。

そして、アータンが王都へと出立する日がやって来た。

「アータン、行っちゃうの……？」

「うん。私向こうでも頑張るからねっ！」

「行っちゃヤダー！」

見送りに来た子供の中には、泣き出す子が何人も居た。それもまた彼女の人徳の為せる

3話

ところではあるが、これでは出発しようにも出発できない。

見かねたマザーが子供を宥めて引き剝がし、一人ずつお別れの言葉を告げるよう促す。

「アータンこれあげるー」

「あたしもあたしもー！」

「わあ、皆ありがとう！　大事にするね！」

「……アータン、これ……」

「ありがとう！　……ん、これって……？」

遂に最後の一人となった子供が酷くボロボロな絵本を手渡した。

題目はアータンも良く知っている。なんだったら孤児院に来てから何度も読んだ。何度も何度も……それこそ中身の文字や挿絵が擦り切れるほどに読んだ。

挙句、すっかり頭の中に焼き付いた英雄譚は、絵本の代わりに孤児院の子供へ何度も話して聞かせた。

しかし、あくまでこれは孤児院の所有物だ。

受け取る訳にもいかず、アータンはわたわたと絵本の受け取りを拒否する。

「持ってきたら駄目だよこれ!?　ほら、返してきて！」

「いいんですよ、アータン」

「……マザー？」

マザーは孤児院に来てからずっと面倒を看てきてくれた人だ。

ほとんど母親に等しい彼女には強く出られないアータンであるが、それでもやはり孤児院の所有物を持って行くことには抵抗感があった。

だが、それを拭い去るのもまたマザーだ。

色褪せた表紙を撫でる彼女は、深く皺が刻まれた口角を柔らかに上げた。

「私からの餞別です。貴方はこの絵本……いいえ、この物語が好きだったのでしょう？」

「でも、私が持って行ったら孤児院の皆が読む本が」

「今度は貴方が主人公の物語が読みたいのですよ」そう言われた瞬間、アータンは固まった。

物語？――自分の？――何故？――いくら考えても答えが出てこない謎に思考が止まりかけた時、マザーの朗らかな笑い声が鼓膜を揺らした。

「駄目かしら？」

「いや、えっと……が、頑張ります？」

「冗談ですよ。『それくらい頑張って』というメッセージです」

「……あ」

「ウフフ、貴方は小さい頃から変わらず素直ですね」絵本を掴むアータンの手に、マザーの手が重なる。

しわくちゃな掌はじんわりと、それでいて優しい温もりに溢れていた。

「どうかその心を……この本と共に忘れることがないようにと。そういうおまじないです」

「マザー……」

「さっ、もうお行きなさい。神父様が首を長くしているわ」

「はい！」

もう躊躇いはなかった。

受け取った絵本は失くすまいとがっしり両腕で胸に抱え込む。

母同然の恩師の言葉と共に餞別を受け取ったアータンは、温かな祝福と声援を背に受けながら司祭と共に馬車へと乗り込んだ。

「皆、ありがと〜！」

アータンは満面の笑みで手を振る。

子供達も手を振り返してくれるが、馬車が動き始めればあっという間に見えなくなった。

さよならの声も届かなくなった頃、アータンは抱きかかえていた絵本の表紙を捲る。

やはり挿絵は掠れていて見えない。文章もほとんど消えかかっており、ロクに読めたものではない。

だが、内容ははっきりと憶えている。

マザーに読み聞かせてもらった思い出も、子供達に読み聞かせた思い出も――。

「ぐすっ……」

「……名残惜しいでしょうが、いつまでも泣いてはいられませんよ。なにせマザー達はアータンの躍進を心から望んでいるでしょう」

「っ……はい！」

「フフッ、そういう私もその一人ですが」

茶目っ気を出す司祭に、涙目だったアータンも思わず頬を綻ばせた。

それから数刻の間、二人が乗り込むキャビンは馬の歩みに合わせて上下に揺れる。王都までの道のりは遠く、馬車でも数日は掛かる。魔物に襲われる可能性はあるが、自分達の護衛に、わざわざ聖都からきたという騎士も二人ほど付き添ってくれている。万が一襲撃があったとしても問題ないだろう。

（あれ？　安心したらなんだか急に眠くなって……）

最初こそ応援してくれる者達に応えようと意気込んでいたが、気疲れの所為か瞼が重くなってくる
「──タン。起きてください、アータン」

「ふぇあ!?」

司祭の声に起こされ、少女は眠りから覚める。

「も、もう聖都ですか？」

「フフッ、周りをご覧なさい」言われるがまま周りを見渡す。

「……え？」

そこは寂れた教会の中だった。

第一章
3話

通路の左右に並ぶ長椅子や窓ガラス、そして最奥に据えられている祭壇に至るまでボロボロだ。

印象としては廃墟(はいきょ)そのもの。割れた窓から吹き込んでくる隙間風も心なしか冷たかった。

(あれ? なんで私、こんなところに座って……)

わざわざ馬車から移動させられたのか、アータンは教会の祭壇手前に座らされていた。

不自然。

そして、不可解だった。

「ここは?」

「そろそろ頃合いでしょう」

「な……何がですか?」

祭壇に立っていた司祭が何かを促す。

何の事かと質問を口にするよりも早く、首筋に堅くザラザラとした感触が押し付けられた。

次の瞬間だ。

「ヴっ!!?」

理解するよりも早く、少女の体は床へと押し倒された。両腕に抱えていた絵本は手放してしまった。

突然のパニックが少女を襲う。

強く膝を打った痛みもだが、何よりも両側から挟み込んでくる槍の柄が気道を締め付けてくることが恐ろしかった。

「く、苦しっ……！」

「――やれやれ。一度逃げ出された時はどうしたものかと焦りましたよ」

「神父様……!?」

顔を上げた瞬間、すでに司祭の姿は目の前にあった。

いつも通りの声色。

いつも通りの微笑。

なのに、それが今だけは途方もなく不気味だった。まるで未知の存在を前にしたかのような――いいや、違う。

（やっぱり……!?）

自分はこれを知っている。

あの日、あの時。

偶然教会の窓を覗いて見聞きした悍ましい怪物は間違いではなかったと、今気づいた。

「神父様!!　これは一体……!?」

「なんてことはありません。ここで〈洗礼〉を行うだけですよ」

「〈洗礼〉……?!」

司祭の男は笑顔を張り付けたまま、懐から一つの枷を取り出した。

3話

簡素ではあるが細かい装飾が彫られた一品だった。単に拘束する為ではないそれを、男はアータンの手首へと嵌める。

「なに、これ……!?」

「ああ、ちなみになんですが――聖都への推薦の話。アヽ、アレは嘘ヽでヽすヽ」

「え？」

あっけらかんと言い放たれた言葉に、一瞬アータンの中での時間が止まる。

キュウ、と。

まるで心臓を握り潰されるような感覚に、彼女の全身から血の気が引いた。

「……じゃあ……なんで、ここ……？」

「本来は地下でやるつもりだったんですがね。最近はどうにも騎士団やらギルドの動きがきな臭い。大事を取って誰も居ない場所を選んだ訳です」

「それなら皆はっ!?」

「皆？」

本当に分かっていないのか、司祭はきょとんとしていた。

「ヘレナにマルキア……リウィアは!? 神父様が言ったじゃないですか！ 引き取り手が見つかったから孤児院から巣立ったって!!」

「ああ、アレも嘘ですよ」

「っ！！？」

ほとんど殴られたような衝撃がアータンを襲った。

思考が上手(うま)くまとまらない。

言葉の意味は理解できるのに、頭がそれを拒否している。

何も考えたくない。

これ以上考えてしまえば、もっと傷ついてしまう——そんな予感だけが確信的だった。

しかし、未(いま)だ立ち直れていない少女の様子に、司祭はいやに満足げだった。そして、畳みかけるように言葉を連ねていく。

「そもそも貴方の故郷を焼いたのは私ですしね」

今度こそ。

今度こそ、呼吸が死んだ。

ヒュ、と一度空気を吸い込んだまま、アータンはピクリとも動かなくなる。

唯一、辛うじて両の目を恐る恐る眼前の男の方へ向けた。

「……嘘」

「嘘じゃありませんよ」

にこやかに男は言い切る。

同時に、アータンの中では〈何か〉がガラガラと音を立てて崩れ落ち始めた。

——駄目だ、これ以上聞いてはいけない。

すでに心が死に体のアータンは耳を塞ぎたくなる衝動に駆られるが、拘束してくる騎士

3話

がそれを許さない。

「貴方はその後とある家に拾われましたね。そして、酷い虐待を受けていたのを見かねて私が引き取った……アレも嘘です。元々そういう指示でした」——嘘だ。

「そして引き取られた貴方は孤児院で質素な生活を送ったでしょう。『清貧こそが人の心を育む』、と……アレも嘘です。家畜のエサに金を掛けたくないのはどこも同じでしょう？」

——嘘だ。

「そして、貴方への贈り物に〈洗礼〉を施すと決めた……当然、アレも嘘です。素養があろうがなかろうが、いずれは〈洗礼〉を施すと決めていました」

——嘘だ、嘘だ、嘘だ……——。

「うっ……ぅおえぇっ……!?」

刹那、込み上がってきた吐き気に耐えられなくなる。

アータンは床に吐しゃ物を撒き散らす。

だが、吐いても吐いても胸の奥でグルグルと渦巻く不快感が拭えない。胃の中身を全て吐き尽くしても少女は、代わりに搾り出すような嗚咽を漏らすばかりだった。

（嘘？　全部嘘？　最初から？　どこまで嘘なの？　分からない分からない分からない分からない駄目だ頭痛い気持ち悪い何も分からないよ嫌だ信じられないよどうして——）

「……どうして」

「どうしてとは？」

光を失った瞳でアータンは再度投げかける。

ひょっとすると人としては最低な考えだったかもしれない。

けれど、彼女は口にせずにはいられなかった。

「どうして……どうして、私だけ……？」

「ああ、そういう」

アータンは双子だった。姉が居る。

それなのに、どうして自分だけがこんな目に遭っているのか——せめて理由だけでも知りたいと、張本人の司祭に答えを求めた。

しかし、

「別に」

ある意味、それは最も残酷な答えだった。

「……え」

「大した理由はありませんよ。たまたま選んだのが貴方の方だった。それだけの話です」

「え、あ……じゃあ、お姉ちゃ……今、どこっ……なにして……？」

「さあ？　良い人に拾われたなら、温かい寝床で寝て温かい食事を食べ、良く学び良く遊び、人並みに幸せな人生を送っているんじゃないでしょうか」——貴方と違って。

第一章

3話

男が言い切るや、途端にアータンの心に暗い感情が湧き上がる。

怒り？　憎しみ？

確かに目の前の男に対する感情としては、それが適当だろう。だがしかし、そもそも少女の感情の矛先は別の方を向いていた。

双子の片割れへ——自分とは違う人生を送ったであろう姉。

幼い時、仲のいい姉妹は常に一緒に居た、遊ぶ時も寝る時も一緒。喜びも悲しみも分かち合ってきた。そんな大切な存在だった。

だのに、この時ばかりは違っていた。

自分だけが虐げられている一方で、人並みの人生を送っているかもしれない——あくまで推測に過ぎない光景が脳裏を過った瞬間、アータンは内から湧き上がる仄暗い感情を抑えられなくなった。

そして、

「ぁ、あぁ、あぁあぁぁぁああああ！！？」

嵌められた手首の枷から魔力が噴き上がる。

当人の意思に反して膨れ上がる魔力は、手枷を中心にアータンの魔力回路を逆流して全身を巡っていく。

「おぉ、これは……!!」

男はドス黒く濁った魔力をよく観察する。

「この力……この波動……!!　この〈罪(シン)〉はやはり……!?」――これを待ち望んでいた。

そう言わんばかりに歓喜の声を上げ、今も尚逆流する魔力によって魔力回路を焼かれる痛みに悶(もだ)える少女を見下ろす。

やがて少女の体に異変が起こる。

体表に奔(はし)っていた魔力回路の軌跡……それまで魔力の淡い光を迸(ほとばし)らせていた数多(あまた)の線が、突如として黒く染まっていく。

「ひっ……!?」

アータンは床に落ちていたガラス片に映る自分の顔に息を呑(の)んだ。

何故ならば手首から肩の方へ伸びた紋様は顔の右半分にまで及んでいた。それどころか右目の白目部分すらも黒く染まっていた。

途端に自分が自分でなくなっていく錯覚に陥り、少女は身を捩(よじ)る。

その時、彼女の視界には一冊の絵本が映り込んだ。

好きな絵本だった。

勇者(ひと)が魔王を倒す英雄譚。普遍的な内容だけれど、故郷を焼かれたあの日から焦がれる程に追い求めていた存在の答えを知った。

――真に救いを欲した時、勇者は現れる。

最も印象的なフレーズだ。

あの日、勇者が現れなかったのは真に救いを求めなかったからだ。

第一章

3話

漠然と逃げ惑っただけだから、誰も助けてはくれなかった。

そう、自分に言い聞かせていた。

今の今まで、その一文を信じて疑わなかった。

(そうだ、勇者は……！)アータンは手を伸ばす。

絵本ではない、絵本の中に描かれた勇者を。

(真に救いを欲した時に──！)

そうして求めた勇者(フィクション)は、
指先が届く寸前に、眼前の悪魔に踏みつけられた。

あぁ、と魂が抜けたような吐息をアータンが零(こぼ)した。

神なんかいない。

勇者なんかいない。

物語は、嘘ばっかりだ。

「イヤぁ!!　放してッ……放してェ!!」

「この進行の早さ……やはり私の見立て通りです」

「むぐっ!?」

半狂乱になって泣き喚(なわめ)くアータンの口に司祭が手で摑みかかる。

そこには遠慮も配慮もない。

強引に黙らせられたアータンはせめてもの抵抗にと睨(にら)んでみたが、すぐに視界は涙で掠そのまま己の罪深さに溺れてください」
「悔しいですか？　結構結構……負の感情こそ今の貴方に必要なもの。そのまま己の罪深さに溺れてください」

「うぅ、ぅぅ、うぅうぅぅゔ……!!」

口も封じられた今、アータンはさめざめと涙を流すことしかできなかった。

助けを呼ぶことさえままならない。

もっとも呼んだところで誰かが来てくれるはずもない。わざわざ人気のない場所まで連れてこられたのだ。

僅かな望みも許されず、身を焼かれる苦痛を味わい続ける。

それどころか今までの人生すらも他人の悪意によって敷かれたものであったと突き付けられた。

これを絶望と呼ばずしてなんと呼ぼう？

（どうして……）

後ろから静かに扉が閉まる音が聞こえる。

まるで、己の人生の終わりを告げられているようだった。

（どうして、私だけ――）

「『行けたら行く』っつったっけ？」

第一章

3話

「……、……っ！！？」

一拍遅れて、意識を引き戻される。

瞼を開ければ、目の前の司祭も両隣の騎士も驚いた表情を浮かべているのが見えた。

恐る恐る振り返る。

すると、居た。

魔物を倒し、
軽薄で、
隙を見てはふざけて、
表情も窺（うかが）い知れぬ鉄仮面（ヘルム）を被（かぶ）って、挙句の果てには勇者と嘯（うそぶ）いた――

「悪ぃ、ありゃ嘘だ」

とびっきりの嘘つき（ライアー）が。

Tips3: 教団

プルガトリア大陸において『教団』とは、主に七つの宗教団体のことを指す。


『傲慢』を罪とし、謙虚を美徳とする『スペルビ教』

『強欲』を罪とし、慈悲を美徳とする『アヴァリー教』。

『嫉妬』を罪とし、感謝を美徳とする『インヴィー教』

『憤怒』を罪とし、忍耐を美徳とする『イーラ教』。

『色欲』を罪とし、純潔を美徳とする『スーリア教』。

『暴食』を罪とし、節制を美徳とする『グーラ教』。

『怠惰』を罪とし、勤勉を美徳とする『ディア教』。


これらは『七大聖教』と呼ばれ、各教団発祥の地において多くの信者を有している。

そうした信者が集まり形成された七つの宗教国家を総称し、人々はこれらを『七大教国』と呼んでいる。


かつてはそれぞれが互いを異端と蔑んでおり、何度も血を流す戦争を繰り返した歴史がある。


しかし、1000年前に永世中立を謳(うた)うミレニアム王国が誕生し、王国が間を取り持つ役割を担ってからは表面上の衝突は少なくなった。

そうした長年の努力が結実し、現在では各国が争うことはほぼほぼなくなった。


『七大教国』の擁する聖堂騎士団こそが、現在プルガトリア大陸で猛威を振るう魔王軍より世界を守護する盾として機能している。


一方で、教団が崇める神の負の一面を信奉し、これを崇拝する宗派も存在する。

そうした宗派は〈罪派(シンぱ)〉と呼ばれ、教団は彼らを捕縛対象とし、国や冒険者ギルドを通して報酬を設定している。

4話

『ギルティ・シン』――略してギルシン。

直訳したら『有罪の罪』。一見なんじゃらほい？　ってタイトルだが、それでも『罪（シン）』をテーマにしているゲームであることはお分かりいただけるだろう。

その推測に外れず、世界観や設定もそんな作品テーマに準拠したテイストに仕上がっている。特に顕著なのは、作中に出てくる七つの大罪を元にした宗教団体だろう。

『傲慢（ごうまん）』を罪とし、謙虚を美徳とする『スペルビ教』。

『強欲』を罪とし、慈悲を美徳とする『アヴァリー教』。

『嫉妬』を罪とし、感謝を美徳とする『インヴィー教』。

『憤怒（ふんぬ）』を罪とし、忍耐を美徳とする『イーラ教』。

『色欲』を罪とし、純潔を美徳とする『スーリア教』。

『暴食』を罪とし、節制を美徳とする『グーラ教』。

『怠惰』を罪とし、勤勉を美徳とする『ディア教』。

以上七つが、いずれかのナンバリングタイトルの本編に絡んでくる宗教だ。

ギルシンの舞台でもある『プルガトリア』の大陸も、これらいずれかを国教に定める国家が出てくる訳だ。

まあ、実際にプレイしてみると分かるがそこまでお堅い宗教ではない。

一応、子供向け（初代以外）に販売されたゲームタイトルな訳で、作中でお披露目される各宗教の教えもシンプルなものだ。

だが、そこはやはり宗教。

シリーズを通して、現実でも問題になっている宗教問題を描いており、悪事を正当化する為(ため)に教義を曲解する過激な集団なんか代表的だ。

特にギルシンでは名物のとあるシステムの為、逆に悪徳を積むことを良しとする宗教団体が現れ、これと戦うといったケースが非常に多い。

作中はでそのような派閥を総じて、こう呼称する——『罪派(シンぱ)』と。

要は、ぶっ飛ばしても問題ないクソ野郎共だ。

俺もプルガトリアを旅している最中、何度も罪派(シンぱ)とやり合う機会があった。連中、ああだこうだと詭弁(きべん)を弄して自己正当化を図ろうとする性質(たち)の悪い犯罪者だ。基本的には各教団が所有している聖堂騎士団が厳正に対処するが、時折受注した依頼に罪派(シンぱ)が関(かか)わっていたなんてケースもザラにある。

というのも、今回俺が依頼を受けたのも罪派(シンぱ)が関わっているからと踏んでいるからだ。

あいつらの存在は百害あって一利なし。盗人猛々(ぬすっとたけだけ)しいなんて言葉もあるが、完全な悪事に手を染めていても堂々としていやがる。

一般人は勿論(もちろん)、原作キャラも例外ではない。

先日出会ったアータンだって、作中で収集できるアーカイブに邪教の手によって〈罪(シン)〉

が目覚めたなんてテキストがあったくらいだ。

それで……うん、まあ、察した。

「てめえが事の発端かぁああああ！！！」

俺は即行で元々の依頼であった人が姿を消す理由――森を徘徊（はいかい）する魔物を撃退した。

多分あの陰険眼鏡（めがね）司祭の使い魔なんだろうなー、って感じの蛇女（メデューサ）が三人。全員本気で殺しに掛かってきたけど、なんか怪しい装飾品身に着けていたからそれを壊した。

したら、途端に正気を取り戻して蛇女の子達（たち）がメソメソ泣き出したではないか。

なになに？　ヘレナちゃん？　マルキアちゃん？　リウィアちゃん？　あら、ご丁寧な自己紹介ありがとうございます。自分ライアーって言います。別に殺されかけたことは気にしてません。よく殺しに来る変態が居るんで。

ってな感じで事情を聞けば、孤児院を運営していた司祭に無理やり〈洗礼〉を施され、めちゃくちゃ酷（ひど）いこと言われた結果悪魔堕（お）ちしちゃったらしい。森に居た理由も司祭に脅されて〈洗礼〉に使える人間攫（さら）ってこいって指示されたからだって。

はい、絶許。

あの陰険クソ眼鏡、顔面から眼鏡成分を去勢して初めましての顔にしてやる。それだとクソだけしか残らないね。

あの時同行しようとしたのも、俺のこと後ろから刺すつもりだったからだろう。お前らのやり口は知ってるんだよ。だから拒否ったんだ。

ってな訳で、とりあえずその子らは王都に居る知り合いを呼びつけて保護させといて、俺は司祭が居る村へと向かった。

　まだアータンが酷いことされてなければいいなー、なんて全力疾走で駆け付けてから、もうアータンと司祭が王都に向かってるってシスターさんから話を聞いた。

　すっごい良(い)いシスターさんだった。アータンのことめちゃくちゃ褒めてたし、お茶とか頂いちゃった。あとで孤児院にお金寄付しとこ。

　的なことを考えつつ、俺はアータンの後を追った。

　いや、だってこれ絶対ロクなことにならないじゃん。

　だって罪派(シンぱ)よ?

　悪事の打率九割の強打者よ?

　休む間も惜しんで追いかけていたら、街道沿いの宿場の一つである寂れた教会から尋常ではない魔力を感じた。見たことある魔力の色だなぁ。具体的には悪魔堕ちした時のアータンの魔力によく似てるなぁ。

　堕ちんちんランド開園!!

　始まっちゃってた。

　若干遅くなった。いや、依頼とか保護とかやむにやまれぬ事情があったにせよ、若干間に合わなかった。なに?　茶ァしばいてたろ?　ごめんなさい。

　とにもかくにも、このまま黙って見過ごしたらアータンがひどい目に遭うのは確定だ。

第一章
4話

いよいよギルシン史上最も不幸な悲劇の死を迎えたヒロインランキング一位の第一歩目を踏み出してしまう。

認めへん。アタイ、そんなの認めへん。

転生したての頃は原作キャラにはあんまり関わらない方がいいかなー、なんて考えてたこともあったけど、もう手遅れなとこまで来ちまってんだよ！　まずはアータンを助ける。

後のことは後で考えるさ。

この世界（プルガトリア）に来てまだ二十年も経ってないが、それでも今まで上手くやってきたつもりだ。

こっちに来て新しい友達が増えた。知り合いも大勢できた。敵味方関係なくふざけ倒しては馬鹿騒ぎし、アホみたいに笑ってきたものだ。

全部が全部楽だった訳じゃない。

死にそうな目に遭いかけたこともあったし、実際死にかけたこともある。

それでも、この世界（プルガトリア）はこんなにも楽しい。それでも、この世界（プルガトリア）は笑顔に溢れている。

だってのに、

『お願いです……あの子を……アータンを助けて……っ！』

『あの子はずっと辛そうで、寂しそうで』

『でも、頑張って笑顔を作って……そんな子だからっ……！』助けた子達も言っていた。

あの子の笑顔を見れていない。

そんなのだけは――俺もごめんだね。

＊＊＊

「俺が来ちゃったからにはシリアスは死んだと思えよ」

　まさに現行犯の現場を目撃した男は、場の緊張感にまったくそぐわない軽薄な声を垂れ流す。

　彼が目撃した人影は四つ。

　涙を流す一人の少女に、それを取り囲む三人の男。

　そんな光景を前に、鎧の男の右手は自然と腰に佩いた剣の柄へと伸びて行った。

「ヤダヤダ。大の大人がか弱い女の子を取り囲んですることが虐めかぁ？　こんな大人にだけはなりたくないねぇ」

「貴方……あの時の……？」

「おっ、ひょっとして俺のこと憶えてくれてた？　ヤダもぉ～、嬉しぃ～～～～！」

「……」

　名前は呼んでいないアータンに対し、当人はさながら久しぶりの同級生に会ったおばさんのような反応を返す。

　鉄仮面越しでも分かる歓喜の声。そして、手首のスナップを存分に利かせた振りをパタパタと繰り返し、埃が舞い上がる教会内の空気を微っ妙～～～～に循環させていく。

4話

しかし、しばらくして正気に返った一人の騎士が槍を構えた。

「お前ェ！　何者だ!?」

「おっと、これは失礼。俺の名前はご存じないか？　それじゃあ挨拶から始めようか。初めまして初めまして、一人飛ばして初めまして！　俺はプルガトリア一の勇者……またの名を――〈転売のバイヤー〉」

「転売のバイヤー、お前の目的はなんだ!?」

「誰が転売のバイヤーだ。俺は転売ヤーがこの世で一番許せねえんだよ。あんな奴等と一緒にするんじゃねえ、殺すぞ」

「今お前が名乗ったんだろうが!?」

「ナイスツッコミ」

騎士の肩に腕を回しながら、ライアーは気さくにサムズアップした。

騎士の肩に腕を回しながら、ライアーは気さくにサムズアップした。

「――……ッ！！？」

「お前、いつの間に――！！？」

「はい、今から首絞めますねー」

「おおお、お前ぇ！！？　事務的な口調でなんて恐ろしいことを～……ッッッ！！？」

音も無く騎士に肉迫していたライアーが、宣言通り騎士の首を絞め上げる。

流れるように見事な手際だった。学生の頃、友人の背後を取っては無駄に羽交い絞めにしてきたロクでもない学生生活を彷彿とさせるようだ。

ギリギリと絞められる騎士。

じたばたと手足を動かして抵抗してはいるが、それ以上の膂力を発揮するライアーの前ではまったくの無意味だった。

「ヴっ……」

数十秒後、騎士は膝から崩れ落ちた。

これには未だにアータンを押さえ込んでいた騎士も目を見開き、にこやかな笑みを湛えていた司祭の男の表情にも暗雲が立ち込めてくる。

「……貴様、どうやってここが……」

「おやおや、司祭様。我々どこかでお会いしましたかな？　その薄汚れた眼鏡は記憶にありませんねぇ」

「忘れたとは言わせませんよ」

司祭の男はそう言って司祭服の袖を捲り上げる。

腕には、数日前にライアーが腕を摑んだ時の痕がしっかりと残っていた。確かにこれだけの握力で握られたともなれば相当痛かったはずであるが、

「貴様は私の腕に痣を付けた……許されざる罪です。これには相応の罰を以て処せよとインヴィーの神も仰られている」

「絶対仰ってないよ神様……ほら、神様に謝ろ？　お母さんも一緒に謝ったげるから」

4話

「不敬者め、口を慎め。他者に暴行を働くのは立派な罪です。子供でも知っていますよ」

「あー、ヤダヤダ。自分がされたら嫌なことは他人にもしちゃ駄目ってお母さんが教えてくれなかったか？　他人を痛めつけるのは良くて自分が痛めつけられるのはだめなんて虫が良過ぎない？　お母さんそんな子に育てた覚えはありません」そう言ってライアーの視線は床の方を向く。

　そこには大の大人に力尽くで組み伏せられた少女が、痛みやら何やらで溢れてくる大粒の涙をボロボロ零(こぼ)し、床を点々と濡(ぬ)らしていた。

「……」

　神妙な面持ちでアータンを観察するライアー。

　視線はドス黒く染まった少女の右目に注がれていた。

「……〈罪化(シンか)〉か」

「っ！」

「悪魔堕ちさせようって魂胆だろ？　罪派(シンぱ)の考えそうなこっちゃ」

「……貴様、ただのギルドマンではないな」

「はい、ここで問題です！　俺はギルドから直々に罪派(シンぱ)をとっ捕まえるように頼まれたギルドマンでしょーか、それとも聖堂騎士団でしょーか？」

　ふざけた口調で騒ぎ立てながら、ライアーはとうとう剣を抜き放った。

　鈍色(にびいろ)に輝く刃(やいば)の切っ先はよく磨き込まれたことの証明。瞬く間に魔物の首を斬り落とした切れ味は伊達(だて)ではないという訳だ。

人間に振るえば、肉が切り裂かれるどころか骨すら断たれる凶器だ。

それを人に向ける意味は、すなわち宣戦布告。

ライアーは迷いなく、切っ先を司祭が居る方へ突き付けた。

「……答えは牢獄(ろうごく)の中で聞かせてやるよ」

「──そこの貴方」

「っ、はい⁉」

司祭はドスを利かせた声で、少女を押さえる騎士に呼びかける。

「やりなさい。確実に」

「っ……はっ‼」

「きゃ……⁉」

騎士は押さえ込んでいたアータンから手を放し、標的目掛けて槍の穂先を突き出す。

『わっと⁉』と間の抜けた声を漏らすライアーであるが、次々に繰り出される突きを剣で何度もいなしていく立ち回りに危うさは感じられない。

「くそっ⁉　こいつ……！」

「──〈魔弾(マギ)〉」

「！」

一瞬の隙に肉迫したライアーが掌(てのひら)を突き出す。

第一章

4話

瞬間、掌に魔力が収束して光を放つ。

〈魔弾〉攻撃魔法の中でも最も基礎的な魔力を打ち出す技だ。他の魔法のように属性こそ宿さぬが、洗練された〈魔弾〉は鋼鉄の鎧すらも撃ち抜く弾丸に等しい。

騎士の顔が恐怖に染まる。

ほぼゼロ距離からの魔法だった。

恐怖から硬直してしまった騎士にそれを避けられる道理はなく、騎士は迫りくる掌に瞑目し、

「嘘だよ」

「へ？　……ごぁ！！？」

魔力を宿した掌が魔法を放つことはなかった。

代わりにライアーは騎士の顔面を摑み、こめかみに指先を喰い込ませる。

「いっ――いだだだだだ！！？」

くり出した技はアイアンクロー。正式名称はブレーンクローである。

「魔力を集中させたから魔法を放つと思ったか？　グラブジャムンぐらい甘いな」

「グラ……何!?」

「ドーナツのシロップ漬けだ」

「知るか!!」

「知らねえだとぉ……？　世の中舐めてんのか、この甘ちゃんがぁ!?」

「知らない知らないだだだだッ!?」

グラブジャムンの甘さをアイアンクローで思い知らせるライアーは『ところで』と続けた。

「俺がこのまま指を喰い込ませたらどうなると思う?」

神妙な声色で問いかけるライアーに、騎士がハッとした。

槍を捨てて両腕で引き剥がそうとするも、まったく顔から離れる気配のない男の手。そんな力で顔を掴まれるだけでも激痛だが、問題はこの状態で魔法を使われたらどうなるかだ。

魔法を扱える以上、身体強化魔法を扱えてもおかしくはない。

程度の差はあるが、魔法で身体強化した人間の膂力は常人の想像を優に超えていく。

噂(うわさ)では身体強化した騎士は岩を素手で砕き、鉄すらも切り裂くというではないか。もしも仮にそんな力で握られようものなら……。

騎士の脳裏には、握り潰されたリンゴの光景が過(よぎ)る。

「や、やめっ……!!?」

「ここね、『太陽』ってツボ」

刹那、ペッカァアアア! と瞬く閃光(せんこう)が騎士と掌の間から漏れだす。

「目がぁ――――っ!!?」

「眼精疲労に効くんだわ」

4話

太陽光と見紛う閃光と眼精疲労のツボ。

誰も期待していない矛と盾の激突は、当たり前のように前者が勝利した。

直後、情けない断末魔が教会内に轟き、騎士はその場に崩れ落ちた。起き上がる気配はないが胸は上下している。どうやら気を失ったようだった。

騎士を無力化し、ライアーは改めて司祭に向き直る。

やや俯いて見上げるように司祭を睨む彼は、内側に凹むような形状の面頬の鉄仮面も相まって、不敵に笑う表情に見えた。

「……〈幻惑魔法〉ですか」

「あ、バレた？」

「ここに現れた時といい距離を詰めた時といい、〈幻惑魔法〉で己の位置を誤認させていましたね」

「おいおい、本人を前に種明かしするなよ。それ、マジシャンに一番嫌われる奴だぞ」嫌そうな顔を浮かべるライアー。

対して司祭は綽々とした様子で続ける。

「フンッ、そんな無粋な真似はしませんよ。ただ忍び込んで来たネズミ相手には必要もないというだけの話だ」

「残念だったな、実は俺はネズミのマジシャンさんだ。さあ、この場合はどうしてくれんだ？　教えてくださいよぉ、司祭さぁん！」

「……〈幻惑魔法〉で景色を欺けたところで、魔力探知さえできれば位置は把握できる」

今の時代、魔法とは体系化された技術だ。

何百、何千年と歴史を積み重ねてきた人間の努力によって洗練された技術は、門戸を広げて多くの魔法使いを生み出した反面、それぞれの魔法の脆弱性についても周知させてしまった。

魔力で生成した幻で相手を欺く〈幻惑魔法〉も例外ではない。

「幻で虚を突けるのは今が最後だ。もう私には通用しない」

「どうだかな？　試してみるか？」

「では、こうしましょう」

「きゃあ!?」

「！」

甲高い悲鳴を上げるアータン。

逃げる間もなく腕を手繰り寄せられた彼女は、司祭の左腕に握られていたバクルスの杖先を蟀谷に突きつけられていた。

これが魔力のない人間であればなんてことはない状況。だが、魔力を持つ人間が杖先を突きつける＝刃物の切っ先を付ける行為に等しい。

迷いなく人質を取った司祭に、ライアーは『うへぇ』と気の抜けた声を漏らした。

「人質て、またベッタベタなことを……」

第一章

4話

「黙りなさい。まずは武器を捨」

「そぉい！！！」

剣は遠くへ投げられ、甲高い悲鳴を奏でた。

「……ほらよ。捨ててやったぜ」

「……分かればいいのです」

余りの判断の早さ、そして雑な投げっぷりだった。

アータンどころか言い出しっぺの司祭ですら若干引いている。

しかし、その行為は司祭にとって人質の少女に重大な意味を与えてしまった。

「フンッ、そんなにこの子が大事ですか？」

「っ……！」

「でしたら、本末転倒もいいところだ。人質を取った程度で武器を投げ捨てるとは……その思い切りの良さが貴様の命取りだ」

ゆっくりと——杖先はライアーの方を向いた。

魔力を扱う者なら分かるだろう。司祭の体内で練られた魔力が腕を、手を、そして杖を通して先端に収束していく感触を。

洗練された魔法使いの魔法は鉄の鎧すら貫く。

たとえ鉄仮面(ヘルム)を被(かぶ)っていようと鉄の板を穿(うが)ち、脳天を撃ち抜くなど造作もない技だ。

「そいつで俺を殺そうって？　俺の目的とか色々聞いとかなくていいのか？」

「今更命乞いですか、見苦しい。今更我々を目の敵にする背信者共の言葉になぞ耳を傾ける価値もない」

「邪教ここに極まれりって感じだな」刹那、一条の閃光が迸った。焦げた臭いが辺りに漂う。ライアーの頬——正確には鉄仮面だが、魔法の弾丸で焼かれて赤熱した部位が甲高い悲鳴を上げている。

「言葉には気を付けなさい。我々を邪教と呼ぶなど万死に値する。我々〈罪派〉こそ、真にインヴィー教の教えに殉ずる教徒なのです」

「それで？　その殉教者さんはか弱い女の子を虐めてどうしようってんで？」

「……我々〈罪派〉の目的は常に一つ」司祭の歪んだ口は、こう紡いだ。

——魔王復活ですよ。

Tips4: 罪派

ギルティ・シンのゲーム内に登場する邪教の一派。

教団が崇拝する神の負の一面を信奉しており、それを神の偉業であると喧伝(けんでん)して憚(はばか)らないはた迷惑な者達(たち)である。
ある国で『勇者』と称えられる英雄が、ある国では『魔王』と恐れられている理由は、彼ら罪派の活動に依(よ)るところが大きい。

シリーズを通してお邪魔キャラという一面が徹底しており、小さな事件から大きな事件まで罪派が関わっているケースは多々ある。イタズラ程度で済むならまだしも、中には殺人といった極悪非道な所業も含まれている為、被害者含め作中の登場人物のほとんどから蛇蝎(だかつ)の如(ごと)く嫌われている。

時代によって勢力の大きさはまちまちであるが、共通して率いる頭領のことを一丁前に『教皇』と呼ぶ。
基本的には教皇主導の下、罪派は教団に対する潜入・破壊工作や魔宴《サバト》を行う。時には利害の一致により魔王軍に与(くみ)することもある為、彼らを取り締まる聖堂騎士団は常々目を光らせている。

また、教皇には代々継承される『鉄の杖(つえ)』と呼ばれる魔道具が存在する。
これを手にした者は神の御姿(みすがた)に近づくことが叶うとまことしやかに囁(ささや)かれているものの、その実態を知る者はほとんど居ない。

ただし、触れれば理解できるだろう。
その杖より溢(あふ)れ出る罪深き力の存在を……。

5話

遥か昔、色欲の限りを尽くした魔王が居た。

衰退の一途を辿る多種族に迎合を求め、後世の人間に悪魔になりうる可能性を植え付けた大罪人だった。

遥か昔、暴食の限りを尽くした魔王が居た。

大飢饉に見舞われる世界で、自らの飢えを満たそうと、東西南北の食料を独り占めにした大罪人だった。

遥か昔、強欲の限りを尽くした魔王が居た。

鎖された島国の中、救済の望みたる数多くの黄金を独占し、我が身に纏うことだけを考えた大罪人だった。

遥か昔、怠惰の限りを尽くした魔王が居た。

新天地たる土地に足を踏み入れ、先住民の技術や財産を取り上げた上、奴隷の如く働かせた大罪人だった。

遥か昔、憤怒の限りを尽くした魔王が居た。

森羅万象に怒り、怒り、果てにはイカれた。遂に世界にさえ怒り狂い、全てを消し炭にした大罪人だった。

遥か昔、嫉妬の限りを尽くした魔王が居た。

✦第一章✦

5話

己より優れた何もかもを認められず、反逆を続けた結果、国一つを嫉妬の炎で焼き尽くした大罪人だった。

遥か昔、傲慢(ごうまん)の限りを尽くした魔王が居た。

己を悪魔よりも優れ、天使よりも秀で、神さえも凌(しの)ぐと思い上がり、等しく彼らを鏖殺(おうさつ)した大罪人だった。

「世界が闇と混沌(こんとん)に覆われた時代、いつだってそこには〝大罪〟を冠する魔王が居た」寂れた教会にアイムの語りは響く。

まるで、聖書を朗読するようにスラスラと。

それでいて讃美歌(さんびか)を謳(うた)うように熱を帯びて。

しかし、それを聞き終えたアータンはと言えば、酷(ひど)く怯(おび)えた様子で自身の肩を抱いて震(ふる)えていた。

――まさか。

「察したようですね」

不意に語り掛けられ、少女の肩がビクリと跳ね上がった。

「後世、『魔王』と称された彼らには共通点があった」

ねっとりと、それでいて恍惚(こうこつ)とした声音が鼓膜を撫(な)でる。

不快感の余り、全身に鳥肌が立った。それだけではない。少女の額には尋常でない量の脂汗が滲(にじ)み出(で)ており、彼女の心の動揺を表すかのようだった。

「……アータン。貴方の〈罪〉を教えて差し上げましょうか」

「ヤ……ヤダ……」

「貴方は先程、生き別れた姉の話を聞いて羨みましたね？　『どうして私だけこんな目に遭っているんだ』と他者と自分を比べて。そして自分よりも幸せに生きている人間を妬んだはずです」

「違う！」

強く否定する少女の腕を摑むや、邪悪な笑みを湛える司祭はそれを晒し上げる。

「この罪紋こそがその証!!　貴様が姉に抱いた感情……その〈嫉妬〉こそが貴様の〈罪〉!!　彼の〈嫉妬の魔王〉リヴァイと同じ〈罪〉なのだッ!!」

断言する声が反響し、何度もアータンの脳内で言葉が繰り返される。

——私が魔王と同じ〈罪〉を？

何を言っているのかわからない。わかりたくもなかった。

だが、晒し上げるように摑まれる腕の痛みが、今この場が現実であると彼女に思い知らせる。

「〈嫉妬のアイベル〉を一目見た時、私は『もしや！』と思った……それがこうも上手くいくとは!!　これぞまさしく天命だっ!!」

「痛っ……い!!　放して!!」

「——しかし、どうして貴様のような小娘が」

第一章

5話

「……え？」

途端に声音が変わったことを訝しみ、視線を向ける。

そこで垣間見たものは——最早押さえが利かずに溢れ出す、負の感情の濁流であった。

「何故!!　誰よりもインヴィー教を信奉する敬虔な信徒である私ではなく、貴様のような何も知らない小娘が〈嫉妬〉の〈罪〉を持っているのだッ！！？」

それは嫉妬よりギラギラと、それでいてドロドロと粘着質な怒りと憎しみの念。アータンは声さえ上げられなかった。今この場から消え去りたい。だというのに、体は言うことを聞かずにフルフルと震えるばかりだった。

この間にもアイムの嫉妬は火勢を増す。

「叶うなら私がその〈罪〉を手に入れたかった!!　だが聖都の連中は私に〈洗礼〉さえ施さず、片田舎の司祭という地位に縛り付けた!!　これを許してなるものか!!」吐き出されるのは醜い増悪の反吐ばかり。

聞くに堪えない。かと言って視線を逸らすことも許されぬ状況は、少女にとって生き地獄に等しかった。

「……じゃあ」

「？」

「じゃあ……なんで……？」少女は知りたかった。

目の前の男が、どうして自分を〝大罪〟の持ち主——魔王へ仕立て上げようとするかを。

憔悴(しょうすい)した少女の瞳は、答えを求めていた。

「フンッ、そんなことですか」

単純ですよ、と司祭は続けた。

「別に意味なんてありません」

「………………………え？」

「ああ、誤解しないように。私が欲していたのは〈嫉妬の魔王〉であって、貴様に魔王になってほしいわけじゃあない」

絶句する少女。

そこへ司祭の興味が失(う)せた声が畳みかける。

「知っていますか？　罪冠具(ロザリウム)には時折、罪使いの〈罪〉そのものが刻まれる時がある。つまり、貴様が罪冠具(ロザリウム)に〈嫉妬〉を刻み込んでさえくれれば、私もその恩恵に与(あずか)れるというわけだ」

「そんなことの為(ため)に……！！？」

悲鳴のようにアータンは声を上げた。

しかし、司祭は少女の悲痛な叫びすらも鼻で笑った。

「貴様のような小娘に、長年の大望を理解できるものか!!」

怒鳴り散らすアイムであるが、その狂気に染まった瞳は、ようやく手が届きそうな成果物を目前にして欲望にギラついていた。

それを見て、アータンは尚更(なおさら)震え上がる。

第一章

5話

（私、魔王にさせられるの……⁉）

司祭の狂気を宿した瞳。そこに反射する自身の姿は確かに普通の人間とはかけ離れた姿をしていた。

半身に刺青のような紋様が走り、片目の白い部分が真っ黒に染まった人間などどこに居るのだろう？　これならば魔族と呼ばれた方がまだしっくりくる。

（もう戻れないの……？　皆と一緒に普通に暮らせたりはしないの……⁉）風の噂では〈罪化〉で悪魔堕ちした人間は処刑されると聞く。

そうなれば自身もすでに処刑の対象となるのではなかろうか。そんな不安ばかりが脳裏を過る。

「いや……そんなのイヤ‼」

「抵抗しても無駄だ。なぜなら、すでに罪化は果たされたのだから‼」

「――‼」

「貴様の魂にはすでに〈罪〉が刻まれている……逃げることなど、永劫不可能だっ‼」

「そん、なっ……」

突き付けられた現実に、アータンは声も、そして希望さえも失った。

もう、普通の人間には戻れない。

いつかは〈罪〉に呑まれ、魔王となって世界に害を為す。

そうでなくとも悪魔に堕ちてしまえば、悪しき存在として処刑される。

――逃げ場など〈洗礼〉を受けた瞬間からなくなっていたのだ。

「嘘(うそ)つくな」

が、しかし。

「七つの〈罪(シン)〉が発現したから魔王になる？　これだからにわかは……」

少女の耳に届いた声の主は、これまた呑気(のんき)に両手を頭の後ろで組んでいた。それまで沈黙と不動を保ち、存在感を消していたはずの〝影〟が、今になって存在感を主張し始めたのだ。

まるで、言葉の切っ先を自分に向けるように。

それを見てアイムの眉間に皺(しわ)が寄る。

「……口を慎め。今、貴様の生殺与奪を握っているのはこの私だ」

「魔王は勇者と表裏一体だ」声は――言葉を捧(ささ)ぐ先は。

（私に……言ってるの？）

鉄仮面(ヘルム)の剣士の眼中に、司祭の姿などなかった。

ただ涙を流す少女のみが、その双眸(そうぼう)には映り込んでいる。

「よくある話だよ。ある国の大敵はある国の英雄。ある国の邪神はある国の神様。んで、ある国の魔王は――ある国の勇者だった」――ただ、そんだけの話さ。

そう言い切ろうとしたライアーであったが、直後右肩が大きく後ろへ弾(はじ)かれる。

彼の肩当てをよく見ると一部が大きく凹(へこ)んでいた。いや、削り取られていた。

◆第一章◆

5話

「……次は心臓を狙う」

「『ブチ切れ過ぎて手元狂った』の間違いじゃないのか？」

「黙れ……黙れ黙れ黙れぇ!!　魔王とは世界を支配する大いなる〈罪(シン)〉の力そのもの!!

重要なのは人ではない……力なのだ!!」

「お前がそうじゃないからか？」

　直後、ライアーの身体が大きく後ろへ弾かれた。

　司祭の杖先(つえさき)から放たれた魔法がライアーの胸に命中したのだ。

　一部始終を目の当たりしたアータンの喉からは、ひっ、と声が漏れる。しかし、悲鳴を上げる寸前で胸を擦(さす)るライアーが起き上がる。

「ったあああ！　あー、これは損害賠償!!　胸当てと俺の心を傷つけた分!!　一・九で請求してやるからな!!」

「……もう一度言ってみろ」

「あ？　何をだよ。主語はハッキリ言いな」

「私が」

「お前が魔王と同じ〈罪(シン)〉を持ってないってことか？」今度こそ光の線が鉄仮面(ヘルム)の眉間に命中した。

「いだだだだッ!?　絶対兜(かぶと)凹んだ!!　凹んだ部分にめっちゃ眉間圧迫されてる!!」苦悶(くもん)の声を漏らすライアーは、そのまま床の上をゴロゴロと転がり回る。「……私を愚弄することは万死に値する」怒りに震える司祭が確殺の決意を固める。

　そしてなぜか、震えて泣いているアータンの方を見遣った。

「アータン。今だからこそ言いますが……私は貴様が憎かった」

「……え？」

「憎くて、憎くて、憎くて……何度も嫉妬で縊り殺しそうになりましたよ……!!」悪魔はどんどん歩み寄っていく。

　思わず少女は後退るが、すぐさま壁に背がついた。逃げ道を奪われ、少女は恐慌状態で逃げ道を探す。

　そこへ覆い被さるようにアイムは両腕を壁に突いた。

「何故だか分かりますか？」

「ひっ……！？」

「それは……貴様が大した信仰心も持たぬ分際で、まるで神の寵愛を得たかの如く魔法に愛されていたからだッッッ!!」

　それは一方的な怨嗟だった。憎悪だった。嫉妬だった。

「貴様は私が苦労して覚えた魔法をいとも容易く使ってみせた！！！」醜い。

「ましてや生来の才なくば困難な魔法の同時行使もしてみせた！！！」醜い。

「あまつさえ、どうして貴様が魔王と同じ〈罪〉を持っているのだ！！！」醜い嫉妬を、聖職者の皮を被っていた悪魔が次々に声に出す。

第一章

5話

「どうして私がその〈罪(シン)〉を持たない！！？　この違いはなんだ！！？　信仰心？　環境？　いいや、違う――全ては生まれ持った才の違いだ！！！」

アータンの顔の横で、突き立てられたアイムの指が教会の壁に罅(ひび)を入れた。

「私は貴様が憎い……妬ましい！！！　貴様に〈嫉妬〉の〈罪(シン)〉の素養があると気付いてしまった瞬間から、貴様が妬ましくて堪(たま)らなかった！！！　所詮、天才に秀才は勝てぬ現実を突き付けられたようでなぁ！！！」

「わ、私だって……欲しくて手に入れた訳じゃ……！」

「黙れ！！！　いくら謝罪の言葉を並べたてたところで、私の尊厳を踏みにじった罪は消えん！！！　その命と魔王誕生の贄(にえ)となることで償え……！！！」

今日という日ほど、アータンは人間を恐れた日はなかった。

人間とはたかが嫉妬という感情を満たす為だけにこうも狂えてしまうのか、と。

(ううん、違う)

しかし、悟ったアータンは首を振った。

きっと、因果が逆なのだ。

嫉妬という感情が単純だから。

それでいて人間の欲望を悪い方へ煽動(せんどう)してしまうから。

だからこそ、〈嫉妬〉は人間を悪へと導く〈罪(シン)〉の一つに数えられたのだ。

(私も、いつかきっと)

目の前に浮かぶ悪魔の形相。

これこそが未来の自分の姿だと――少女は理解した。

「だから泣かせたのか？」

しかし、

「お前に言ってんだよ、お前に」

離れた場所に立ち、身体の埃を払っていたライアー。

彼は少女に詰め寄る司祭に鋭い眼光を向けていた。

「……何だと？」

「要は自分にない才能に嫉妬してアータンを虐めたって話だろ？」『うんうん』とライアーは頷き、そして。

「大好き」

「……は？」

「ホントホント、嘘じゃない。お前みたいなのは大好きだよ」

突如、ニコニコと笑みを湛えて告白した。

油断を誘う芝居か――警戒するアイムは構えを解かぬまま杖先に魔力を集中させる。

「貴様……今更何を……？」

「俺さ、才能にコンプレックス抱いてる奴が好きなんだよな。特に天才に追いすがろうと努力を積み重ねる秀才的な奴は尚更さ」

第一章

5話

「……」

「そういう直向きな姿勢がグッとくるわけよ。それでいざ天才を越えた時はもーね……感動モンよ。味方でもいいし、敵でも美味しい。立場で味わいが違ってくるって言うのか？」

「……何が言いたい？」

訝しむアイムに、ライアーはほんの僅かに顔を俯かせる。

すれば、内側に向かって窪む鉄仮面は満面の冷たい笑みを描く。

「お前さ、ドンピシャなんだわ」

「なんだと？」

「だって……」

それはまるで、問いかける秀才に向けた嘲笑のようで——。

「俺より弱い敵だから」

「——……〰〰〰〰ッッッ、〰〰〰〰〰〰〰！！！！！」

刹那、邪教の司祭の怒りが頂点に達した。

こめかみに浮かび上がる血管は異常なまでに痙攣し、とうとうアイムの顔面から眼鏡を落下させるに至った。

「貴様ぁぁあああああぁあぁあッッッ！！！！　何度私を愚弄すれば気が済む！！！？？　許さん……許さんぞぉおおぉおおおぉおお！！！」烈火の如く怒り狂うアイム。

自分に対する侮蔑は、彼にとって何よりも許しがたい罪の一つだった。

「——……ッッッ！！！？」が、しかし。

燃え盛るように吹き荒れていた魔力の奔流が、途端に鳴りを潜めた。魔力の放出とは感情によっても左右されるもの。

すなわち、アイムは己が激情を抑えられてしまうほどの事態に直面してしまったという訳だ。

それは——怒り。

鉄仮面から覗く二つの瞳が、それを訴えていた。今までの軽薄な言動からは想像もつかない凄絶な眼光が、鉄仮面の奥で閃いていた。

その瞬間、アイムはほんの僅かに後退る。

自然とアータンから離れ、そのまま自身の武器であるバクルスの先端をライアーへと向けた。殺意からではない。恐怖より湧き上がった防衛本能による行動だった。

「許さねえはこっちのセリフだ」そうだ、ライアーは憤っていた。

目の前の悪魔に。

少女の涙の元凶に。

「お前はそんなくだらない欲望の為に嘘を吐いた。罪のない人間を泣かせた」

「この魔力は一体……ッ！！？」

「そんなふざけた真似を許す魔王なら、俺がそいつを嘘にしてやるよ」ライアーが一歩踏

5話

み出す。

その瞬間、アイムが構えていた杖先から一条の閃光が迸った。今まで威嚇に留めていたアイムが、全身全霊で敵を殺そうとして放った反射的な一撃だ。

殺したいから放ったのではない。

殺されるから放ったのだ。

「っ、避け――」

迸る閃光を見て小さな悲鳴が上がった。

多少なりとも魔法に精通している彼女だからこそ理解した。あの一撃が軽鎧程度貫通してしまう威力だと。

射線は真っすぐ。鉄仮面のど真ん中目掛けて伸びていった。

着弾まで――一秒も経たなかった。

「――〈悲嘆〉の名は聞いたことはあるか？」光が、霧散した。

パッと。まるで、シャボン玉が弾けるくらい気軽な音を立てて。

忽然と消えた魔法を見て、アイムは愕然とする余り後退り、その際に落ちていた眼鏡を踏み潰してしまった。

（何が……一体何が起こった！！？　魔法で化かした！！？　いいや、違う！！！　奴はあそこから一歩たりとも動いてはいないはず！！！　私の魔力探知がそう告げている！！！）

「お前ら罪派(シンぱ)なら小耳にはさんだことぐらいあるだろ」

困惑する男を前に、ライアーは右手の甲が前方を向くように構える。

一瞬武器を持たぬ人間が何をするのかという思考がアイムの頭を過るが、それこそが致命的な隙であったことを彼は知る。

「——告解する」

光る。奔る(はしる)。迸る。

ライアーの手首から勢いよく全身へ駆け巡っていった魔力は、やがて彼の魔力回路に収まり切らなくなって全身から噴き上がった。

莫大(ばくだい)な魔力だった。

威圧され、畏怖してしまうほどの魔力——これは〈罪化(シンか)〉には違いないのだろう。

溢れ出る魔力の総量が多過ぎる余り、教会全体が悲鳴を上げている。床は軋(きし)み、脆(もろ)くなった窓ガラスは振動によりバラバラと崩れ落ちていた。

「我が〈罪(シン)〉は〈悲嘆〉」

「〈悲嘆〉……？　……まさかッ！！？」

突拍子もなく出された名に訝しむアイム。

しかし、すぐさまその顔面は驚愕(きょうがく)へと変貌した。

「〈悲嘆〉だと……！！？　鉄仮面(ヘルム)の罪使い……まさか貴様、〈悲嘆のエル〉か！！？」

「……エル？」

第一章

5話

小首を傾げる少女とは裏腹に、司祭はあからさまに慄いた。

「ええい、罪派潰しが何故ここに！！？」

「……俺のことを知っているのか」

「当然だ……!!　スペルビ教、罪派教皇アウグスト!!　奴を打倒したのは貴様だろうに!!」

「ああ……あれか」

まるで興味がないふうな態度を見せる相手に対し、アイムは取り乱しながらも杖先にありったけの魔力を込める。

そしてアータンを強引に手繰り寄せ、こめかみに杖先を突きつけた。

「きゃあ！！？」

「うっ、動くなぁ！！！　動けばこの娘の命はないと思え！！！」

「……やってみろ」

「なにィ！！？」

「俺がお前を殺すのと、お前がその子を殺すの……どっちが早いか試してやろうか？」

声のトーンが数段落ち着いたライアー――否、〈悲嘆のエル〉は悠然と言い放つ。

未だに彼は素手だ。剣は投げ捨てた場所から動いておらず、拾ってから斬りかかるには余りにもアイム達との間に距離がある。

だというのに、その立ち姿からは微塵も焦燥が窺えない。

まるで『もう勝っている』とでも言わんばかりに不遜な態度だ。

しかし、〈悲嘆〉はその不遜に見合うだけの所業を為(な)している冒険者の一人である。各国で魔王(カミ)復活の為に暗躍している数多くの罪派(シンぱ)が、彼とその仲間達に潰されたという報(しら)せは、罪派(シンぱ)の中では有名な話だ。裏の市場では懸賞金すら掛かっているが、今のところ誰かが討ち取ったという報告は届いていない。

「偽名を使って我々に近寄るとは〈悲嘆〉も堕ちたものですね……！！！」

「安いものだ。それで罪派(シンぱ)を潰せるならな」

「ぐっ……！！！」

「それよりもいいのか？」

「っ……何の話だ？」

「聞いたことはあるだろう。〈悲嘆〉の仲間——〈傲慢〉の存在くらいは」

「！！！」

——まさか。

一瞬の思考。

そうだ、失念していた。〈悲嘆〉は一人だけのパーティーではない。

〈悲嘆〉は冒険者として名を上げるよりも前から、一人の少女とパーティーを組んでいた。

その名も〈傲慢のルキ〉。

アータンと同じ大罪の〈罪〉の内の一つを宿した勇者その人である。

〈悲嘆〉がここに居るのであれば、彼女もここに居ないはずがない。

5話

思い至った瞬間、アイムは魔力探知を全開にする。教会全体へ、蟻の一匹も見逃さぬほどに研ぎ澄ます。

〈〈傲慢〉め！！！　どこかに潜んで……！！？）そして、見つけた。

場所は――

まさに目の前だった。

「は？」

「ま、全部嘘なんだけどな」

「貴さ、まなッんまっほあぁあぁあぁあぁあぁあぁあああああああ！？！？！？！？！？！」

突如響き渡る絶叫。

原因はアイムの下半身にあった。

男の大事なタマがぶら下がっている股間。まさしくそこへ脚（グリーブ装備）が振り上げられていたのだ。

メキョッ……！　とでも鳴り響きそうなめり込み具合。

それまで悪魔然としていたアイムの顔も、真っ赤から白を経由し、最終的には真っ青に染まった。顔中に滝のような汗を掻きながら絶叫した後は、直立するのもままならなくなって倒れた。

（魔力探知に引っ掛からなかった！！？　幻惑魔法……ではない！！！　だとしたらなんだ！！？）

直後の理解。

「もしや……〈悲嘆〉ではないな！！？　貴様の〈罪(シン)〉は――」

「はーい、電気あんまの刑いきまーす」

「は？　でんき……ま、待て!!　やめろ貴様何をするつもりゃあぁあぁああああああぁあああああ！！！？」

股間を押さえるアイムの腕を引き剝(ひ)(は)がし、ライアーは股間にあてがった足を全力で上下運動させる。

これこそ全手動陰嚢(いんのう)破壊機こと、電気あんま！

股の間にブラ下がっている二つのタマは、押し付けられる足の重みによって内臓を押し潰されるかの如き激痛を生じる！

「あああんあああんあんあんあああん！！！！？　きさ、やめ、やめろぉおおああああああああ！！！！？」

「『やめろ』？　う～ん、どうしよっかなぁ～？　やめよっかなぁ～？　ん～～～～～……やっぱやめてあげな～い！」

「はあ！！！！？　やめっ、やめああああああ゜あ゜あ゜あ゜あ゜あ゜あ゜あ゜あ゜あ゜あ゜あ゜あ゜！！！？」

（うわぁ）

最早どういう悲鳴なのだろう。間近で公開処刑を眺めるアータンは、司祭の悶絶(もんぜつ)する姿にそっと自身の股間を押さえた。女だから真の意味で共感はできない彼女ではあったが、

この教会中に響き渡る鶏の首を絞めたような悲痛な叫び声を聞くだけでも、ある程度痛みを想像できてしまったようだ。

(痛そう……)

「あ、アータン!!! アータンッ!!!」

「っ!」

「何を黙って見ているのです!!!? わた、私を助けなざぃい!!!?」

アータンが傍観を決め込んでいると、二十面相状態のアイムがそう告げた。

しかし、

「それが人に物を頼む態度か? はい、罰としてギアあげまーす」

「んなっ……ぎひにいぃいぃいぃいぃいいいぃいぃいぃいいい!!!?」

「うわぁ」

「あ、アーダンぅうッ……!!!! 助げっ、助けてください……!!!!!! どうかッ、どうかお願いですからぁ……!!!!!」

「よくできました。ま、別に俺はやめないけど」

「ぽあああああああああ!!!?」

一応はアータンに救済を懇願できたアイム。

だがしかし、そもそも現状は彼の自業自得とも言うべき状況だ。ましてや悪魔堕ちさせられようとしたアータンにとって、この司祭に復讐(ふくしゅう)する理由はあっても助ける理由はない……。

はずだった。

「あ、アータン……お願いですッ……!!　全部……全部嘘だったんです……ッ!!」

「えっ……?」

「最初っから、あああおおん!!!?　ぜ、全部ですよっほぉ!!!?　全てはっ、貴方の〈罪〉を覚醒させる為……仕方ない嘘だったんでず……ッっぽぁあぁ!!!?」

「で、でも司祭様……故郷を焼いたのも、暴力を振るうお家に面倒看させたのも司祭様の指示だって……!」

「それが嘘なんですよッ!!!」

「おーい、こいつ嘘ついてるぞー」

「ぽぎげぅあああああっはあああああ!!!?　ほ、本当です……本当なんです!!!　だからっ、この男を止めてくださいぃいいいいいぃッ!!!!?」

電気あんまはギア3へと突入した。

まるで掘削機の如き轟音を奏でる足に対し、アイムの汚ぇ玉鋼は掘削される寸前であった。

「命乞いにしたってそりゃあないでしょ〜。あんだけぶっちゃけてた癖によぉ〜」「嘘じゃありません、本当です!!!　アータン、全ては貴方の為ッ……未来の英雄を作る為に仕方なぅうあぎぃいいい!!!?」

「っとに、こいつはもぉ〜。口を開けたらあれこれ出まかせ言いおって……」

「……ないよ……」

「ん？」

か細い声を聞き逃さぬよう、ライアーの脚がピタリと止まる。

声の主は、深く俯く一人の少女だった。

「……なんか言ったか？」

「もう……何も信じられないよッ！！！」

あらん限りの力で叫ぶや、拳が振り下ろされた。

しかし、心身が擦り切れた少女に残された力は少なく、床を殴り付ける音は酷く弱弱しいものだった。

揺れる少女の目尻から、一滴の雫が滴り落ちる。

決壊の合図だった。堰を切ったように溢れ出す涙と共に、少女は胸の内に抱えていたものを吐き出し始めた。

「なにが嘘とかどれが嘘とか……もう騙されて酷い目に遭うのはイヤなの！！！　それだけで辛いのに……これ以上私を辛くさせないでよぉ……！！！」

「……」

「後から『それは嘘だ』って教えられてショック受けるぐらいだったら……最初からっ何も信じたくなんかないッ……！！！」正真正銘の本音。

第一章

5話

人よりも不幸な人生を送った少女が紡ぐ、自らを主役に立てた虚構の物語。

その当事者になった者にしか理解できない苦しみを味わった今、彼女が信じることを恐れるには十分……十分過ぎたのだ。

――けど、もったいねえなぁ。

ゆらりと歩み寄る人影があった。

「なあ」

「……なに？」

「これ、お前のか？」

俯くアータンの目の前に差し出されたのは一冊の絵本。

「そこに落ちてたぞ？」

「……あ」

拘束された時に手放してしまったマザーからの餞別(せんべつ)。それを拾い上げてくれたライアーから、アータンは素直に受け取った。

「……ありがとう」

「その絵本好きか？」

「え？」

突拍子もない質問だが、少女は頷いた。

「うん。……好き」

勇者が魔王を打ち倒す、何の捻(ひね)りもない物語。世間一般に王道と言える物語を、アータンは好き好んでいた。

「嘘でもか？」

「え？」

「その絵本……嘘でも好きか？」

そこへ鉄仮面(ヘルム)が投げかけた問いに、今度は小首を傾げた。

嘘の絵本を好きでいられるか、要はそれだけだ。

「私、は……」

いつもならそれだけなのに――少女は即答しかね、まごまごと舌の上で言葉を転がした。

自分は人生の大半を嘘に踊らされてきた。今だって明かされた真実に、胸を深く貫かれるような痛みに苛(さいな)まれている最中だ。

その上で尚(なお)、虚構を好きなままで居られるか。

――私は……。

何回も、何十回も熟考を重ねる。

汗が頬(ほお)を伝う。いやに冷たかった。

全身を揺らすまでに鼓動は早くなる。焦燥がさらなる焦燥を呼ぶ悪循環だった。それを理解したアータンは、自然と縋(すが)るような視線を目の前の鉄仮面(ヘルム)へと注いでいた。

しかし、

第一章

5話

（……あ、）

自分を見守る優しい眼差(まなざ)しがあった。

焦らなくていい、急がなくていい。まるでそう言わんばかりにライアーは答えを待ってくれていた。

だから少女は心に決めた。

「うん」

迷いのない声色で答える。

その時、一瞬だけだが彼女の瞳には温かな光が宿っていた。それを鉄仮面(ヘルム)から覗く双眸は見逃さなかった。

「私は——好きだよ」

「……なんでだ？」

「優しくて……温かいから」

理不尽な暴力から無辜(むこ)の民を守り、世界を丸ごと救う勇者。

その立ち向かう勇気に、その平等な優しさに、少女はいつも夢を見ていた。

現実は物語のようにありきたりなことばかりではないけれど、ならばせめて物語の中だけは優しい嘘に溢れていて欲しい。

それが少女の嘘偽(うそいつわ)りない本音だった。

「じゃあ、それでいいだろ」

え？　と俯いた顔を上げた時、彼女は太陽を幻視した。

鉄仮面（ヘルム）越しにでも満面の笑みと分かる温かな笑顔。見る者の心に温（ぬく）もりを分け与える目元の綻びに、アータンの心はにわかに融（と）け始（はじ）めた。

「それでいいって？」

「そのまんまの意味だよ」

ライアーは絵本を指差しながら続ける。

「漫画に小説、テレビにゲーム。作品なんて嘘でも全然楽しめるもんだろ？」

「嘘、でも……？」

「俺もさ、好きな作品があるんだ。子供の時からずっとハマってて、大きくなってからもそいつの続き物にぞっこんだった。ま、実際にはそいつもよくある嘘（フィクション）の物語だったんだけど……」

絵本の汚れを手で払うライアー。

そうして汚れが取れた時、彼は懐かしむような眼差（まなざ）しを絵本の表題へ注いだ。

「本当に……大好きな作品なんだ」

アータンは、初めて彼の本音を聞いた気がした。

終始ふざけた態度で嘘ばかり吐く人間――しかし、その本音はどこまでも純粋で純朴で、まるで幼い少年のようだった。

「だからさ、好きな嘘を選べよ」

すると、彼はアータンに絵本を持たせた。

彼女が『好き』と言った『嘘（フィクション）』を。

「色々あって信じたくない気持ちは分かるけど、何も信じないまま生きてくなんて人生楽しくないだろ。違うか？」

その言葉を受けたアータンは口をキュッと結んだ。

手渡された絵本も自然と強く抱きかかえた。

何も信ずるものがない。

それすなわち、何一つ心の拠（よ）り所（どころ）ないことを意味する。

心の拠り所がなく生きていくのは非常に険しく、難しく――そして、孤独で寂しいものだ。

「――それにさ、嘘も全部悪いもんじゃないぞ」

「……どういうこと？」

「嘘は嘘として楽しむ。でもさ、時々あるんだよ。嘘だと思ってたものが本当に存在してた時がさ」

「え？」

「土地の生き物だったり、あとは料理とかな！　いやー、ずっと昔から憧れてた料理があったんだけど実在してんの見た時は感動したわー！　んで、いざ実食してみた訳さ。それが……」

✦第一章✦

5話

「それが……？」

「思ってたより美味しくなかった！　ヒーッ、笑える！　自分で勝手に期待値上げといてな⁉　ギャハハハハ！」

手を叩(たた)きながら大笑いするライアー。

しかし、本当に心の底から楽しそうな様子だった。

間近で眺めていたアータンも、無邪気に笑う彼の様子を見て瞳に光が宿っていく。

「じゃあさ……一つ訊(き)いていい？」

「うん？　なんだなんだ、何でも聞いていいぞ～♪」

「嘘(フィクション)だと信じてたもので……実は実在してて嬉(うれ)しかったものって……なに？」純粋な疑問だった。

対してライアーはと言えば『なるほどそう来たか』と思考に入る。

「そうだなー。んー、色々あるけどやっぱあれだなー」熟考に熟考を重ねたライアー。

そんな彼の人差し指はゆっくりと持ち上げられ、目の前の少女の額をトントンと叩いた。

謎の行動に首を傾げるアータン。

しかし、目が合ったままの相手はこう告げた。

「一番嬉しかったのはお前に……アータンに会えたことだ」

「――え？」

「ずっと……ずっと、お前のこと助けたかったんだ」――嘘じゃない。

そう言って、ライアーは屈託ない笑みを浮かべた。

心の底から楽しそうに。

彼の言葉の意味をアータンは測りかねた。

(私を助けたかったってどういう意味?)

言葉通りの意味だろうか?

はたまた何かの作品に登場する状況の再現だろうか? 女の子が一度は白馬の王子様に迎えに来てもらうことを夢想するように、彼も助けを求める誰かを助ける場面を夢想していたのだろうか?

(だとしたら、この人……) そして、こう思ったのだ。

(この人……羨ましいなぁ……)

全力で嘘(フィクション)を楽しむ姿勢も。

実在していたら、心より感動できる感性も。

実物が期待外れでも楽しめる割り切りの良さも。この瞬間、彼女はライアーを素直に羨んだ。妬みとか嫉(そね)みとか、そういった悪感情ではない。

すると、自然と彼女の半身に浮かび上がっていた紋様が次第に消えていく。黒く染まっていた右目も徐々に元の色を取り戻す。

——〈罪化(シンか)〉が収まった。

これには股間を押さえて身悶(みもだ)えていたアイムは目を剥(む)いた。

第一章

5話

「そ、そんなッ……！！？」

「よし、それじゃあ審判の刻だ」

「なっ……！！？」

ライアーは、今も尚タマの痛みで立ち上がれない男を踏みつける。

『あひんッ！！？』と情けない悲鳴が木霊するが、これは無視する。

「アータン。こっからはお前が選びな」

「私が？」

「こいつを信じるか、俺を信じるか……二つに一つだ」一つ、アイムを信じて彼を救出するか。

一つ、ライアーを信じて彼を成敗するか。

「好きな方を選べよ」

「アータン、その男に騙されてはいけません……！　私は貴方に嘘を吐いてしまいましたが、それにはやむにやまれぬ事情があるからこそ！　きちんと謝罪はします……だから、今はその男を止めるのです……！」

性懲りもなく命乞いをするアイムに呆れるライアーは、こそこそとアータンに耳打ちする。

「？　……――！」

「さぁ！　どっちを選ぶかなぁ～!?」

何かを吹き込んだライアーは、途端に大仰な身振り手振りをする。

すると、少女の爪先がアイムの方へと向いた。無言がこれほどまでに恐ろしいとは——

司祭になってから初めて知った感覚に冷や汗をダラダラ流し、男は股間の痛みに耐えながら少女に縋りつくような眼差しを向けた。

「ア……アータン？」

「……司祭様。貴方は私にしてきた所業を嘘と言いましたね。故郷を焼いたことも、酷い家に預からせて虐めさせていたことも……」

「は、はい！　その通りです！　全ては貴方の〈罪〉を覚醒させる為！　私も誠に心苦しかったですが、仕方なかったことなのです！」

「……司祭様には私を拾い上げて面倒を看てくださったという大恩があります。幼かった私に魔法を教え、心を育む美徳を授けてくださった尊敬すべきお方……たとえ一つや二つ嘘を吐かれたところで、貴方への恩義が揺らぐことはありません」

「アータン……！」

「私は……私は司祭様を許しましょう」

少女は、花のような笑みと共に司祭へ手を差し伸べた。

——ああ、この少女は何と慈悲深いのであろう。

アイムは目の前に降臨した女神に自然と涙が溢れてきた。

その間、アータンはゆっくりと呼吸を整える。肺いっぱいに空気を吸い込み、準備が整

5話

ったと言わんばかりに頷く。

そして、

「――嘘に決まってるでしょぉおおおおッ！！！」

「ぴっ――あぎがぴぎがばぎゅがぁっはっばああああああああああああああああ！？！？！？！？！？！？」

全力。

それは紛れもなく全力の一撃だった。か細い少女の脚が、男の股間にめり込んでいく。

刹那、司祭の顔は壮絶な百面相を描いた。人間の表情筋ってあんなに動くもんなんだなーと、ライアーが感心するほどの動きだった。

次の瞬間、喉が引き裂かれるような断末魔が遅れて教会の窓を揺らす。悲痛。そう形容する他ない汚い絶叫だ。しかし、嘘を吐いた挙句少女を泣かせた男への罰としてはまだまだ足りない。

執拗にタマを蹴り続けるアータン。

絶叫を越えて慟哭するアイム。

それを見て爆笑するライアー。

三者三様の地獄を呈す教会の中は、しばらく天に召されるタマへの鎮魂歌が鳴り響くのであった。

墜ちんちんランド、これにて閉園。

Tips5: 罪《シン》

『ギルティ・シン』シリーズ一作目より登場する“罪”を元にした特殊な能力。

〈洗礼〉と呼ばれる儀式を受けた者に発現する力であり、種類は千差万別。
本人の精神や罪悪感によって発現する〈罪〉は大きく異なるものの、そのほとんどが原初の〈罪〉たる〈原罪〉より分かたれし、七つの大罪の系譜を継いでいる。

また、〈罪〉の性質は当人が積んだ善行や悪行の量——いわば業（カルマ）に左右されるものであり、善人と悪人とでは同じ〈罪〉であったとしても発現する能力は正反対になる。
さらには業の深さに伴って、発揮される〈罪〉の力も強化されていく。

罪深き者にこそ大いなる力を与える——それこそが〈罪〉なのである。

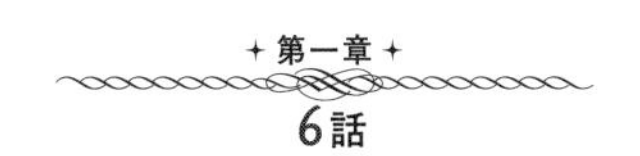

6話

あらかじめ王都の知り合いに要請していた衛兵は、その日の内に来た。

「ライアー殿、罪派（シンパ）の逮捕にご協力いただきありがとうございます！」

「いいえー。遠路はるばるお仕事ご苦労様でーす」

「これが我々の仕事ですので！　……ほら、乗り込め！」インヴィー教司祭・アイムは捕らえられた。

うーん、残念でもないし当然。

罪状は拉致に暴行、罪化（シンか）等々……まあ、叩（たた）けばいくらでも埃（ほこり）みたいに出てくるだろう。

聖都に護送された後は、裁判を受ければ数十年は牢（ろう）の中からは出てこられないはずだ。

当の陰険クソ眼鏡（めがね）はと言えば、護送車の中で魂が抜けたように白目を剝（む）いている。金的食らった衝撃で、マジで魂が抜けたかもしれない。

そんな俺の心配も、いよいよ護送車が動き始めて聞こえてくる『あひんッ⁉』という情けない悲鳴で露と消える。護送車の揺れが蹴り上げられた陰嚢（いんのう）に響いているのであろう。

車体が上下に揺れる度に悲鳴が面白いほど木霊する。なんだろう、小さい子が履く音の鳴る靴みたいだ。「ギャハハハッ！　聞いたかよ、あの声。よっぽどアータンの蹴りが効いたらしいな」親指を立ててみる。

が、隣のアータンからの反応は芳（かんば）しくない。

「……うん」

あからさまに顔が暗い。

膝を抱えて縮こまるアータンに、俺も真面目に笑い声を収める。

「浮かない顔してんな。疲れたか？」

「ううん、別に……」

「これまた分かりやすい嘘を……」

顔があからさまに『元気がありません』と訴えている。

それも考えてみれば当然だ。仔細までは知らないが、聖都に向かう道中で司祭の手によって真実を告げられ、強引に〈罪〉を覚醒させられ、挙句の果てには目の前で激しい死闘を繰り広げられたのだ。これで疲れるなという方が無理な話だ。

けれど、少し違和感があった。

多分肉体的な疲れではない。精神方面で参っているのだろうと俺は直感した。

「どうした？　俺でいいなら相談に乗るぜ？」

この時ばかりはふざけた言動を収める。流石に疲れ切った相手に見境なくふざけ倒すほど非常識じゃあない。俺は笑ってほしいからふざけるんだ。

だから、真面目な時は真面目に決める。

そんな俺の真摯な雰囲気を感じ取ったのか、地面をジッと見つめていたアータンはゆっくりと振り返ってきた。

第一章

6話

「……聞いてくれるの？」

「おう。いくらでも」

「……ありがとう」

アータンはポツリポツリと紡ぎ始めた。

自分の故郷が魔王の手先によって滅んだこと。

流れ着いた先でひどい待遇を受けていたこと。

孤児院に引き取られてからも、けっして裕福な暮らしではなかったこと。

何より、それらすべてが自身の〈罪化(シンか)〉を促す為(ため)に作り上げられたストーリーであったこと。

どこからどこまでが真実かは、それこそあの男にしか分からない。

もしかすると、故郷を焼いたのがアイムだという自白から嘘だったかもしれない。アータンの境遇を知った上で、どうすれば嫉妬の感情を引き出せるか——その一点を追求して練られた嘘という可能性も否定できない。

だが、過去は覆らない。

故郷を焼かれたこと。

養父母から虐待を受けたこと。

何より、信じていた人間に裏切られたこと。

「今までの私の人生……なんだったんだろうなって」語っていく内に、アータンの声が震え始める。

「お父さんとお母さんは死んじゃってッ……お姉ちゃんとは離れ離れになって……ぐすっ。別にさ、孤児院での生活が不満とかじゃなかった……ホントだよ？　まだ友達（ともだち）が居たから……でもッ、こんなのって……こんなのはあんまりだよ……ッ！」涙はとめどなく溢れ出（あふれだ）す。

　孤児院に居る間は、他にも同じ境遇の子が居るからと我慢できていた感情。それが今になって爆発したのだろう。

「どうして、私ばっかり」

　聞いたことのあるフレーズだった。

　それをまるで口にしてはいけない呪詛（じゅそ）を紡いだと言わんばかりに、アータンは苦々しく歯を食い縛る。

　きっと司祭の言葉を耳にした時の感情を思い出しているのだろう。

　血を分けた唯一（ゆいいつ）の肉親に対する嫉妬の念を。

　それに強い罪悪感と嫌悪感を抱いているのは、他でもないアータン自身だ。

「私、自分が怖いよ……自分が自分じゃなくなっちゃったみたいで。私、これからどうなっちゃうの……？　〈罪（シン）〉は天使にも悪魔にもなれる力だけど……このままじゃ、私……！」

　アータンは手首に嵌（は）められた枷（かせ）を握りしめる。

第一章

6話

司祭の手によって嵌められた枷。彼女の〈罪化〉はそこを起点に広がっていたことを思い出す。

――もしも、このまま〈罪〉を犯せば。――〈嫉妬〉の念を抑えられなければ。――その時は悪魔に堕ちるのだろうか。

「そんな自信、私にはないよ……」

「……」

「馬鹿馬鹿しいよね……そうなった時は自業自得なのに。でも、もう駄目なんだ……嫉妬してるのを他人の所為にしようとしてる自分が居るの……！」本人にはどうしようもない生まれや境遇はある。

それらを比べた時、どうしたって〝差〟は生まれてしまうものだ。

この場合、アータンは他人よりもずっと不幸な人生を歩んできただろう。

俺はゲームのテキストでしか彼女の過去を知らない。けれど、画面上では数秒で読み飛ばせてしまうテキストの裏側には、現実時間で流れた彼女の苦痛の日々が詰め込まれていたことは想像に難くない。

俺だってアータンと同じ人生を歩んでいたら、他人に嫉妬しないなんて難しいと思う。というか、無理だ。

衣食住の何を取っても他人と自分を見比べ、きっと嫉妬の炎を燃やしてしまうだろう。

俺でさえそういう風に想像できてしまうのだ。

だからこそ、当人にとってはそれ以上に周囲が恵まれて見えるに違いない。

その時に生じる負の感情――〈嫉妬〉こそ、彼女を悪魔へと至らせる〈罪（シン）〉だ。

「どうすればいいのかな」

遠い目をして、アータンは空を見上げる。

以前であれば遥（はる）か遠くまで続く世界の涯（はて）に思いを馳（は）せ、生き別れた家族に出会うことを夢見ていたはずだ。

だが、今の自分にはその資格がない。

アータンはそう言わんばかりに力なく項垂（うなだ）れ、空から目を背けていた。

そんなアータンを見て、俺は。

「――アータンは凄（すご）いんだな」

「……え？」

「そんな風に自分を客観視できることだ」

大したもんだ、と思わず感心が漏れた。

一瞬ピクリと反応したアータンであるが、顔はスカートに埋（うず）めたまま動かさない。

「……別に……凄くなんかないよ。嫌な自分に気づいただけ」

「違うな。それが凄いんだって」俺は指を振って食い下がる。

「嫌な自分を知るってのは中々出来るもんじゃないぜ？　大抵の人間は都合の悪い自分から目を背けたがるしな。心の強い人にしかできない立派な行いだ、うん」

第一章

6話

「……でも、」

「俺にも中々できないからさ、そういうアータンには嫉妬しちゃうね。でもさ、これって悪いことか？」

「え？」

生返事を返そうとしていた少女も、思わぬタイミングでの質問に顔を上げた。

そのまま俺の方を向けば、当然俺と目が合った。くりくりと真ん丸な瞳だ。泣き腫らした目元が痛々しく赤に染まっているが、それも相まってより翡翠色の瞳が輝いて見える。

「どういう……意味？」

「人間生きてりゃ大なり小なり他人と比べて嫉妬するもんだろ。『あいつの方がお金持ってる！』なり『あいつの方が背が高い！』とか。裏を返せば相手の良いトコに気づけちゃうってことじゃん？」

俺はありのままの言葉を口にする。

その内のどれだけが彼女の心に届くかは知らない。

けれど、せめて言葉を尽くしたい。

人生に絶望しかけている少女に、少しでも希望を抱かせたい。

その一心で、言葉を尽くす。

「それって良いことだろ？」

だってそうだろ？

嫉妬や羨望を抱くのは、いつだって他人の自分より秀でた部分だ。劣っている部分を羨む人間なんて皆無に等しい。

だからこそ、俺は思う。

――嫉妬するって悪いことか？

妬みや嫉みは人間として当然だ。

だからこそ人を罪に走らせやすい――そういう根源的な欲望としての意味合いで七つの大罪に選ばれたのが、この〈嫉妬〉という感情である。

じゃあ嫉妬は罪ですか？　と訊かれたら、大半の人は首を傾げるだろう。

「嫉妬し過ぎて怪我させたとか物盗んだとかならともかく、そういう他人の秀でたところに気づけるのは罪どころか十分長所だろ。なんなら、そいつを口に出して褒めてやりゃあ善行じゃね？」

「そ、そうかな……？」

「たりめぇよー。人間ってのは長所を褒められたら伸びるもんなんだぜ？」

ニヤリと悪戯な笑みを浮かべながら、俺はアータンの頭にポンと手を置いた。

画面上では終ぞ触れられなかった存在が、今はこうして手が届く場所にある。

この世界に来てから何度も経験してきたが、やはり思い入れの強いキャラクターとなると感慨もひとしおだ。

そして、より強く実感する。

第一章

6話

——この子は生きている。

掌(てのひら)を伝う熱がそう訴えていた。

ああ。

俺は湧き上がってくる感情をグッと呑(の)み込み、鉄仮面(ヘルム)の奥で笑顔を作る。

「だからさ、そんな小難しく考えんなよ。じゃないと、人生楽しくないだろ？」

「そう……そうかな？」

「そうともよぉ！　このプルガトリア一の勇者(ひと)である俺様が保証してやりますとも」

「……フフッ、それ嘘じゃん」

ここに来て初めて少女が笑みを零(こぼ)した。

それを見て、俺は思わず固まった。

「アータン、お前今……」

「えっ？　ど、どうしたの……？」

「やぁ～～～っと笑ったなぁ！　あらやだ、笑った顔がキュートだこと！　やっぱり女の子は笑顔に限るわぁ～、ねえ奥さん!?」

「あれ……私、笑った顔見せてなかったっけ？」

「ああ。苦笑いはしてたけどな」

「……それ、全部そっちのせいじゃない？」

「そうとも言う」

「……」

「……」

「……フフッ」

「フッ」

アハハハハッ！　と。

顔を見合わせた俺達は弾んだ笑い声を空の下に響かせた。

「アハハッ……もう、ホントおかしい」

「それに命賭けてるんで。なんたって俺はどんなシリアスな場面でも最初はネタ選択肢を選ぶ男だからな」

「ネタセンタクシ……？　って、また変なこと言ってる」

「いいんだよ、こいつは俺に向けてのネタだから」

「フフッ、変な人」

頬を紅潮させるアータンは、目尻から溢れ出した涙を指で拭う。

苦痛や悲痛とは別の理由で溢れ出したであろう雫は、不思議な温もりで冷えた指先に熱を宿す。熱はポカポカと体の中心まで駆け巡る。

それで大分元気を取り戻したのか、アータンはスカートに顔を埋めることなく、両膝の間に顔を挟む形で前の方を向いた。

「……ありがとう。貴方のおかげで元気出た」

6話

「どういたしまして……で？」

「え？」

「アータンはこれからどうするんだ？」

「これから？　そうだなぁ……」

聖都に推薦された話が嘘だったとして、身寄りのないアータンは孤児院に戻るしかない。

独り立ちするにしても準備が不完全だ。このまま聖都なり王都に向かったとしても、職を見つける前に野垂れ死ぬのが関の山だろう。

「孤児院に戻って……小さい子の面倒を看て……それからは……」

「姉ちゃんを探しにはいかないのか？」

「っ――！」

一度は胸にしまいかけていた願望を掘り起こされたアータンは、瞬く間に悲痛な面持ちとなった。

けれども、先の励ましがあったおかげか、彼女はゆっくりと桜色の唇を動かし始める。

「……行かない……行けないよ。そもそも生きているかも分からないのに」

「そうかぁ？　じゃあ、名前教えてくれよ。知ってるかもしれないし」

「名前って……そんなの言ったって」

「いいからいいから」

「……『アイベル』。それが私のお姉ちゃんの――」

「アイベルか……あん？　それってあの司祭が言ってなかったか？」

「……あ」

そう言えば、と言わんばかりにアータンは記憶を掘り起こし始めた。

アイムの言葉を信じるのであれば、奴（やつ）はアイベルを見て、アータンに〈嫉妬〉の〈罪（シン）〉があると確信を得たのだ。

それは何故（なぜ）か——単純に考えれば、一目見て姉妹であると分かるくらい似ていたからだろう。

血縁と〈罪（シン）〉は切っても切り離せない存在。姉に〈嫉妬〉が発現したならば、妹も……と考えるのはある意味妥当だろう。

俺は既プレイ勢だから知っているが、アータン視点では初めて姉の生存を信じるに足る証言だ。

熟考の果て、アータンは俺に真偽を問（と）い質（ただ）すような視線を注ぐ。それに俺も真っすぐな視線で応じる。茶化すつもりは毛頭ない。

「ホント……？」

「ああ、間違いない」

「嘘じゃない？」

「嘘じゃねえって」

「でも……」

第一章

6話

やはりアータンは踏ん切りがつかない様子だった。

人を信じる心。今、彼女に欠けてしまったものはそう易々と癒えるものではなかった。

(あの陰険クソ眼鏡……)

余計な置き土産をしやがって。

今度見つけたら完全にタマを潰してやると俺は誓った。

閑話休題。

息を整え、改めてアータンの目を見つめる。彼女はくしゃくしゃな表情を浮かべていた。元々童顔なのも相まって、それは今にも泣き出しそうな幼子を彷彿とさせた。

「アータン」

視線を外さぬまま、俺はこう続けた。

「俺は、相手を傷つける嘘は吐かない」

「っ……!!」

「嘘吐きなりの流儀って奴だ。信用してくれていいぜ」

他人を傷つける嘘を吐く奴は三流だ。

面白くもなんともない嘘吐きは二流。そして他人を笑わせられる奴は一流。

これは俺の価値観だ。

嘘は相手を喜ばせてナンボだ。

ゲーム然り、アニメ然り、漫画然り、小説然り。

この世に溢れるありとあらゆる嘘は誰かを喜ばせる為に創造されている。このゲーム（ギルティ・シン）だって例外ではない。

自慢じゃないが、俺はかなりのファンだ。

ゲームは全作クリアしたし、アニメや漫画といったメディアミックスは全部制覇している。設定資料集なんかも随分読（よ）み漁（あさ）ったものだ。

でも、実際に転生してみて分かったこともあった。

この世界（アルガトリア）には、俺の知らない世界がまだまだ広がってる。

「……別にアータンの人生をどうのこうのって言うつもりはないけどさ」ゆっくりと、興奮を抑えながら俺は続ける。

「巻き返そうとかは思わないか？」

「巻き返す……って？」

「辛（つら）い日が続いてたからって辛い人生で終わる訳じゃない。これからも何十年と生きてくんだ。だから、これからの人生の序章（プロローグ）だと思っちまえ」俺は少女の傍らに置かれていた絵本を指差した。

彼女が好きだと言った勇者の物語。

魔王を倒し、世界に平和をもたらす、それはもう黴（かび）が生えるほど使い古された英雄譚（えいゆうたん）だ。

だけど、物語の勇者も最初から順調な旅路であった訳ではない。数多（あまた）の苦難や困難を乗り越え、ようやく魔王討伐という偉業を成し遂げたのである。

第一章

6話

俺が知っている勇者もそうだ。

色欲の勇者も。暴食の勇者も。強欲の勇者も怠惰の勇者も憤怒(ふんぬ)の勇者も嫉妬の勇者も。

傲慢(ごうまん)の勇者も。

そして、悲嘆の勇者も。

「アータンの人生は、こっからだ」指先を少女の方へ移す。

「この世界(プルガトリア)は広いんだぜ？　楽しまなきゃ損損(そんそん)」

「まあ、それは……」

「きっとその中にゃアータンが嘘だと思ってたもんが実在してるかもしれないぞ？」「そ、そうかな……？」

「ああ。俺が保証してやるよ」俺も全部見てきた訳じゃない。

一生かかったって巡り切れる自信もない。

それでも、この世界(プルガトリア)には感動が満ちていたとだけは胸を張って言い切れる。

たくさんの人々。

たくさんの建物。

たくさんの料理。

たくさんの娯楽。

たくさんの風景。

たくさんの物語。

全部が全部、この世界（プルガトリア）では確かに現実として在った。

俺はギルティ・シンが好きだ。

俺はこの世界（プルガトリア）が好きだ。

「だからさ、俺の嘘を一つ信じてみないか」

「貴方の？」

「ああ」

だから、俺はこの世界で生きている人間が好きだ。

「これからアータンは、今までが嘘みたいに思えるほど馬っ鹿馬鹿しくて最っ高な人生を送れる！」

「！」

「姉ちゃんにも会えるし友達もたくさんできる！　色んな町に出かけて美味（おい）しい料理やカワイイ服なんかも着て、将来はいい旦那さんも見つけて家族もできるんだ！　――どうだ、最高だろ？」

真っすぐアータンを見つめていれば、みるみるうちに彼女の翡翠色の双眸（そうぼう）が潤み始める。

スンッ、と鼻で息を吸う音が響く。

すると、ポロポロと少女の目尻から透明な雫が零（こぼ）れ始（はじ）めた。小刻みに震えながら唇を結んだ彼女は、小さな嗚咽（おえつ）をもらし始めた。

「ひっく……ぐすっ……」

第一章

6話

「嫌だったか？」

「ずびっ……ううん、ありがとう。全然……嫌なんかじゃない」手の甲で涙を拭うアータン。

今までどこか怯えた様子が拭えなかった彼女は、堂々と面を上げる。

だが、その泣きっ面には流す涙に負けないくらいに輝く笑顔が咲いていた。

「私もっ……そっちの方がいい！」

「——よしっ、じゃあ行くか！」

「えっ？」

俺の言葉にアータンが呆気に取られる。

「行くって……どこに？」

「冒険」

「誰が？」

「アータン」

「なんで⁉」

いや、今そっちの方がいい言うたやん。

ってのは半分嘘で。

「とりあえず姉ちゃんには会いたいだろ？　だったら現実的に実現可能なとこから狙っていくのは当然ですわよ、オホホホホ」

「それはそうだけどいくらなんでも急過ぎない!?」

「神はこう申されました……『善は急げ（ハリー・グッド）』」

「絶対嘘だよね!?　今のは嘘だって私にも分かる！」ツッコむ元気も戻ってきたようで何よりだ。

「じゃあ、アイベルは探しに行かなくていいのか？」

そう訊けばアータンは『うっ』と言葉を詰まらせる。

さっきとは打って変わって苦悩している様子が窺（うかが）える。けれども、人生を諦めていた時よりかはずっと前向きな悩みであろう。

考えること十秒弱。

両の手を握りしめた少女は、熟考の末に言葉を搾り出した。

「行……く……けどッ！」

「じゃあ決まりだな！　安心しろ、王都までなら案内してやる。そこで聞き込みと準備を済ませりゃ、後はトントン拍子よ」

「待って！　まだ貴方と行くなんて言ってない！」

「え……行かないの……？」

「かつてないほどショックを受けた反応……!?」うん、割と真面目にショックは受けた。

だって……だって……。

「アータンに言われるとショックだわぁ……」

第一章

6話

「なんで私のせい!?　別にそこまで付き合い長くないでしょ！」

「それはそうだけどさぁー……」

実際現実の時間での付き合いは皆無に等しい訳だけども、そこはホラ。あの陰険クソ眼鏡から助けたからある程度の信用は勝ち取ってたと思ったじゃん？　むしろ『頼りにしてるよ！』ぐらいのテンションで来てくれると思ってました。はい、思い上がりも甚だしかったです。解散！

「ちくしょう……」

「えぇ……逆になんで私とそんなに冒険行きたいの……？」

「だって……」

俺が転生する前、一度だけギルシンの人気投票があった。

好きなキャラに票を入れて、上位数名に輝いたキャラは公式からグッズが発売されるっていう感じの催し物だった。

俺も当然投票した。百や二百を優に超えるギルシンの登場人物であるが、俺は迷いなく一人のキャラに清き一票を投じた。

そのキャラこそが——。

「アータンが一番好きだから」

「…………………へ？」そう。

俺の最推しこそ、『ギルシン史上最も不幸な悲劇の死を迎えたヒロインランキング1位』

こと、アータンだった。だってカワイイんだもの。

バックボーンとか本編の活躍とかも抜きにして、キャラデザがドストライクだ。

そこに他の要素をぶち込んだらもう一番は揺るぎない。家のショーケースに飾られてるコンビニくじで当てたアータンのフィギュアは宝物だ。ご神体と言っても過言ではない。

って、待て待て待て待て。

(あれ……もしかして今だいぶ気持ち悪いこと言った？) ほとんど初対面に等しい女の子相手 (1アウト)。

呼ばれてないのに勝手に助けに来た (2アウト)。

理由が『好き』とかいう下心丸出し (3アウト)。

なるほど、ゲームセットですね。

ほら、アータンをごらんなさいよ。顔を真っ赤に染めてこっちを凝視してるよ。憤怒に染まった形相を浮かべてるもの。

「ごめん。やっぱ今の忘れて」

「えっ、いや、あのっ」

「こういうのは本人のタイミングだもんな。出過ぎた真似だな、こりゃ。まあ、アータンには俺なんかよりずっといい旅の仲間が見つかるさ」

それこそ森で保護した友達なんかとか。知り合いがヘマしてなければ初期段階の悪魔堕ちぐらいどうにでもなるから、治った後に仲良し四人組で冒険に出ればいいさ。

6話

「それじゃあまたな。帰りはそこの衛兵さんの馬車に乗せてもらって――」

「ま、待って！」

「まぅッ!?　……急にマント引っ張らないでよぅ……」

「ご、ごめん……」

マントを引っ張られ、俺は後頭部から地面にぶっ倒れた。

うん、危ない。急にマント引っ張られるの本当に危ない。色々便利だから着けてるけど、こういう不意を衝かれて引っ張られた時がめちゃくちゃ危険。

恥ずかしさでさっさと逃げ出したかったが、こうも引っ張られて止められた以上、何か一つぐらいは物申したいことがあるのだろう。

「どうした？」

「……さっきの話だけど――」

＊＊＊

引き留めたのはほとんど反射的だった。

けれど、急にマントを引っ張っちゃったせいで彼は激しく転倒してしまった。

やってしまったという後悔を抱きながら、私は仰向けのままこちらを見つめてくるライアーの顔をジッと覗き込む。

「い……いいよ」

「いいって……何が？」

「王都に連れてってくれるって話」

彼はああ言ってはいたが、私にとっては渡りに船の申し出だった。

田舎（いなか）の孤児院で暮らしてきた私にとって、王都で準備を済ませて姉を探しに行くなんてことは少々……いいや、かなり気が引ける。

その点、曲がりなりにも冒険者として経験がある彼の案内があれば幾分かスムーズに事は進むはず。

——というのが建前。

「……俺でいいのか？」

「うん。貴方がいい」

「先に言っとくけど、俺は嘘吐きだぜ？」

「知ってるよ」コツン、と。未（いま）だ素顔も見せてくれない彼の鉄仮面（ヘルム）に額を乗せる。

すると、鉄仮面なのに温かく感じられる体温が伝わってきた。こんなに人と顔を近づけるなんてこと、今まで経験したことがなかった。胸も凄くドキドキしている。

でも、不思議と嫌ではなかった。

「もっと、聞かせて」希（こいねが）う。

「貴方の嘘を」

彼の嘘は、優しい。

彼の嘘は、私を傷つけない。

彼の嘘は、私を慰めてくれる。

彼の嘘は、私に希望を見せてくれる。

「信じたくなったの」

だから、もっと彼の傍で聞きたくなった。たとえそれが嘘だと分かっても。

きっとくだらないと笑い飛ばせるって。

そんな信頼だけがにわかに私の中に生じていた。

しばし、私と彼の額が触れ続ける。

それからどれくらい経っただろう。辺りを吹き抜ける風が少し冷たくなった頃、ライアーは仰向けのまま私の肩をちょんちょんと突いてきた。

私は顔を上げ、彼が起き上がるのを邪魔しないようにする。

向こうを向いた彼は、それから数秒固まっていた。

「ライアー……」

「アータン」

「！」

ふと彼が振り返った時、私の目の前にはあるものが差し出されていた。

手だ。

第一章

6話

握手を求める、なんてことはない仕草。

「これからよろしくな」軽い口調で彼が言う。

それを受け、私は恐る恐るその手を取った。

「うん……よろしく！」

「それじゃあ改めて自己紹介しようか」

強く手を握り返してくる彼が、鉄仮面（ヘルム）の奥で瞳を細める。

「俺はライアー。嘘吐きの――偽物勇者だ」

「偽物って……それ自分で言っちゃうんだ」

「嘘だと思うか？」

「……フフッ」

「へへッ」

アハハハハ！　と。

二人の笑い声が響き渡った。

神なんかいない。

勇者なんかいない。

物語は嘘ばっかりだ。

でも、嘘吐きの偽物勇者ならここに居た。

＊＊＊

——とある孤児院の老シスターより

『えぇ……あの子のことは小さい頃から存じていますよ』

『あの時は知らなかったとは言え、彼女には辛い思いをさせてしまいました……』

『悔やんでも悔やみきれませんよ……ああ、あんな悪魔が近くに潜んでいたなんて。もっと早くに気づいて上げられれば……』

『けれど、時折あの子から手紙が届くんです』

『『今はここを冒険しています』とか『こんなことがありました』なんて』

『……ふふっ、文字からあの子が楽しんでいるのが伝わってくるんですよ』

『これまでたくさん苦労をさせてしまった分、お仲間の方々とは楽しく過ごしてほしいものです』

『それだけが……私の願いですよ』

——ある冒険者に助けられた少女より

『あの時は……本当に全てを諦めていました』

『信じていた司祭様に裏切られたのもそうですし、何より自分が悪魔になるだなんて』

『でも、偶然出会った冒険者の方に助けられたんです』

✦第一章✦

6話

『とっても強くて……最初は殺されるんじゃないかって怖かったですけど』

『でも、とっても親身になって『よく頑張った』とか『後は任せろ』って……そう言ってくれたんです』

『その後は王都の方までいって〈罪化(シンか)〉は解いてもらいました』

『正直、あの人が居なければ私はここには……』

『今はあの子と一緒に冒険してるみたいですけど、あの人と一緒なら大丈夫ですよ！』

　――ある少女の友人を名乗る少女より

『昔、孤児院で犬を飼ってたんです』

『森でひとりぼっちになってるとこを皆で見つけて……可愛(かわい)かったなぁ』

『それから皆で面倒を看たんですけど、その犬……ラキって言うんですけど、アータンがとっても可愛がって面倒を看てたんです』

『朝も昼も、ずぅ〜〜〜〜〜〜とラキと一緒！』

『それで皆が「ずるい！」って言ってアータンから引(ひ)き剝(は)がしたんですけど、そこからあの子が大泣きしちゃって……』

『普段大人しい子だったのに、その時ばかりは譲る様子がなくって皆困り果ててましたよ……たはは』

『独占欲、っていうのかな？　自分が好きなものは独り占めしたい的な』

『あの子、元々そういう気質(きしつ)があったみたいで』

『冒険者としては上手くやってるみたいだけど、それが爆発しないかだけが心配っすね～……』

——孤児院を運営する少女より

『今まで……孤児院の暮らしは、とても裕福とは言えませんでした』

『最低限の食事……最低限の寝床……無償で面倒を看てもらっていたから文句は言えなかったし、それが当然だと思っていたけれど……』

『あたしたちが孤児院に戻ってすぐ、寄付があったんです』

『それも、大金が』

『そのお金のおかげで孤児院を修繕できましたし、子供達にもちょっとだけ贅沢をさせてあげられました』

『まあ、そのせいで少しの間あの子らの舌が肥えちゃったんですけど……フフッ』

『今は、せめてたくさんご飯は食べさせてあげられるよう畑を作ってるんです』

『初期費用や人手もあの人から……』

『こういうの、至れり尽くせりって言うんですかね？』

『……アータン、あの人に失礼なことしてなければいいんだけどなぁ～……』

Tips6: 鼻長おじさんの孤児院

ミレニアム王国領に存在する孤児院の一つ。
運営はインヴィー教団が行っていたが、長年司祭アイムによって孤児に対する〈罪化〉の実験が執り行われていた。

しかし、アイムの悪事が露見して以降、運営は孤児院の責任者であったマザーに一任されることとなる。

魔王軍が猛威を振るい、各国も多大な軍事費を費やさなければならぬ時代において、各地の——それも主要都市より離れた孤児院の運営は厳しい状況に置かれている。
だが、この孤児院には後にそれまでの清貧を強いられる生活からは想像もできぬような寄付金が送られた。これに伴いさらに多くの孤児の引き取りも可能となった。

一方、元孤児でありアータンの友人である少女ら（ヘレナ、マルキア、リウィア）は、治療を受けた後、孤児院のシスターとしてマザーと共に孤児の面倒を看る道を選んだ。

余談ではあるが、この孤児院は寄付金の送り主にちなみ『鼻長おじさんの孤児院』と名乗るようになった。

これまでは清貧を旨とする or 強いられざるを得なかった孤児院の運営も、寄付によって得られた潤沢な運営資金により、多くの子供達の腹と心を満たす温かな食事が振舞われているという。

——とある男剣士と女魔法使いからのコメント

『ごめん。俺そんなに鼻長くないわ』
『じゃあなんでああ名乗ったの⁉』

第二章

A liar is
the beginning
of a hero

7話

王都ペトロ。

七つの宗教国家にちょうど囲まれる立地の城郭都市であり、あらゆる人種・宗教を拒まぬと謳(うた)う永世中立国だ。

それゆえに百年前の大戦以降交易や文化の中心となり、今では最も栄えていると言っても過言ではないくらいの発展を遂げた。

「おい、見ろよあの団章」

「人魚に蛇？　あれってまさか……」

しかし、普段から賑(にぎ)わいを見せる町の一角が騒然としていた。

ただの通行人も露店の店員に至るまで、彼らの視線は城門からやってくるある一団に注がれていた。

純白で統一された聖歌隊(クワイヤ)服を身に纏(まと)い、肩からぶら下げるスカプラリオには人魚と蛇が描かれた団章が糸で刺繍(ししゅう)されている。

整然とした隊列を崩さず歩む一団の姿は、一般人にしてみれば近寄り難い雰囲気が漂っている。ただ道の中央を歩むだけで人波が左右へ分かれていく光景は、まるで絵画の一場面のようだった。

「――〈海の乙女(シーレーン)〉」

「おいおい、たしかインヴィー教の聖堂騎士団だろ？　どうして王都まで来てんだ、おっかねぇ……」

「あれだよあれ。最近インヴィー教の司祭がとっ捕まった話」王都の噂は広がるまで早い。不祥事に関しては尚の事だ。

「なるほど、罪派関連か」

「それなら聖堂騎士団も出張ってくる訳だ」

「それに見ろよ、先頭の女。金刺繍だぜ」

「マジかよ⁉　ってこたぁ……」

ただならぬ雰囲気を纏う一団の中でも、特に厳かなオーラを纏うのは先頭を歩む金春色の長い三つ編みをベルトのように腰に巻く女性だった。彼女の聖歌隊服のみに縫われた金色の刺繍は〈海の乙女〉の中でも団長にしか許されぬ装飾である。

「つまりあれが……」

「おい、あんまり見るな。何されるか分かったもんじゃねえぞ」

「聞いた話によると前の団長を蹴落として今の椅子に座ったらしいしな」

「楯突いた司教や司祭が不審死したって話も聞いたぜ」

「なんで野放しにされてんだ？」

「下手に手ェ出したら返り討ちにされるからだろ」

「この前は魔王軍の放ったマーマンとクラーケンの大群を一人で壊滅させたとさ」

第二章

7話

「バケモンみてぇな強さだよな。どっちが魔物か分かったもんじゃねえっての」

「……」

聞くに堪えない。

そう言わんばかりに団長の斜め後ろに付く女性が紺碧色の瞳で一瞥する。底冷えするような眼力で睥睨された人々がそそくさと視線を外す。

「まったく……好き勝手言ってくれます。誰が魔王軍や罪派から市井を守っていると思って……」

「まあまあ。わたくしは構いませんわ」

「ですが、団長……」

自身も含め騎士団を率いる長が馬鹿にされていると我慢ならぬ彼女の聖歌隊服には銀刺繍が燦然と光り輝いていた。

それの意味するところはただ一つ。

「自分は副団長として〈海の乙女〉の悪評は広まる前に潰すべきと愚考致しますが」

「潰すってそんな物騒な。いったい何をする気ですの？」

「物理的に、こう……グシャッと」

「愚考が本当に愚考なことあります？」

「冗談です」

真顔で言われたら通じる冗談も通じない。

団長の女は苦笑を隠さぬまま、目的地がある方角を向いた。

「しかし、我が教団からも罪派(シンぱ)が出てくるとは……いよいよ魔王の手が回ってきたということでしょうか」

「今に始まった話ではありません。奴等(やつら)は蛆虫(うじむし)の如(ごと)く湧いてくるので」

「はぁ……頭の痛い話です」

やれやれと団長は頭を抱える。

聖堂騎士団の仕事は多い。教団が本部を構える聖都の防衛に始まり、各地で起こる教団関係の事件の解決。特にその中でも罪派(シンぱ)による事件は、いつの時代になっても清く正しく生きる大多数の教徒にとっては悩みの種となっていた。

「一刻も早く主犯の司祭から話を聞き出さなくては……ザンちゃん、被害者からの証言はすでに取れているのですよね？」

「はい。被害者である孤児院の子供や、司祭が携わっていた教会関係者まで確かに聴取しております」

「重畳(ちょうじょう)。では、司祭からの聴取は貴方(あなた)に――」

「そう言えば、」

思い出したかのように副団長の女が声を上げる。

「司祭逮捕に携わったギルドの冒険者から言伝(ことづて)を預かったと伺っています」

「冒険者から？　またお金の無心でしょうか……報奨金でしたらあらかじめギルドに提示

第二章

7話

している金額で話はまとまっているはずですが」

「いいえ、金銭関係ではありませんね。どうやら『ライアー』と名乗る人物から」

「その話本当ですか？」

言い切るより早く団長が副団長に詰め寄る。

あれほど隊列を崩さなかった団長が、自らの意志で整然とした行進を中断させたのだ。

副団長よりも後方に居る団員(メンツ)は全員が全員困惑していた。

しかし、副団長は慣れた様子で……というより、呆(あき)れた様子で溜(た)め息(いき)を吐(つ)く。

「……冗談で団長の前でこの名前は出しません」

「なるほど……ザンちゃん、気が変わりました。聴取はわたくしが引き受けましょう」

「よろしいので？」

「わたくしがやった方がスムーズに終わるでしょう。悪名も使いようです」言い切るや否や、団長の女は足早に去っていく。

「……まだ伝言の内容伝えていないんですがね」

やれやれと首を振る副団長の女は、居なくなった団長の代わりに取り残された団員の先導を務める。

ここは王都ペトロ。

中立を謳ってはいるものの、百年前の戦乱の火種は依然としてくすぶり続けているままだ。

＊＊＊

「は～るばる来たぜ王都まで～!!」

「着いたの昨日だけどね」

気にしないでくれ。

一発歌っとかないと気が済まないだけだから。

という訳で王都にやって来た。

王都とか言っているが、ここが登場したのはギルシンシリーズ八作目『ギルティ・シン外伝　悲嘆の贖罪者（スケープゴート）』からだ。

だが、発展度なら全作中一と言っても過言ではない。

料理に施設等々……ありとあらゆる便利な施設がここに詰まっている。原作主人公の活動拠点に選ばれるのは伊達（だて）じゃないという訳だ。

「にしても事情聴取だけで一日掛かるとはな」

「本当だよ……」

そしてこちらがお疲れのアータンとなっております。

俺らが王都に着いたのは昨日だが、その日は事情聴取だけで潰れてしまった。事情聴取疲れるよね、分かる。その前まで馬車で長々と揺られていたのだから尚更（なおさら）だろう。

宿屋で一泊してＨＰが全快するのはゲームの中と小学生だけだ。無限に遊べると思って

第二章

7話

いたあの頃が懐かしくなってくる。

「あっ、でも昨日泊まった宿のベッドがふかふかだったの！　気持ち良くてすぐ眠っちゃった……えへへ」

「カワイイ生き物がよぉ……」

「カワッ!?」

しまった、心の声が漏れた。

何なのこの子？　普通の宿屋取ってあげただけでこんなに喜んでくれることある？

まあそれだけ孤児院の設備が粗悪というか、お金を掛けられなかったんだろう。だが今の俺は罪派(シンパ)を突き出してたんまりもらった報奨金がある。

「まずは孤児院に全額寄付するところから始めるか」

「話が数段階飛んでる!?」

「ミスった」

報奨金を全ブッパするのは変わらないが、初めにしなくてはならないことは別にある。

「とりあえず服買うかー」

「服？　ギルドに行って名簿登録とかはしないの？」「はぁ〰〰〰……甘い。甘いよ、アータンさん。グラブジャムンぐらい甘いよ」

「えっ、急に他人行儀……？　それに前にも思ったんだけどグラブジャムンって何？」

「実物がこちらになります」

「あるの!?」

あるのよ、グラブジャムン。

中世風ファンタジーなのに何故(なぜ)？　と思うかもしれないが、発端は『ギルティ・シンII暴食の晩餐会(バンケット)』にある。

シリーズ二作目にして料理要素を追加した本作は、当時の映像技術としては変態級の美麗グラフィックで料理を描写していた。目で見て食欲をそそられる。そして戦闘の役に立つ便利アイテムなのも相まって、当時のプレイヤーに広く受け入れられた料理要素は次回作も続投。

結果、料理の種類は爆増。

『これだけでゲーム一本作れんじゃね？』と言われるぐらい多種多様なレシピを取り揃(とりそろ)えた事を反映してか、どこかしらで見慣れた料理が出てくる。元日本人としては嬉(うれ)しいところである。

要はシロップ漬けにしたドーナツのグラブジャムンくらい再現は容易(たやす)い。

「食べる？」

「あっ、じゃあいただきます……あっっっま！！？　甘い甘い甘い!!　歯が痛くなってきた!!」

「その反応が見たかった」

アータンは余りの甘さにペンギンみたいなよちよち歩きで回っている。人がバグる挙動

第二章

7話

をするほどの甘さ、それがグラブジャムンだ。

反応を堪能した俺はあらかじめ用意していた水をスッと差し出した。

ひったくるように奪ったアータンは喉を鳴らして水を飲む。染み渡るだろう？　グラブジャムンの後の水はよぉ……。

「ぷはぁ⁉　はぁ……はぁ……！」

「自分がどれくらい甘いか分かったか？」

「なんとなくは……」

グラブジャムンに悶絶していたアータンは戦々恐々と頷く。

「いいかアータン。冒険者ギルドってのはてめえの腕っぷしだけが自慢の脳筋野郎共の集まりだ。提示された依頼を我が物にしようと他人を蹴落とし合う戦場だぜ？」

「ごくりっ……」

「そんなところに『私田舎から来たばっかりです』みたいな恰好の奴が来たらどうなると思う？」

「ど、どうなるの？」

「奴等は金に飢えた亡者さ……『お？　アイツ田舎から出て来たばっかりで何も知らなさそうなカモだねぇ……騙くらかして売り飛ばしてやるカモ！　カーモカモカモ！』と売り飛ばされた挙句地下で変な棒を回す羽目になる」

「ひ、ひぇぇ……」

自分が奴隷になる想像をしてアータンは蒼褪めている。

多少誇張はしたが割とよくある話なのが怖いところだ。地下に奴隷が回す謎の棒あるか知らんけど。

「……あっ！　そう言えば……」

アータンは思い出したかのようにトランクを開ける。

取り出したのはどこかで見たことがある黒いローブ。たどたどしい動きで袖に腕を通したアータンはその場でくるりと身を翻す。

「これどうかな？　聖都に行くって決まった時、マザーが昔使ってたお古をくれたんだ」

見覚えのある格好だった。

具体的にはゲーム画面で見た服装だ。ゲームの中で動いていたアータンがそっくりそのまま目の前に現れた。

「古いけど生地はしっかりしてるから使ったらいいんじゃないかって……これじゃ駄目かな？」

「ちょっと待ってマヂ無理尊い」

「泣いた!?」

俺は眉間を押さえて感涙にむせぶ。

え、なに？　それそういう裏話あったの？　孤児院でお世話になったマザーからのおさがりだったの？　設定資料集とかにも載ってなかったから知らなかった。

第二章

7話

「そういうことなら俺は何も言えん……好きなだけ着なぁ……」

「あ、ありがとう……私、背が小さいからブカブカで似合わないかもしれないけど」

「大丈夫、世界一似合ってる」

「世界一なの!?」

「ごめん嘘。宇宙一似合ってる」

「スケールが大きくなった……!?」

しかしアータンは悪い気はしていないようだ。

自身はともかく、マザーから貰ったローブを褒められたことに関しては素直に喜んでいる。満足そうな顔で頬を赤らめながらローブの裾をパタパタさせている。きゃわたんだ。

けど、やっぱり自己肯定感が低い点が気になる。

ゲームでもそうだったが、アータンは自分を褒められたところで一旦謙遜が入ってしまうのだ。

そこはもう育ってきた環境が原因だから仕方のないところだが、これが原作だと結局改善されないままだったから、終盤で闇堕ちががが……アッ、心臓が『ギュッ!!』てなるッッッ。

「アータン……」

「う、うん?」

「カワイイ」

「っ！」

オタクだから褒めようとしたら一言に凝縮されちゃうんだ。

自己肯定感を高めるには褒めるのが一番だけど、推しを目の前にした時の我々はどうしてこうも無力なのでしょう？

「あ、ありがとう……」

気を遣わせちゃったよ。

アータンはそっぽを向いてお礼を言ってくれたが、実際には何とも言えぬ表情を隠しているのだろう。

クソッ、俺はいつもこうだ。初見プレイ時、ヒロインとの恋愛ルートを進めようとする度に選択肢を間違えては最終的に誰とも結ばれない独身ルートに辿り着く……！

『貴方は大切な仲間だから……そういう目じゃ見れないの』と何回断られたことか。周回前提のゲーム設計じゃなかったら俺は絶望に打ちひしがれてたぞ。

でもギルシンは神ゲーだ。

異論は認めるけど好きは否定させられねぇ……。

(人を褒める言葉を勉強しよう)

ノスタルジーに浸ったところで、俺は心の中で誓った。

「まあ服があるなら話が早いな。このままギルドに行ってパパっと用事済ませようぜ」

「う、うん」

第二章

7話

さっさと本題に戻って足を動かし始める。

勝手知ったる街並みをズンズン進み、目指す先は王都でも屈指の大きさを誇る建物だ。

ある者は金を。

ある者は夢を。

そして、ある者は人を求めて〝そこ〟に集う。

王都が永世中立国を宣言した折にある教団が引き払い、ポッンと空白地帯になった大聖堂(カテドラル)。

そこを買い取ったのはとある組合だ。

――冒険者ギルド
今や各国から集う冒険者の寄り合い所。

外まで聞こえてくる喧噪(けんそう)を前に、散々脅かされたアータンはガチガチに固まっていた。

「大丈夫かな……変な人に絡まれたりしたらどうしよう」

「キンタマ蹴っ飛ばせば万事解決よ」

「その話は掘り起こさないで……」

アータンは頬を赤らめ、恥ずかしそうに面を伏せる。

あんなに良(い)い蹴りだったのに……。

世が世なら黄金の右足と呼ばれていたに違いない。どっちかって言ったら黄金破壊する方だけど。

そんな良い右足を持っているのに初めてのギルドを前に緊張しっぱなしだ。

ここは先輩として一つ手本を見せねばなるまい。

「結局こういうのは最初が肝心よ。だからこうするんだ……ドーンッ！」

「ちょ、ちょっと待って!?　まだ心の準備が……！」

アータンの手を取った後、入口の扉を勢いよく開いた。

スイングドアが激しく振れる音が建物内に響き渡る。次の瞬間、ギルド内に置かれたテーブルに着いていた冒険者たちの視線が一斉にこちらへ集まってきた。

おーおー、今日も柄の悪い連中が集まってらぁ。

どうしてもこういう冒険者はむさ苦しい男の比率が高くなる。今日も昼から酒を呷って いる連中は、突然ギルドにやって来たカワイイ女の子の登場に騒然としていた。

俺は集った面子を一瞥した後、チラリと後ろへ目を向ける。

当の衆目に晒されたアータンは滝のような汗を掻いていた。手汗がすっごい。なんかヌメヌメしてきた。

だが、この程度の注目で緊張してるようじゃあまだまだだ。

俺は背中からひょっこり顔を覗かせていたアータンをスッと前に移動させる。

そして、

「鎮まれ、鎮まれぇい!!　こちらにおわす御方をどなたと心得る!!」

「!?」

✦ 第二章 ✦

7話

「畏れ多くも今日より冒険者となる魔法使い、アータンにあらせられるぞ!!」

「！？！？」

「一同、アータンの御前である……頭が高い!!　恩恵にあやかりたい奴は平伏し『アータンきゃわたん♡』と崇め奉れぇい!!」

「！？！？！？」

目玉が飛び出そうならくらい瞠目するアータンがこちらを凝視してくる。

言葉にして抗議してこない辺り、脳の処理が追い付いていないことが窺える。

「おうおうおう……なんだぁ？」

ギルド中に響き渡った宣言を耳にした冒険者の一人が席を立つ。

金髪を短く刈り上げたチンピラのような風貌をした青年だった。右手に握られたジョッキには飲みかけのエールが波打っている。

「こんな昼間っから騒ぎやがってよぉ……」

「なんだぁ？　てめえもアータンの恩恵にあやかりてぇ野郎かぁ？」

「ちょっ、ライアー！　あのっ、ごめんなさ……」

「──あやかりたいです！　アータンきゃわたん！」

「あれぇ────ッ！！？」

突如、平伏して魔法の呪文を唱える青年にアータンが絶叫する。

だが続々と集まってくる冒険者の列は絶えなかった。

「オレもあやかりたいです！」

「ならば平伏してこう唱えよ、『アータンきゃわたん♡』と！」

「アータンきゃわたん！」

「よし！　次ィ！」

「へへっ、随分カワイイ子が来たじゃねえか……僕もあやかりたいです！　アータンきゃわたん！」

「なんなのこの流れ⁉」

「甘いぞてめえらァ‼　このライアー様が手本見せてやるよォ‼　スゥ――――……アードゥンぎゃわだん‼」

「ライアーもそっちに混ざらないでッ！！？」

床を舐めるような姿勢でアータンへの愛を叫んだところで俺は立ち上がる。

いやあ、気持ち良い。それに楽しい。

困惑するアータンの周りでは既に出来上がった奴等とそうでない奴等の人だかりができていた。全員が全員愉快な笑い声を上げている。

「……ってな訳で、こいつらがギルドの冒険者だ」

一応皆知り合いだ。でなきゃ、あんな真似はしない。

「何一つ紹介になってないんだけど……」

「悪ノリの化身共だ」

「あぁ、うん」

その点については納得したのか、汗を流すアータンが迷いのない動きで頷いた。

ここのギルドの面子はノリの良い馬鹿共ばかりだ。

新参の頃はちょくちょくトラブルがあったりはしたものの、今となっちゃあ依頼をこなした後に一杯ひっかけに来る俺の拠点と化している。

目の前に居る金髪の男・バーローも俺と同じだ。

歳が近いのも相まって、俺がこのギルドに来てからそれなりに長い付き合いとなっている。

「なぁ～、ライア～！　どこでそんなカワイイ子見つけてきたんだよぉ～!?　俺にも紹介してくれよ～」

「いいぜ、カレー一気飲みしたらな」

「おっ、マジで!?　そう言われたら……おーい、フレティ～！　カレーちょうだ～い！」

『かしこまりました～』

「かれぇ……って飲み物なの？」

「いんや。シチューのルー辛い版みたいなやつ」

「それ飲むのっ!?」

「本人が言ってるんだから……ねぇ？　おーい、フレティ。あいつのカレーに唐辛子ぶち込んでくれー」

第二章

7話

「悪魔の所業！」

『かしこまりました～』

「かしこまりました!?」

かしこまっちゃったのはギルドに併設された酒場『Butter-Fly』のウェイトレス、フレティだ。ファイアーレッドのショートカットが眩(まばゆ)い美人さんである。猫耳付きのホワイトブリムも実に愛らしい印象を受ける。

その為(ため)、女日照りの野郎共からはしばしばアタックをしかけられるも、誰一人として成功者は居ないとされている。ちなみにバーローも敗北者の一人だ。

「頑張れよ、バーロー。俺は今からアータンの名義登録しに行ってくるから」

「おうよぅ！　待っとけよぅ……今年こそ俺はカワイイ女の子とチョメチョメやるんだぁ！」

「お待たせしました～。カレーライスです～」

「来た来た～！　見てろよ……こいつをおれが一気飲みしてやっ――辛ぁあああああああああ！！？」

「ライアーさんに言われて唐辛子入れようと思ったんですけど～。普通の切らしてたんでレッドドラゴンペッパー入れときました～」

「あいえあえええあぅ(ガチでやべぇ奴)！！？　いぅう(死ぬぅ)!!」レッドドラゴンペッパーって唐辛子の百万倍辛い奴じゃん。

おいおい、死んだわアイツ。余りの辛さに食べたらドラゴンでも火ィ噴くレベルの超危険食材なのにどこで仕入れたんだか……。

——あああああぁぁぁぁぁ……！！！

「よし行くか」

「えっ、見捨てた？」

「アイツの馬鹿はいつものことだから」

魚にしゃぶられたら気持ちいいなんて与太話を聞いて病院に担ぎ込まれたアンポンタンだ。いちいち付き合っていたら夕方になっても用事が終わらない。生涯男子高校生のノリみたいな奴だからそれが夜まで続くのだ。嘘ではない。

酒場の奴等と交流するにしても、まずはギルドに登録してからだ。前もって決めていた俺は後ろから聞こえてくる咆哮を無視しつつ、受付嬢の居るカウンターへと向かって行く。

「手続き自体は書類書いて魔力印押すだけだ。朝飯前だろ？」

「うん。それならなんとか……」

「こういうのをある国じゃピース・オブ・ケーキって言う。ケーキ一欠片食べるぐらい簡単だって意味だな」

「へー」

「でもこの国じゃ通じない」

「通じないなら嘘も同義だよ」

第二章

7話

手厳しい言葉を口にするアータンは受付嬢さんに預けてしまう。後は受付嬢さんが丁寧に教えてくれるはずさ。

下手に横槍を入れる真似はせず、俺は俺の目的を果たすことにした。

「マスター」

「……どうした?」

酒場のカウンターに立っている初老の男。

顔面の圧だけで弱い魔物なら殺せそうな強面な彼こそ『Butter-Fly』のマスター『ピュルサン』だ。鬣のようにボリューミーな毛髪が特徴的な渋い爺さんである。

「ちょっと聞きたいことあるんだけどさ。あ、ミルク一つ」

「かしこまりました……で、聞きたいことは?」

「アイベルって最近ここの酒場に寄った?」

「……〈嫉妬〉か?」

「そうそう」

知っている反応をピュルサンは返してくる。

ギルドは冒険者の寄り合い所。併設している酒場にも自然と冒険者が持ち寄った情報は流れてくる。

「……いや、最近はここらへんでは見かけないな」

「やっぱそうか」

「少し前に〈海の乙女〉を抜けてから個人で冒険者をしている噂は聞くがな。王都で見かけない以上、余所の聖都を拠点にしているのかもしれん」

「その可能性大かぁ」

「力になれなくて済まない……お待たせしました、ミルクです」

「おっ。ありがとうございます」

マスターから差し出されたミルクを受け取り、俺は口に含む。

当然原作既プレイ勢の俺ならアイベルの風貌なり経歴なりは把握している。

見た目はアータンと瓜二つ。

二人を並べたら百人中九十九人が姉妹だと答えるだろう。が、二人を双子とは思わないくらいにアイベルが頭一つ分大きい。あと胸も。

二つ名の〈嫉妬〉が知れ渡るぐらい有名な人間ではあるのだが、ワンマン気質が強い所為か元々所属していた聖堂騎士団を抜けて以降、一人で旅をしている……というのがゲーム本編で聞ける経歴だった。

「むぅ～……となると、あそこ行くしかないかぁ～」

「……〈嫉妬〉に用でもあるのか？」

「俺じゃなくてあっちがね」

「……身内か？」

アータンに気取られぬよう一瞥したマスターが言い当てる。

第二章

7話

まあ、あれだけ見た目が似てれば察しがつく人間などいくらでも出てくるだろう。

「聞いてよマスター」

「なんだ？」

「あいつ……故郷が魔王軍に焼かれてアイベルと生き別れになった妹なのよ」

「……」

「ライアー、手続き終わったよ。次って何すればいいの？」

「……ミルクです」

「えっ!? あの、私頼んでないですけど……」

「サービスです」

「あ……ありがとうございますっ！」

マスターからの奢りを受け取るアータン。

どうだい、マスター？ この純朴な笑顔は。ほら、このハンカチで涙吹けよ。俺もマントの裾で拭くから。

「なんで二人泣いてるの……？」

「気にするな。向こうのカレーが目に染みただけだ」

「あぁ、さっきの……って、うわっ!? 本当だ目に染みる!? 何これ!?」

俺とマスターが少女の境遇に涙する間、アータンは近くの事件現場から漂ってくるカプサイシンに目をやられる。出所は紛れもなくあの殺人激辛カレーだ。

「いや違う‼　バーローの奴、カレー一気飲みやり遂げやがった‼」

「なっ……やりやがったのか⁉　やりやがったのか、あいつ⁉」

「でもその所為であいつの吐く息が辛ぇんだ‼　ぎゃ、目に染みる‼」

「死して尚公害を撒き散らすとは……なんたる災厄だ、バーロー」

「殺さないであげて？」

「床に倒れてると邪魔なので外に捨てますね～」床で死んでいたバーローがモップを持ってきたフレティに転がされて追い出された。血も涙もデレもねぇ。

「……ギルドっていつもこんな感じなの？」

ジョッキに並々と注がれたミルクを啜るアータンが問いかけてくる。

「いや、今日は俺の悪ノリのせい」

「そっかぁ……ライアーのせいかぁ……え、ライアーのせい？」

「嫌だったか？」

嫌と言われたら流石に今後は自重する。

しかし、アータンはしばし思考の間を置く。

「やり過ぎなければいい……かな？」

口元に笑みを湛え、ようやく出した答えがそれだった。

「……そっか。なら良かった」

「私なんかの為に気を遣ってくれたんだよね？　……ありがとう」

第二章

7話

「それほどでも」

「でも大丈夫。私の用事に付き合わせちゃってるみたいなものだし、気なんか遣わなくたって……」

「いいの？　俺が配慮しなくなったら今から『祝（しゅく）☆登録記念！　アータンを祝う会』って名目でパーティー始めるけど」

「え？　じゃあ気を遣ってほしい……いや、気を遣ってください」

「丁寧語を使うほど嫌なの？」

「うん……」

『気が引けるから』とアータンは肩を窄（すぼ）めた。

そういうことなら今日のところは控えめにお祝いすることにしよう。

「マスター。あれだしてやってくれよ」

「かしこまりました」

「あれ……？」

「Butter-Flyの名物料理だ。俺が奢ってやる」

名物料理と聞いた途端、アータンの瞳がキラキラと輝き始める。

「ホント!?」

「おいしいぞぉ？　それこそ背徳的にな」

「王都のお店で料理を食べるなんて初めて……！」

さりげなく俺の作ったグラブジャムンが省かれている。悲しい。

そうこうしているうちにカウンター奥にある厨房(ちゅうぼう)から香ばしい匂いが漂ってきた。

「お待たせいたしました〜」

「ほら、来たぞ」

「わぁ！」

カウンターに置かれたのは謎の揚げ物だ。

外見だけでは、それが何を揚げたものであるか判別がつかないが。

「揚げバターだ」

「……え？」

「揚げバター。バターを揚げた料理だ」

「……バターってあのバターだよね？　牛乳から作れる……」

「あのバターだ」

「バターで揚げたんじゃなくて？」

「バターを揚げた」

「……嘘だ」

「嘘じゃないんだな、コレが」

「牛脂を油で揚げたようなものじゃないの？」

「美味(うま)いから食べてみろって。……トぶぜ？」『Butter-Fly』名物、揚げバター。

第二章

7話

バターに衣をまぶしてカラッと揚げたカロリー爆弾ではあるが、そのお味はバターの塩味が利いた揚げパンのようで若者からは好評を博している。

「あっ、ホントだ。おいしい……」

「だろ？」

嘘かどうかは食べてみるまでは分からない。ゲームの世界だろうと、初めて食べる料理なんてそんなものだ。アータンは実に幸せそうに舌鼓を打っている。

さて……。

「俺も食べるとするか」

「えっ——鉄仮面(ヘルム)のそこ開くの!?」

面頬の留め具を外して下顎部分をパカッと開いたら大層驚かれた。ヤベッ。

「何を仰(おっしゃ)ってるんですかい、アータンさん。鉄仮面(ヘルム)着けたままじゃ人間は料理を食べられないですよ、へヘッ」

「でも、この前水はそのまま……」

「あれは……こう、良い感じに隙間からゴクゴクと」

「お口ビシャビシャになっちゃわない!?」

「ビシャビシャだったよ」

「過去形!?」

後になって分かることってあるよね。

Tips7: Butter-Fly

王都で食事をするならどこだって？
おいおい、そんなの『Butter-Fly』に決まってるだろう！　そう、冒険者ギルドに併設された酒場さ。

……なに？　『冒険者共が居るじゃないか』？
まあ待てよ。たしかにあそこは腹を空かせた冒険者共で溢れ返って、昼も夜もどんちゃん騒ぎさ。でも、それを差し引いてもあそこのメシが旨いんだわコレが。
なんたって、あそこのオーナー……『ビュート』って言ったか。まだ若いっていうのに中々のやり手でな、各国から色んな食材を取り寄せているらしい。

インヴィー教国の海の幸、グーラ教国の野菜、スーリア教国のスパイス……果てには島国のアヴァリー教国のショーユやらミソとか言った調味料まで取り揃えてるとか。

おかげで本当なら海やら山やらを超えなきゃ食えないメシを食えるんだ！
勿論、酒もな。

ま、手間のかかるメシはちっとばかし値は張るが、お貴族様が使うような高級料亭と比べりゃ誤差よ誤差！
各国のグルメを堪能できると考えりゃあ、むしろ安いくらいさ！

……なんだぁ？　『もう一声欲しい』だ？
仕方ねえ。だったらとっておきの情報だ。

給仕の娘――フレティちゃんってんだが、めちゃくちゃカワイイ。
……よし、これであんたも今日から常連だな。

8話

揚げバター――なんと背徳的で暴力的な料理だったのだろう。

医者に中指立てて喧嘩を売る油と脂の塊を討伐した俺達は、ギルドの外に出て風を浴びていた。

「はぁ～、美味しかった」

隣で顔をテカテカさせながら、アータンは先程の揚げバターに思いを馳せている。

そうか……お前はあのカロリー爆弾を素直に美味しいとだけ思えてしまうのか。俺でも一個食べたらもういいやってなるとこを三個平らげてたもんな。コレストロール爆上がりぞ？

「将来が楽しみだ」

「えっ？」

『何が？』と言いたげな表情をするアータン。

うん、ずっとたくさん食べる君で居てくれ。カロリーコントロールはこっちでどうにかする。

「ねえ、ライアー。ギルドの登録は済んだけど次は何するの？」

「次はそれだな」

俺はトントンとアータンの手枷を指で叩く。

「……これ？」

「〈罪冠具（ロザリウム）〉って聞いたことはあるか？」アータンは油でテッカテカな唇を結び、首を横に振った。

なるほど。それなら説明し甲斐（がい）があるな。

「じゃあ罪冠具（ロザリウム）が何なのか解説してしんぜよう」

罪冠具（ロザリウム）とは、〈罪（シン）〉の発動を補助する装備品だ。

そもそも〈罪（シン）〉は一定以上の魔力がないと発現しないが、罪冠具（ロザリウム）はその発動に必要な魔力量を補助する魔力増幅機能を備えている。

それだけでなく本人の〈罪（シン）〉に応じた刻印やら素材を用いることで、より強力な〈罪（シン）〉の発動――先日の一件を例に挙げれば〈罪化（シンか）〉を促進することができる。

要は漫画とかアニメとかでよくある能力発動のアイテムぐらいに思ってくれたらいい。ギルシンを象徴する〈罪（シン）〉を発動する為（ため）の道具。初期は手枷なり足枷なり拘束具染みた見た目が数多く、当時健全だった青少年の多くを厨二（ちゅうに）の道へと堕（お）とした罪深い一品でもある。しかし、今では普通の装飾品みたいな見た目の物も増えてきた。ゲームの開発会社は作中における〈罪（シン）〉への見方や価値観が変わった世界の変遷を意識したらしい。

それでも俺は初期の拘束具系の罪冠具（ロザリウム）が好きなんだよなぁ……。パワーアップアイテムなのに拘束具っていうギャップがさ。

それで当時はジョークグッズの手錠を買って満足していたものだ。まあ、ある時身に着けてたところを妹に見られ、しばらく白い目を向けられたんだがな。今となっては懐かしい思い出である。

閑話休題。

「今、アータンが着けてるのはあの陰険クソ眼鏡（めがね）に無理やり嵌（は）められた奴（やつ）だろ？　そいつを一回ちゃんとしたやつに直す」

「え……これちゃんとしてないの？」

「具体的に言うと悪魔堕（お）ちが早まる……的な？」

「いやァ――――っ!?」

アータンがガチャガチャと罪冠具（ロザリウム）を外そうとする。

だが残念。外れないんだな、それが。

「罪冠具（ロザリウム）は一回罪化（シンか）しちゃったら内部の魔力回路と自分の魔力回路が繋（つな）がっちゃうから外せなくなる」

「外せないの、これ!?」

「外せないのよ、奥さん」

むくんで外せなくなった結婚指輪みたいにな。いや、別に石鹸（せっけん）塗ったら外せるわけでもないし、事態はもっと深刻なんだけど。

けれど、まったく対処法がないという訳でもない。

「対処法三つあるけど、どれから聞きたい？」

「どれって言われても……」

「じゃあ一番おすすめしない奴から紹介するわ」

「そっちからなんだ」

「罪冠具（ロザリウム）と癒着した部分ごともぎ取る」

「えぇ……やだぁ……」

「だから一番おすすめしないって言ったじゃん」

　そんな泣きそうな顔で縋（すが）りつかないで。こっちの心が痛むから。

「じゃあ次。罪冠具（ロザリウム）がぶっ壊れるくらい魔力を流す」

「そんな力技あるんだ。ちなみにどれくらい流し込めばいいの？」

「ん～、この罪冠具（ロザリウム）の素材だとアータンの罪化（シンか）が結構進んだら……？」

「……それって私が先に悪魔堕ちしちゃうんじゃないの？」

「堕天するとも言う」

「き、却下で……」

　震えた声で却下された。

　まあ、元より俺もその方法を取るつもりはない。悪魔堕ちを避ける為に罪化（シンか）を進行させて結局『悪魔堕ちしちゃいました、てへぺろ☆』なんて笑い話にもならない。

　だから、選択肢は事実上最後の一つだけだ。

「最後。罪冠具（ロザリウム）を浄化してもらう」

✦第二章✦

8話

「……デメリットは？」

「お金がかかる。そんだけ」

「……お、おいくらになる……？」

「安心しなさいお嬢さん。俺がちゃんと立て替えてあげるから」だから、涙目で財布の中身を見せつけないで。

うん、分かるよ。孤児院暮らしだし、餞別(せんべつ)に貰(もら)ったお金も大した額じゃないのは理解している。ぶっちゃけ全額俺が払うつもりだけど、それだとアータンが気おくれしてしまうだろうから『立て替える』と嘘(うそ)を吐(つ)いておく。

「じゃあ、今からお清めに行くの？」

「だな。こういうのは大抵罪冠具(ロザリウム)専門の彫金士にやってもらうのが一番なんだが、多分そろそろ向こうの方から来る」

「来(い)る？　って、誰が――」

アータンが聞き返そうとした時、どこからともなくドタドタと激しい足音が聞こえてくる。耳を澄ませれば遠くの雑踏から短い悲鳴が上がるのが聞こえた。

「よし、予想通り」

「……なんか向こうで砂煙が上がってるんだけど」

「気を付けろ、嵐が来るぞ」

「え？」

「――こんにちはぁ」

「きゃあああっ！！？」

俺は背後に現れた一人の女の声を聞き、悲鳴を上げた。

「なんでライアーが驚いてるの!?」

「だって……だって後ろからくるとは思わなかったもん……」

「お久しうございます、ライアー様！　わたくしは会いとうございましたわ！」

「ぐぇ」

急に背後に現れた女は人目を憚（はばか）らずに抱き着いてくる。両腕は首に、腰には両足を回されている。いわゆるだいしゅきホールドだ。何が何でもこちらを離すまいという強い意思が感じられる。

「だが幻影だ」

「あおん!?」

抱き着いた俺が幻影であったことから、四肢を投げだした女は重力に引かれて尻を強打する。ぶつけた尻がたぷんと波打つ辺り、かなりのボリュームと見た。

「お、お尻が……！」

「騎士団長様ともあろうお方が公衆の面前で抱き着いてくるんじゃないよ。ハレンチ衛兵が出張ってくるぞ」

俺がそう言うと、金春色の髪に聖歌隊（クワイヤ）の服を着た女は、お尻を擦（さす）りながらガンギマった

第二章

8話

野獣のような視線を投げかけてくる。

「覚悟ならできております。公に認められるのであれば、わたくしはいくらでもあなたと濡(ぬ)れ場(ば)を演じましょう」

「〈幻惑魔法(ハル)〉！」

「あっ、逃げないでくださいませ！」

俺は魔法で複数の分身を生み出しつつ姿を消した。

『覚悟ならできております』じゃないんだよ。そんな大衆の面前でプレイだなんてどこのエロゲーだよ。……初代ギルシンだったわ。

女が幻惑魔法(ハル)に惑わされている間、俺はアータンの背後へと逃げ込んだ。

機を見て魔法を解除すれば、終始困惑していたアータンがげんなりした表情で問いかけてくる。

「ライアー、この人は？」

「インヴィー教国聖堂騎士団の騎士団長様だよ」

「……え？」

「〈海の乙女(シーレーン)〉ってあるだろ？　そこのトップだ」

女が着ている聖歌隊(クワイヤ)服に縫い込まれた金糸の団章がその証拠だ。

大抵どの国でも団章は所属を、色は地位を示す役割を担う。

人魚と蛇の団章。

金糸の刺繍(ししゅう)。

ここまで来れば、世俗に疎い人間以外は相手がどういう人物が嫌でも分かる。

「〈海の乙女(シーレーン)〉団長、セパル。聖堂騎士団の中でも魔法に特化した聖歌隊(クワイヤ)を率い、かつて裏で悪事を働いていた教団内部の罪派(シンぱ)を粛清した若き天才だ」魔法を扱わせればその実力は、このプルガトリアの大陸において上から数えた方が早い。

そんな超絶の存在が、今――。

「はぁ……はぁ……！　こんなにもライアー様がたくさん！　し、幸せですわぁ～！」台無しだよ。

『堅物なデキる女社員がぬいぐるみに囲まれるのが好き』とかならギャップでカワイイと思えるが、対象が人間になると途端に危ない雰囲気が拭えなくなる。

だ……だがまだだ。

まだこの程度ではセパルの有能なイメージが損なわれるわけじゃない！

「その手腕を買われて今は晴れて団長の座に収まったが、中でも毒蛇竜(ヒュドラ)の討伐は王都でも語り草だな」

「ヒュドラって、あのヒュドラ？」

「あのヒュドラよ。いやー、アイツヤバイんだわ。竜のくせして蛇みたいに熱感知してくるから幻惑魔法(ハル)見破られるんだもの」

デカい、強い、毒がヤバイ。

第二章

8話

その三拍子が揃(そろ)ったヒュドラはまさに怪物だ。ゲームでも上位の魔物として設定されており、ギルシンがアクションRPGだったナンバリングでは何度も苦渋を味わわされた。当然、ギルシンの舞台であるこの世界(プルガトリア)でも危険度はトップクラス。それこそ聖堂騎士団の最高戦力が出張ってきて討伐されるレベルだ。

そんな超絶の強さの存在が、今――。

「全員持って帰りたいですわ！　大聖堂(カテドラル)に一人！　おうちに一人！　お風呂にもベッドにも一人ずつ！　そしてあんなことやこんなことを……！」

台無しだよ。本当にこの女はよぉ。

だがまだだ。まだ慌てる時じゃない。

シリーズ全てをやりこみ、『悲嘆の贖罪者(スケープゴート)』を何度も周回した俺だからこそ彼女のフォローできる点は挙げられる。

「魔法は勿論(もちろん)のこと、罪冠具(ロザリウム)にも精通している」

「！　それってつまり……！」

「まさに今回に適任だろ？　良かったな、アータン」

「あぁ、なんて幸せな空間なのでしょう！　でゅえへへへ……あっ、いけないいけない。涎(よだれ)垂れてきた」

「……」

「……良かったなぁ、アータン！」

「う、うん！」

台無しだよ、こんなもん。

俺とアータンが呆然としている間、セパルは幻影の俺に抱き着いては地面とキスしてを繰り返す。まったく、お熱い光景を見せてくれるぜ。あとでちゃんとお口濯いどけ。

彼女との付き合いは俺が駆け出しの冒険者だった頃まで戻る。出会いはとある依頼で蛇の魔物と戦っている最中だった。偶然彼女を見つけて介抱した、それだけだ。

たいしたことはしたつもりはないのだが、彼女はその一件でやけに好意を抱いてくれたようだ。以降、彼女とは時々会うぐらいの仲にはなっている……というか、向こうから勝手に会いに来る。

しかし、今回に限っては俺から呼び出した形だ。

本題に入る為にも現実にお戻り願おうか。

「セパルさん。こっちこっち」

「ハッ!? そちらにもライアー様が！ はぁ、はぁ、抱き着いて幻か確かめねば……！」

「やめて、鯖折りにされちゃう」

「ウフフ、恥ずかしがる姿も愛おしいですわ……ですが、あなたのラブコールはしかと受け取っているのですよ!? その為にわたくしは今日のお仕事を速攻終わらせてきたのですから！」

教団内部の罪派が逮捕された際、罪派の位階が高いほど引き渡しにやってくる聖堂騎士

✦第二章✦

8話

団の位階も高くなる。

今回の場合はインヴィー教の罪派（シンパ）がやらかしたから、〈海の乙女（シーレーン）〉の誰かが来ることは既定路線。後は誰が捕まえたか一言添えれば、耳聡（みみざと）いセパルなら速攻で来てくれるだろうという俺の魂胆だ。

結果、セパルは来た。

『お仕事』の内容とやらは大体察しがつくが……まあ、あの司祭はご愁傷様である。自業自得だから同情はしないが。

「さあ！　わたくしの愛をお受け取りになってください！　さあ！　さあっ!!」

「待て、それ以上近づくんじゃない……この人質がどうなってもいいのか!?」

「くっ、無辜（むこ）の民（たみ）を人質にとるとはなんと卑劣な！　こうなったら背後から抱きしめるしか……うん？」

セパルは差し出された人質を視界に入れ、怪訝（けげん）な声を漏らした。

「あら、アイベル」

「え？」

「どこに行ったかと思えば……こんなところに居たのですね！」セパルはプリプリと怒る。

大分（だいぶ）アイベルに鬱憤が溜（た）まっていたのか、腰に手を当てて歩み寄ってくる間、ぐちぐちと文句を垂れ流していた。

「まったく！『魔王を倒す』なんて大口を叩いて騎士団を飛び出していったあなたが、

どうしてライアー様と居るのですか⁉　当てつけですか？　わたくしへの当てつけですか⁉」

おっと？　なんだか風向き変わってきたな。

「後釜さえ用意できれば、わたくしだって騎士団長なんて辞めてるというのに……！」

「おい、騎士団長。騎士団長、おい」

「あんな箸にも棒にも掛からない上の馬鹿共が権力争いをしている組織の頭なんて、誰が好き好んでやりたがると思うんですか！　あ、でもあなたが騎士団に入っていただけるのであれば、わたくしは喜んで組織に骨を埋めましょうとも！」

「アタイ、乙女じゃないから」

「ぶぅー！」

ぶぅー、じゃないんだよ。

いや、別に〈海の乙女（シーレーン）〉って男が入れないことは全然ないんだけどね。それは今は別にいいや。

じりじりとセパルが距離を縮めてくる途中、徐々に違和感に気づき始めた彼女の眉尻がピクリと動いた。アータンの目の前に立ち、やや上にずれていた視線を下の方へと調整する。

「……あなた縮みました？　なんだかやけに小さい気が……」

「あ、あの……」

✦第二章✦

8話

「アイベル……じゃ、ないッ!?」ようやく気付いた。

いや、ファンからすればさっさと気づけやと言いたくもなるが、それくらいアータンとアイベルは瓜二つなのだ。それこそ片方をよく知っている人間が違和感を覚えるレベルである。

「あぁあぁ……なんという、なんということでしょう!?」

「どう？　ビックリした？」

「言われてみればアイベルがこんなに小さいはずがありませんわ！　あの子と来たら無駄に身長は高いわ、それ以上に態度が大きいですもの！」

「さてさてセパルさん、そこから導き出されるこの子の正体は？」

「アイベルの……娘？」

「正解ッ！」

「違う違う違う!?　妹！　妹です！」嘘を吐いたら速攻訂正された。

それもそうか。双子の姉の娘に間違われるなんて、ある意味尊厳破壊も甚だしいだろう。

しかし、訂正されても尚セパルは怪訝そうにしている。

「妹……？　でもアイベルはわたくしが一言注意したら十倍は言い返してくる子ですよ？　挙句の果てには重箱の隅をつついてまで言い負かそうとするし、そんな子の妹なんて……」

「実姉の評価を聞いた今のお気持ちは？」

「あっ、えっと……お姉ちゃん、です。はい……」

妹からもお墨付きをいただけた。

アイベルがお転婆なのは昔からだったらしい。

実際、彼女はゲーム内でもそんな子だった。

元〈海の乙女〉所属の若き天才魔法使い。魔王によって脅かされる現状を良しとせず、自ら聡明な仲間を集めて魔王を打ち倒すべく騎士団を飛び出すアクティブな性格。

そのような性格だからこそ、シリーズでも一際陰鬱なストーリーにおいてズバズバ物を言ってくれる清涼剤のような存在——それこそがアイベルだ。

まあ、だからこそ後半で恩師を手に掛けたり実妹を手に掛けたりと曇らされるんだけどね。グヘヘ……カハッ！（吐血）

「ってなわけで、アイベルの妹のアータンだ」

「あらあら。わたくし〈海の乙女〉団長セパルと申します。以後お見知りおきを」

「は、じめまして！　姉がお世話に……なりました？」

「ええ、本当に……ッッッ！」

「ステイステイ。She is her little sister」

瓜二つな顔を見て過去の怒りを呼び起こされそうなセパルをなんとか宥める。

どれだけアイベルと仲悪かったんだ。いや、仲が悪いというよりは気質が似ているから互いにズバズバ言い合う遠慮のいらない関係ってのが正しいんだろうが……あ、これ仲悪いのか？

「それにしてもあの子に妹が居ただなんて初耳です」

「えっ、じゃあアイベルの家族構成とか知らないの？」

「知りません」

「どこ出身とかは？」

「し、知りません……」

「今どこに居るかは？」

「……知りません」

「おいおいおいおいおい」

騎士団長様ともあろうお方がなんてこったい！

「それなら俺達の方がアイベルをよく知ってるぜ！　なぁ、アータン!?　よし、今なら騎士団長様にアイベルの知識でマウント取れるぞ！　いけ！」

「えっ!?　あっ……お姉ちゃんが一番ザリガニを獲(と)ってきた時の記録は五十匹です！」

「なにそれ俺知らない」

「い、言ってないもん……」

たしかに。いや、普通に考えて家族内の話なんて知らないものなんだけどね？

けどさ、俺もギルシンファンじゃん？　ある程度設定集とか読(よ)み漁(あさ)ってるわけよ。でも完全に予想外の方から球がきたよね。魔球が過ぎるわ。

「ざ、ザリガニを五十四……？　なんて恐ろしい子……！」

セパルはセパルで何を恐れてるんだよ。ザリガニを舐(な)めるな。生態系の破壊者ぞ？　五十四捕まえたぐらいで奴等(やつら)が絶滅するはずないだろう。

「フッ、ザリガニで怯(ひる)んだところで本題に入らせていただこうか」

「ちなみにその時はすり潰してパスタにしたんだけど……」

「ん～～～～～～、めっっっちゃ気になるけどまた今度お願い。でも一つだけ聞かせて。おいしかった？」

「おいしかった！」

「おいしかったんだぁ。よかったねぇ」

でも今はザリガニパスタより罪冠具(ロザリウム)を優先したい。

その為にわざわざ自分の名前を出してまでセパルに来てもらったのだ。

「仕事を済ませてきたってんなら話は大体把握してるんだろう？」

「えぇ。一度膿(うみ)を出し切ったかと思えば下からポコポコと……どうやったって罪派(シンぱ)は出てきますものね」

「ああ。それに関してなんだが、アータンの罪冠具(ロザリウム)がいわくつきでな」

「まあ」

　呑気(のんき)な声を上げたセパルは、早速と言わんばかりにアータンに嵌められた手枷――もとい、罪冠具(ロザリウム)をペタペタと触り出す。

✦第二章✦

8話

「なるほど、穢(けが)れた魔力を感じます。悪(あ)しきカルマを増幅させる呪印が施されているようですね」

数秒触った程度でそこまで分かるのか。俺は『罪派(シンぱ)のブツだしろくでもない代物だろ』ぐらいの認識だったが、プロはしっかりと中身を把握できるらしい。

「じゃあ浄化を頼めるか？　いくらだ？」

「お金なんていいですのに。罪派(シンぱ)の被害を被(こうむ)った方への治療や補償は教団負担ですもの」

「だから物入りになるんじゃないか？　ちょっとくらい懐に入れとけって」

「わたくし個人へのお金なんて受け取れませんよ。教団への献金でしたらいくらでもお預かりしますが」

立ち振る舞いがいささかぶっ飛んでいても、やはり中身は聖職者だ。教団を通さず聖職者に直接依頼なんてそうそう認められるものじゃない。現代社会なら事務所を通さず営業する……闇営業なんかが近いだろう。

だから、基本的にはギルドなりなんなりに正式な依頼を出すのが正道だが、手続きが面倒だから今回は近道をさせてもらう。

「今回の罪派(シンぱ)の孤児院……結構な額、寄付しようと思うんだよなぁ～。あ～あ、これを見て感銘を受けた親切な聖職者さんが浄化してくれたら嬉(うれ)しいんだけどなぁ～」

「喜んでぇ！」

あらかじめ銀行で切っておいた小切手をセパルへと手渡せば、二つ返事で了承を得られた。へへッ、ちょろいな。因(ちな)みに俺は全財産の半分を失ったがまだ息はしている。

懐が少々寂しくなったが、それで罪冠具(ロザリウム)を真面(まとも)にしてもらえるなら安上がりだ。あれはほとんど一生ものだからな。

一先(ひとま)ず約束を取り付けた俺はセパルの下へ歩み寄る。

彼女は未(いま)だにクネクネと身を捩(よじ)らせているが、俺は大縄跳びのタイミングを見計らうが如(ごと)く耳元へと顔を寄せる。

「あぁ、それと一つ伝えておきたいんだが……」

「なんですか？　サービスならいくらでもしてさしあげますよぉ〜！」

「この子の〈罪(シン)〉——〈嫉妬〉だ」

「！」

ピタリ、とセパルの蠢(うごめ)きが止まった。

「……本当ですの？」

「あぁ。罪紋(シギル)はこの目で見た」

「なるほど……後でわたくしも確かめてみます」

「浄化、どれくらいかかる？」

「そうですねぇ、一刻(いっこく)もあれば」

「そうか。じゃあ、その間アータン頼めるか」

「えぇ、構いませんとも」

第二章

8話

えっ、と声を漏らすアータンを背にするように俺は踵（きびす）を返（かえ）した。

「というわけだから！　アータン、この人に罪冠具（ロザリウム）直してもらっちゃって」

「え⁉　こ……この人と？」

「大丈夫大丈夫。普段はちゃんとしてるから。時々ヤバイだけで」

「アータンちゃあん、お姉ちゃんの分もよろしくねぇえ……？」

「ひぃー⁉」

ねっとりボイスを発しながらアータンの肩を掴（つか）んだセパルが、そのまま教会がある方へと引っ張っていく。色々と道具の用意が必要だから当然だ。

「さて」

俺は俺で必要なものを揃（そろ）える。

こいつがなければ冒険は始められない――それくらい重要な代物をだ。

「どこに売ってたかな～」

なけなしの金を握りしめ、俺は町へと繰り出す。

王都ペトロは、今日もゲームと変わらぬ風景をこの目に映し出していた。感動。

Tips8: 海の乙女《シーレーン》

インヴィー教国を守護する聖堂騎士団。

団章に描かれている紋様は『人魚と蛇』。
男女共に波を彷彿とさせるゆったりとした紺色の団服を着用しており、布地には魔力を流すことで防御力を向上させる素材を採用。基本的にはそれをインナーとし、その上から部隊ごとに適した装備を重ね着している。

団長にはセパル、副団長にはザンを置く。
数年前、教団内に潜んでいた罪派を一斉検挙した為、構成員の平均年齢がガクッと下がり、純粋な兵力では他の聖堂騎士団より劣るようになってしまった。

しかし、団長になったセパル主導の下、平民や貴族関係なく志ある者を騎士団へ迎え入れ or 志ある者も騎士団員として募集するようになってから、少しずつではあるが有望な騎士が増えてきている。
天才魔法使いとして名を馳せるセパルの志に憧れた者も多く、彼女の謳う清廉潔白な聖堂騎士団を目指し、日夜無辜の民を脅かす悪魔や魔物を打ち倒すべく鍛錬を続けている。

国土が海に面している地域が多いことから、水上・海上での戦い方では他の聖堂騎士団よりも頭一つ抜きんでた練度に仕上がっている。
聖堂騎士団に在籍する従魔の大半も、そうした状況に迅速に対応でき、海や川でも問題なく戦える、あるいは真価を発揮できる種類の魔物が多い。

団章に描かれた人魚は、かつて勇者に恋した人魚姫とされている。

その恋が実ったか否かを知る者は、今や数えるほどしか存在しない……。

＋第二章＋

9話

彼らの出会いは、数年ほど時を遡る。

「まだ下る気はないか」

薄暗い闇の中、粘着質な声が反響する。

それ以外はポタポタと水滴が滴るだけの静寂な地下牢だった。

牢屋に繋がれていたのは一人の女。血と泥に塗れた聖歌隊服を身に纏う女は、酷く憔悴した様子で牢の外の男を睨みつける。

「……フンッ、まあいい。いつまでその態度が続けられるかな」嘲りと共に言葉を吐き捨てた男は、そのまま地下牢を後にした。

――このやり取りを何度繰り返しただろう。

牢屋に繋がれた女は、自分に嵌められた手枷を眺めながら考えを巡らせる。

……いいや、これもだ。

女は気付いてから、浅く息を吐いた。

（ここに閉じ込められて……何日経ったかしら……）

外の光が差し込まぬ地下牢。否が応でも時間の感覚はおかしくなってくる。

抉られた右目もすでに痛みを感じなくなっていた。

幽閉されている間、女は何も口にしていなかった。

水すらも与えられず、時折天井から垂れてくる水滴を求めて口を差し出す。が、結局のところ水を得ることは一度も叶わなかった。

（ザンちゃんは……他の皆は……）

飢えと渇きに頭をやられそうになりながらも――否、やられぬ為に思考を巡らせる女は、自分とは別の場所に囚われているであろう仲間を案じる。

志を共にした仲間だった。

魔の手から国を守る刃として、そして盾として共に戦う騎士だった。

しかし、自分達は他ならぬ同族の手に掛かって地下牢に押し込められた。どれだけ敬虔な信徒に見えていようと、その肚の内側が黒くないと言い切れるはずはなかったのに。

迂闊だったと反省したところで、最早後の祭りだ。

教団の腐敗を正そうとした正義も、この牢の中では腹の一つも満たせない無意味な代物に過ぎなかった。

ただ、時間が過ぎていく。

（脱出……脱出して皆を助け出さなくては……）

辺りを見渡す。何も見えない。

（魔法は……くっ、駄目……）

自身に嵌められた手枷により、魔法は封じられていた。

魔法使いは魔法を使えなければ無力だ。それを今、痛いほど思い知らされていた。（そ

9話

れなら罪化を――）しかし不可能だ。

罪冠具であったモノクルは取り上げられ、その際右目も抉られた。

手詰まりだ。

幽閉された当初から何も変わっていない。

むしろ時間の経過と共に悪化していた。

不意に指先の感覚がなくなり、女の顔はサァッと蒼褪めた。

（助けは……助けは来ないの……？）

一縷の望みを託すとすれば、残るは外部からの救援のみ。

だが、自分が捕らえられた時の状況を思い出してしまった。魔法の天才とさえ称された自分が何の抵抗もできずに捕らえられたのは、他ならぬ同志を人質に取られたからではないか。普通に考えて彼らも現在自分と同じ状況であるはずだ。

所詮、自分など清廉潔白を声高に叫んだ青臭い少数派に過ぎない。

腐敗しているとは言え繋がりの広い上層部と比べれば、圧倒的に数も力も無いのだ。一人の将来有望な騎士が姿を消したとしても、そういった上層部の声に揉み消されることは、極限状態の今でも容易に想像がついた。

とすれば、最後の望みすら潰されたこととなる。

「っ……!!」

体が震え上がった。

この冷たい指先の感覚が、途端に恐ろしくなったのだ。ただ辺りの空気が冷たいだけならないい。

けれども、実際には己が死に体同然で血が通っていないのでは——今の今まで考えないようにしていた嫌な想像が、胸の内で膨れ始めたのだ。

「っ、はぁ……はぁ……!!」

ガシャガシャと腕を振るい、手枷と繋がった鎖を外そうと試みる。

平時であれば魔法で鎖を断つなど造作もないのに。

「っ、れか……!!」

鎖を外せないと理解した女は掠(かす)れた喉で必死に叫ぶ。

極限まで乾いた喉では、叫ぼうとするだけで肉が裂けるような痛みがピリリと奔(はし)るが、今は構っている余裕などなかった。

「っ、て……すけ、て……ッ!!」

恐怖で髪を振り乱しながら、必死に助けを求める。

だがここはとある辺境の古城地下に掘られた地下牢。用さえなければ人が近づく道理もなく、例えあったとしても地上の魔物が人間を寄せ付けない。

助けなど、来ない。

それを分かっていても諦められなかった。

「わたしはここに居るからッ……誰か、助けてぇ——!!」

第二章

9話

「――おぉぉおおぉおおおおおおおお、おおおおお！！！！？」

ドンガラガッシャン、ドカーン！！！

そんなやかましい音が地下牢の入口から響いてきた。

突然の轟音に固まる女。

しかし、彼女の視線の先にはたしかに人が居た。

入口から差し込む光を浴び、情けなく仰向けに転がる鉄仮面の剣士が一人。

「っ、てぇ～……!?　あんの毒蛇野郎!!　舌をピロピロさせて〈幻惑魔法〉を見破ってくるとか聞いてないんだが!?　……あっ、でもゲームでも耐性あったな。なるほど、そういう理屈だったのね。ちくしょう、納得だわ……！」

「っ……!!」

「……おん？」

言葉も出せず、パクパクと口を開けていた女に向かって鉄仮面の剣士は振り返る。

一瞬驚いたように瞳を見開いた剣士であったが、すぐさま気を取り直したように居住まいを正した。

「さっきの声の人？　いやぁー、マジで助かった！　さっきの声なかったら地下牢見つけられずに毒ブレス喰らってたとこだった！　ありがとう！」

「あ、た……は……？」

「ああ、いい！　無理に喋らなくて！」

掠れた声で応じようとする女を制し、剣士は立ち上がる。

「とりあえず今出してやる。ったく、他の子達に一人だけヤベェとこに囚われてるかもって聞いたけどあんなん聞いてないよぉ……あれ、開かない？」

嘘でしょ？　と針金で牢屋の錠前を外そうとしていた剣士が察する。

「……あ〜〜〜〜、これ特定の鍵じゃないと開かないタイプ？　ふ〜ん、やってくれるじゃないの……」

中で折れ曲がった針金を放り捨て、剣士は腰に佩いていた剣を手にする。

すると彼はそのまま踵を返し、転がり込んで来た地下牢の入口へと向かっていた。その後ろ姿に女は怯えた表情で呼び止めようと身を乗り出した。

が、

「ちょっと待っててくれ。今から鍵取ってくる。どうせ罪派潰すついでだしな。従魔の一匹や二匹誤差よ。……いや、あれって匹か？　頭で数えた方がいいか？　でも体は一つだしな……」

最後の方にブツブツと独り言を呟いてはいたが、最後の階段を踏みしめたところで剣士はもう一度振り返る。

「絶対助ける。だから、安心しろ」

そう言って剣士は地下牢の扉を閉めた。

地下牢は再び闇に閉ざされる。

第二章

9話

けれども、女の胸にはもたらされた暗闇に対する不安など微塵も存在していなかった。

むしろ、ゆっくりと落ちていく瞼と共に、彼女の意識は闇の中へと誘われる。

深い眠りにつく間、ゆりかごのような揺れを何度も感じた。

それが夢か現実かは定かではなかった。しかし、彼女にとってそれが安らぎであったことは確かだった。

再び目を覚ました時、彼女は太陽の下に居た。

二度と目にすることはないと覚悟していた光に、彼女は枯れ尽きたはずの涙を流した。

だが、なによりも。

──倒れている罪派が呻き声を上げていた。

──亡骸を晒す巨竜が血の海を作っていた。

──泣いている同志が傍らに寄り添っていた。

だが、それ以上に。

「仲間が皆無事で良かったな！」

まるで他人事のようにケタケタと笑う声に耳を焼かれた。

笑っている声なのに今にも泣きそうな瞳に目を焼かれた。

そして、

「どうする？　このままやり返しに行くか？」

見ず知らずの他人に手を差し伸べる、その高潔な精神に魂を焼かれた。

（ああ。わたくしの主（あるじ）はここに居たのですね）

月日が経ち、騎士団長の座に座っても、その想いは変わらなかった。

むしろ日に日に思慕（しぼ）は膨れ上がっていくばかりであった。

その結果――。

「ライアー様ぁ♡　わたくしの熱いヴェーゼをお受け取りになってぇえええええ♡」

「鉄仮面（てつかめん）ガード！」

「鉄の味がしますわぁ♡」

このザマである。

＊＊＊

ライアーが買い物に出かける間、アータンとセパルの二人は近場のインヴィー教教会の一室を借り、罪冠具（ロザリウム）の浄化作業を進めていた。

「へぇ～、アータンちゃんはライアー様に救われたのですね……」

「は、はい！」

「まあ、助けられたのはわたくしも同じなんですけれどねっ!!」

「ひぃ!?」

罪冠具（ロザリウム）に掌（てのひら）を翳（かざ）し、魔力の光を当てているセパル。

9話

一見何をしているか分からない浄化作業の傍らで話しかけてくる彼女であったが、あろうことか初対面の——それも知り合いの妹に対しマウントを取っていた。

大人げない。

ああ、大人げない。

大人げない。

詩人が見れば一句読みそうなくらい、セパルはムカつくくらい満面のドヤ顔を浮かべていた。頬(ほ)っぺたはツヤッツヤのテッカテカである。直前に揚げバターを食べてきたアータンに勝るとも劣らない。

「は、ははは っ……」

「……」

しかし、残念ながらここにはアータンしか居ない。

きゃわたんな彼女ではあるが、聖堂騎士団長という相手の立場に感嘆する余り、ここまでただただ淡々と頷(うなず)くことしかできていない。

それを眺めていたセパルと言えば、それまで浮かべていたドヤ顔をスッと解き、深々と息を吐くのであった。

「申し訳ございません……ついアイベルと同じ態度を取ってしまいました。あの子、これぐらいの勢いでいかないと捲(まく)し立(た)てられてしまうもので」

「い、いえっ！　お気になさらず……はは っ」

「大人げないって思ったでしょう？」

「………………いえ、そんなことは」

「だいぶ間がありましたね」

嘘はつけないアータンなのであった。

だが、セパルはクスクスと笑みを零す。

「あなたはそのままで居てくださいね。人間、やっぱり素直なのが一番です」

「そう、ですかね……？」

「ええ。嘘や腹芸なんて必要とする人間だけできればいいのです。あなたのような心が清らかな人は、嘘の見抜き方だけを覚えればいいと思いますよ」見抜き方？　とアータンは首を傾げる。

「でも私、どうやって嘘を見抜いたらいいか分からないです。それこそ最近までずっと信じていた人に騙されてたくらいですし」

「……たしかに嘘を見抜くのは難しいですね。では、こうしましょう。嘘をついた相手をぶっ飛ばせる力を手に入れましょう」

「代替策が力任せ過ぎる!?」

「ぶっ！　……冗談ですよ」

キレのいいツッコミがツボに入ったセパルは、しばし口を押えて俯いた。

ようやく笑いが収まったのを見計らい、彼女は目尻の涙を指で拭いながら面を上げた。

✦第二章✦

9話

「嘘を見抜くには相手の背景を知ることが肝要です。相手が何を欲しているか……それを知らなければ真実へは永劫辿り着けません」

「じゃあ、どうすれば……」

「あなたが見抜けないというのであれば他人に任せるというのも手です。ほら、近くに適役は居りませんか？」

「……あっ」

察したアータンへ、セパルがウインクした。無関係の自分を助けてくれた嘘つきの勇者。その理由が自分を好きだからと言った勇者。

そして何より、相手を傷つける嘘はつかないと断言してくれた勇者——彼ならばたしかにそういった類の嘘偽りを見抜く〝目〟があるはずだ。

「彼ならあなたを害する嘘は見抜いてくれるでしょう。信頼できる人間に任せる……これはけっして恥じることではありません」

「……でも」

「彼を信じられませんか？」

その問いに『そういうわけじゃ！』と少女は声を上げた。

「私……彼に助けられました。彼が居たから私は今ここに居ます」

「えぇ、今聞いたばかりです」

「お姉ちゃん……姉を見つける為にギルドに登録したのだって、彼が手伝ってくれたからです。そんな彼に頼ってばっかで、私……なんだか嫌なんです」次第に少女は俯いていく。自信なさげに伏せられる瞳の一方で、セパルの方へと差し出されている右手は震えながら握りしめられていた。

「まだ何も返せてない。それなのに、また頼るなんて」

「……」

「……ごめんなさい、迷惑ですよね。私なんかの悩みなんて聞いても……こんなの自分が悪いだけなのに……」

「いいえ、そんなことはありませんよ」

「え?」

不意に握りしめられていた拳を包み込む掌があった。

淡い魔力の光を灯すセパルの手。一見女性らしいしなやかな細指であるが、その内側には何度も戦ってきた戦士の力強さの感触があった。

拳を包み込まれ、アータンは面を上げる。

そんな彼女が目にしたものはセパルの柔和な笑顔だった。

「悩みを打ち明ける……自分の罪だと思うものを打ち明ける。それはとても勇気の要ることですし、尊ぶべき行いです。よくぞ打ち明けてくれましたね」

「や、そんなつもりじゃ……!」

「いいのですよ。衆生の苦悩に耳を傾け、助言を授けるのも我々の役目。むしろ存分に

第二章

9話

頼ってください。いえ、頼って欲しいのです」

「セパル様……」

「フフッ、きっとライアー様も同じ考えですよ」

思いがけぬ言葉にアータンのくりくりとした瞳が見開かれた。

「同じ……？」

彼とはまだまだ浅い付き合いだ。

その上で少女の中でライアーという男は、お調子者で嘘つきのお人好しという人間だった。でなければふざけた言動をしながら危険な人助けなどしないだろう。

だが、誰かに頼られたがる姿は見た記憶がなかった。

「セパル様はそうお考えなんですか？」

「ええ。相手が愛するお方であれば尚のこと。わたくしはライアー様のことを愛しております」

「愛っ……!?」

「ですからわたくしはライアー様に頼ってほしい。愛する人に求められるほど嬉しいことはありません──違いますか？」

「わ、私は……」

突然の告白に頬を紅潮させ戸惑いを隠せないアータンであるが、真剣にセパルが言わんとしていることを理解しようと努める。

そうした時だった。

セパルはコロコロと、鈴を転がすような笑い声を控えめに響かせる。

彼女の楽しそうな笑みも相まって、まるで悪戯が成功したとでも言わんばかりの表情だ。

「意地悪な質問でしたかね？」

――では、昔話をしましょう。

懐かしむような、それでいて愛おしそうな語り口でセパルは口を開いた。

人間誰しも遭遇する転換点の話だ。

そしてこれはセパルという人間にとって運命の日だった。

神か天使か、はたまた太陽か。

この信仰心を言い表す対抗馬がそれらだと言えば、彼女にとって〝彼〟の存在がどれほど大きなものであるかは理解できよう。

しかしながら、彼女はあえてそれらを押しのける。

「これは――ある勇者との出会いの話です」

Tips9: 罪冠具《ロザリウム》

〈罪〉を扱う者が身に着ける装身具を指す言葉。

一度〈罪〉を発動してしまうと罪冠具内部の魔力回路と自身の魔力回路が結合してしまう為、外すことが困難になる。

〈罪〉の発動を補助、効果を底上げする術式が刻まれており、〈罪〉の使い手は必ずと言っていいほど罪冠具を装備している。


素材は金や銀、錫（すず）、銅、鉄などの金属。

金属の種類で罪冠具の性能は変わり、基本的に金→銀→錫→銅→鉄の順で出来上がる罪冠具は高性能。

騎士団長クラスの罪使いであれば金を用いた罪冠具を、そうでない者はそれ以下の素材で作られた罪冠具があてがわれるケースが多い。

形状は腕輪や首輪、指輪、眼帯など様々。(例：アータン→腕輪　セパル→眼帯)
しかし、基本的に一度装備したら着脱が困難になることから、日常生活に支障が出ない部位への装備がセオリー。

もし仮に外したい場合は、罪冠具の耐久力以上の魔力を流し込んで破壊するか、魔力回路共々皮膚に固着した部位を剥がさなければならない。


初出は『ギルティ・シン　色欲のエデン』より。

罪人を縛る拘束具がモチーフとなっており、デザインも拘束具の意匠が垣間見える物が多い。ちなみに初代主人公の罪冠具は貞操帯。アホである。

第三章

A liar is
the beginning
of a hero

✦第三章✦

10話

10話

ある日、故郷が魔物の群れによって滅ぼされました。

なんてことはないよくある悲劇です。

悪魔に使役されていたり、人手が足りず対応が遅れたり。細かい事情は知りません。けれど、故郷が滅んだこと——それが騎士を目指すきっかけでした。

幸いにもわたくしは魔法の才に恵まれていたようです。

入団して間もなく聖歌隊（クワイヤ）へと配属され、その後も研鑽（けんさん）を重ね、隊長の座に就いておりました。

あの頃のわたくしは、ただ自分と同じ境遇の人間を生み出したくない……ただその一心だったのです。だから、その努力を周囲の人間に認めてもらっていたようで嬉（うれ）しかった。

けれど、きっと調子に乗っていたのでしょうね。

程なくしてわたくしは教団の不穏な仕組みに気が付きました。

不可解な金や人の流れ。

救援を求む村々の放置。

わたくしは何度もそれらの是正を求めはしたものの、聞く耳は持たれず……。

何があったかですって？　——罪派（シンぱ）ですよ。

奴（やつ）らはいわば教団の分派。

ある神が別の国で邪神と称されるように、強大な存在の二面性の内、邪悪な面を信奉するはた迷惑な輩(やから)ですよ。

彼らとの対立は今に始まった話ではありません。

もうすぐ建国より千年を迎えるミレニアム王国が誕生するより以前から、各宗派では罪派(シンぱ)との争いが起こっておりました。

インヴィー教国も、その例外ではなかったのです。

罪派(シンぱ)は狡猾(こうかつ)にも、表立って破壊工作に出ようとはしませんでした。

あくまで内部に潜入し、じわじわと、まるで癌(がん)のように組織という肉体を少しずつ蝕(むしば)もうとしていたのです。

ですが、わたくし達(たち)が気付いた時には上層部のほとんどが罪派(シンぱ)へと挿(す)げ替(か)えられ、残された上層部も粛清に怯(おび)えるばかり。

一部隊の隊長でしかないわたくしの一存では、もはやどうにもならないところまで組織は腐敗し切っていたのです。

——革命しかない。

愚かなわたくしはそう考えたのです。

結果は……この右目をご覧になればおわかりでしょう。

少ない同志をかき集めて蜂起しようとした矢先でした。わたくしは反逆者として囚(とら)われ、人知れぬ地下牢(ちかろう)に投獄されたのです。

第三章

10話

まあ、わたくしの失敗談なんて聞いたところで仕方ないでしょう。

地下牢で数日間飲まず食わずの生活を強いられ、拷問で疲弊しきり、いよいよ死を予感した――その時に助けてくださった御方(おかた)こそライアー様だったのです。

フフッ、ビックリしましたか？

わたくしもビックリしましたよ。だって人知れぬ廃城にわざわざ乗り込んでまで助けに来てくださったのですから。

ああ……ライアー様。

……ライアー様！　ライアー様！　ライアー様！

あああああライアー様ああああああああああああああ！

フゥ……失礼いたしました。ちょっと溢(あふ)れ出(で)るリビドーを抑えきれなくて。

ともかく、ライアー様に助け出されたわたくしは、既に救出されていた他の子達とも合流したわけですが――すぐには立ち上がれませんでした。

相手がどうであれわたくし達は反逆者。死罪は免れぬ大罪を犯した罪人です。おめおめと国へ戻ったところで、再び投獄され、刑に処される未来は変えられない。

あの時のわたくしは……自暴自棄になっていました。

『余所(よそ)の国へ逃げましょう』

はっきり言って……疲れていたのです。

自分一人の力では勿論(もちろん)、同じ志を持った者を集めたところで組織は変えられなかった。

それどころか罪人のレッテルを貼られ、多くの子達は故郷へ帰ることさえ覚束なくなった。

一体わたくしにどうやって償えばいいと言うのでしょう？　だから、そのようなことを口走ってしまったのです。

『——本当にそれでいいのか？』

ですが、それに異を唱える者が一人だけ。

傷つき、膝を突き、悔し涙を流すしかないわたくし達が居る中、唯一凛然と立つ一人の戦士がそこには居ました。

『え……？』

『話聞いてりゃあ余所の国に逃げるとかどうとか言ってるけど、本当にそれで納得できるのか？』

『納得って……』

彼——ライアー様はそう言いました。

わたくしだけでなく、囚われた他の団員も救ってくれた方。文字通り命を救ってくれた大恩人に当たる御方です。

けれど、その時ばかりはわたくしも怒りの余り、反論してしまいました。『納得なんてできるはずない』と。

意外ですか？　わたくしだって最初から彼の頭の天辺から足の爪先まで信奉していたわ

第三章

10話

けではありません。

……あれ？　なんでちょっと引いているんですか？

ゴホンッ……ともかく、わたくしはあろうことか命の恩人に言い返してしまったのです。

だって、そうでしょう？

自分なりの覚悟を持って立ち上がった。でも、失敗してしまった。

そのツケは自分を信じてくれた他の子達にまで及ぶ……これだけのことをしでかして、当然納得などできるはずがなかったのですから。

それをわざわざ問われるなんて……わたくしには耐えられなかった。

だから、起きるまでの夢うつつの間に考えていたのです。

何度も。

何度も。

何度も何度も何度も何度も……何度も。

——何が足りなかった？

武力が足りなかった。

知恵も足りなかった。

ですが、本当に足りなかったものは別にあったのです。

——味方。

真にわたくし達に足りなかったもの、それは味方でした。

力を貸してくれる味方。

知恵を貸してくれる味方。

悔しいことに……それを一番よく理解していたのは罪派だったのです。

だからこそ、罪派は反逆の芽であるわたくし達がまだ少数の内に蜂起するよう根回ししていた。

失敗した今になって……ようやく気付いたのです。

わたくしは泣きました。

年甲斐もなく泣きました。

傷ついた体を癒すベッドの上で。

けれど、心に負った傷までは癒せぬまま。

『どうすればよかったのでしょう』と……泣き言を吐きました。

『それじゃあ味方になってやるよ』

その時、ライアー様が言った言葉です。

信じられますか？

たった今、組織を相手に嵌められたと語ったばかりですよ？

わたくし達に味方する――いわば、反逆者に加担する、国への敵対行為と同義です。止めましたよ、必死に。

恩人を死なせるわけにはいかない。ただその一心で、それはもう外聞も恥もなく止めま

✦第三章✦

10話

した。病衣のまま、パンツがずり落ちそうになりながらも抱き着いて、ようやく引き留められたほどです。

でも、彼はこう言うのです。

『あんたらが泣き寝入りするのは楽しくない』曰く、わたくし達の行いは正しいと。

曰く、わたくし達が騎士に相応しいと。

曰く、わたくし達こそ上に立つべきと。

正直、一部隊を率いる長に対しては過分な誉め言葉にしか聞こえませんでした。

けれども、その時のわたくし達にとっては——何よりも掛けて欲しい言葉だった。気付いた時には頬を涙に濡らし、怒りに震えていた拳も、別の意味で震えていた。

目の奥がジンと熱くなって……右目を失ったのに、何か温かいものに埋められていくような感覚が押し寄せてきたのは、今でも鮮明に思い出せます。

それだけでもう、わたくし達は新たな未来に進める——そう勇気付けられるには十分でした。嘘であっても嬉しい言葉とは、ああいうものを言うのでしょうね。

そして、彼はニコニコしながらこう続けるのです。

『じゃあ、罪派の泣きっ面を拝みに行こうぜ！』——嘘じゃなかった。

そう、嘘じゃなかったのです。嘘だと思うじゃないですか？　でも、嘘じゃなかったんです。

何回も聞き直しましたよ？

ですがライアー様は『本気の本気の本気も本気よ』って。

ええ、そりゃあ全力で引き留めましたよ。

本気の本気の本気も本気です。

まろび出そうになりましたよ、乳が。

ぶっちゃけ、ちょっとまろび出ていました。

でも……。

『俺は！　相手が！　傷つく嘘は！　言わねぇーのッ！』とっても真剣な眼差しで言うんですもの。

――ああ、この人は。

――本気でわたくし達を……。

『その為にあんた達の力も借りたい』

『……え？』

『一緒に教団を、国を、世界を――良いものにしていこうぜ』だから、彼の手を取りました。

同時にこうも思ったんです。

彼は勇者なんだって。

わたくしの前に現れた、わたくしだけの勇者。

ちょっとばかり嘘を吐くことが多いですが、そんなもの彼の成し遂げたことに比べれば

✦第三章✦

10話

すべてが些事でした。

――助けになってくれる人を集めたことも。

――罪派の悪事の証拠を掻き集めたことも。

――大聖堂に乗り込み罪派を倒したことも。

全てライアー様が居なければ成し得ぬことばかりだったでしょう。

特に、当時の聖堂騎士団長フォカロルは強敵でした。

実質的にインヴィー教を支配していた罪派の頭領ウェスパシアヌスにより、聖堂騎士団長へと登用された彼でありますが、実力は本物。以前にわたくしが対峙した時は、卑怯な手を使われたとはいえ、手も足も出ませんでした。

しかし、ライアー様は違いました。

『おいおいおいおい、聖堂騎士団長ともあろう御方がそんなザマかぁ～！！？　すぐさま団長の座ぁ返上して見習い騎士からやり直した方がいいんじゃねえか！！？』

『黙れ！！！　さっきから妙な魔法ばかり使いおってからに……真正面から戦えば貴様なんぞに負ける道理はないわ！！！』

『聞きました、セパルさん！！？　あんたを策略に嵌めた奴がなんか言ってますよ！！？負け惜しみかなぁ？　負け惜しみだねぇ、きっと。アッヒャッヒャッヒャ！』

『貴様ぁ～～～～……！！！』

騎士団長に勝るとも劣らぬ実力。

彼は口だけではなかった。罪派（シンパ）やわたくしと違って。

『ほら、セパル!!　お前も一緒にこいつ泣かせてやろうぜ!!』

『えっ……！！？』

『セパル！！！　貴様、残った眼球も抉り出（えぐりだ）されたいかッ！！？』

手を差し伸べる彼と、拳を握る騎士団長。

わたくしが選んだのは――当然、前者でした。

それからは死闘に次ぐ死闘でしたよ、もう。

腐っても騎士団長。本気を出した奴を相手に苦戦は必至でした。

けれども、ライアー様と手を取り合い、何とかフォカロルやウェスパシアヌスを含めた罪派（シンパ）共を倒すことには成功いたしました。

……思えば、あれがライアー様とわたくしの人生初♡共同作業だったのかもしれません。

……ああ、ライアー様。

ライアー様！　ライアー様！　ライアー様！

ライアー様ライアー様ライアー様ライアー様ライアー様！

ライアー様ああああああああああああああ！

フゥ……ハフゥ……失礼いたしました。リビドーがちょっと抑えられなくて。

でも、しょうがないと思いませんか？

絶望的な状況から救い上げてくれて、果てには憎き仇敵（きゅうてき）をも共に倒し、我々の居場所を取り戻してくれた。

挙句の果てにはインヴィー教団の立て直しにも助力してくれる始末。至れり尽くせり極まれりといった所感ですよ。

これに惚れるなと言う方が無理でしょう！　しかし……わたくしは片目を抉られた女。

こんなご時世、傷物の女など珍しくもない話ではありますが、社交界ではそれなりに敬遠すべきものとして扱われます。

女としては死んだようなもの。

彼を想えばこそ、彼を恋い慕うべきではない——そう自分に言い聞かせるわたくしの様子に気づいたのか、ライアー様がこんな言葉を投げかけてくれたのです。

『どっかの国のお偉い食通がさぁ、「チーズのない食事は片目のない美女だ」っつー言葉を残してるんだが……どういう意味だと思う？』

『ええっと……要は肝心な部分が抜けてる、と？』

『そうなんだけどさぁ』

——片目のない美女って〝癖〟過ぎて、正直大好きだわ。

残った片目を見つめられながら、言われたものですから……。

ええ、堕ちましたね。

わたくしはあの瞬間、完全に堕ちました。

ほの字ですよ、ほの字。背後で密かに盗み見していた副官のザンちゃんが歯軋りしていましたけれど、わたくしは人目さえ気にすることもできず立ち尽くしていました。

　恋い慕う殿方に女として見られていると知ったら、わたくしはもう……。

『あああああああああ！！！　ライアー様、好きぃぃいいいいいいいいいいいいいいい！！！』

『ぎゃあああああ！！？　鎮まれ、鎮まりたまえ！！！　なぜそのように荒ぶるのかぁーッ！！？』

『アナタを愛してしまったからですわぁあああああ！！！』ま、こんなものですよ。

大げさ？　いえ、別にフィクションなしのありのままをお伝えしたつもりですが……。

何はともあれ、ライアー様はわたくしにとって紛うことなき英雄……勇者なのです。

彼は自分を嘘吐きの偽物勇者と嘯いておりますが、わたくしはそうは思いません。

だって嘘吐きなんですもの。

嘘吐きが『偽物』と嘯いたら、それはもう本物に等しいでしょう？　だから、わたくしにとっての本物の勇者は彼だけ。

神話や伝説の中の勇者より、目の前で誰かを助けてくれる彼こそが、――わたくしにとって何よりも勇者だったのです。

Tips10: 罪紋《シギル》

〈罪《シン》〉を発動した際、罪冠具《ロザリウム》を中心に体表に広がる紋様。

その正体は罪冠具より増設・拡張された魔力回路そのもの。
本来、魔力回路とは日々の鍛錬と長い時間を掛けてじっくりと成長していくものである。しかし、罪紋は一時的ながら通常の成長を遥かに上回る魔力回路を拡張することにより、当人の魔力出力を大幅に向上させられる。

また、〈罪〉に応じて紋様は変わるとされており、〈罪〉に精通している者であれば罪紋から相手の〈罪〉を看破できる。

紋様は発現した〈罪〉の系譜によって異なる。
大まかな特徴は以下の通り。

傲慢…羽毛を彷彿(ほうふつ)とさせる矢羽根柄。
嫉妬…魚鱗(ぎょりん)を彷彿とさせる波模様。
憤怒…有鱗目のような多角形模様。
怠惰…毛皮を彷彿とさせる縦線柄。
強欲…荒々しくも雄々しいトラ模様。
暴食…整然としたハニカム紋様。
色欲…植物の茎や葉に似た植物模様。

大半の〈罪〉は、これら複数種が組み合わさった紋様の罪紋が発現する。

11話

「私は……彼に愛されてるんでしょうか?」

セパルの過去を聞き終えたところで、アータンはそう問いかけた。

正直信じられないというのが所感だった。

彼が罪派(シンぱ)に盾突いたことではない。それに関してはアイムの件でよく理解している。しかし、それにしたって赤の他人同然の人々を救う為(ため)に、国に喧嘩(けんか)を売るだろうか? 特別な感情なしにそこまで命をかけるなんて……少なくとも、今のアータンには考えられなかった。


——だとしたら、やはり愛か?

——〝好き〟という感情なのか?

容姿か、境遇か、それとも内面か。

……三つ目はナンセンスだったかもしれない。出会ったばかりの人間の内面を見るなど、現実的な話ではない。

だが、何かしら彼の琴線に触れるものがあったのだろう。

彼を突き動かす愛という名の衝動。

けれども、今のアータンにはその原動力たる己の美点が見いだせなかった。

所詮自分は故郷を焼かれ、孤児院に引き取られて育った貧相な体の女でしかない。

第三章

11話

──境遇に同情されたのなら……まだわかるか。

きっとセパルを救ったのも、彼女の境遇に同情したから。

そうアタリを付け、ライアーの愛の出所を探ったつもりであったが……。

「さあ？　それは知りませんけれど」

（急に梯子(はしご)を突き飛ばされた──）

余りの急転直下に、アータンはすぐさま冷静になった。

だが、それを見計らいセパルが核心に迫ろうとする。

「でも、好きでなければ一緒に冒険なんて出られないでしょう？」

「そ、それはっ」

あの時言われた言葉が脳裏を過(よぎ)る。

──『アータンが一番好きだから』

出会って間もないころに言い放たれた言葉。

それがどこまで真意なのかは分からない。

だが、彼の言葉を信じてとセパルの言を借りるのであれば、自分は彼に頼る資格を得たと言えるだろう。

（でも）

「……分からないんです」

「はい？」

「たとえ彼が私を愛してくれていたとしても、どうして私を愛してくれるかが」

「……」

愛される理由が分からない。

ライアーの言葉を信じても、セパルの言葉を信じても。

たとえすでに資格を得ていたとしても、それを持ち得た理由が分からないのだ。

「私なんか……」

「──わたくしだって許されるのであればライアー様にお供するというのに……妬ましや……！」

「ひぃ!?」

刹那、嫉視の眼光に晒されるアータンは震え上がる。

思わず逃げ出そうと体は動き出したが、拳を覆う掌の握力が凄まじすぎて逃げ出せない。そもそもセパルの顔面に面妖な紋様が奔っており、並々ならぬ魔力が溢れているではないか。

「愛される理由が分からない……？　何をそんな甘っちょろいことを！　愛される理由なんてものぁ、自分で作り出してなんぼでしょう！」

「ごめんなさいごめんなさいごめんなさぁーい！！？」

「容姿……家事……魔法！　わたくしは愛される為に磨けるものは全て磨いております！だからこそ、わたくしは愛されるという自負がある！　いいえ、わたくしこそ愛されてし

第三章

11話

かるべきなのです！」

熱弁するセパル。逃げられぬアータンは、半泣きになりながら彼女の言葉にうんうんと頷(うなず)くことしかできなかった。

余りにも鬼気迫る様子に、否定すれば殺される予感がしたからだ。

（ライアー、早く帰ってきて……！）心から願った。

その時だった。

「……でも、結局彼が何を愛するかは彼次第なのです」

「……え？」

「正直な話、相手が自分の何を愛したかなんてわからないものですよ」ケロリと元の柔和な笑顔に戻ったセパルがそう言い放つ。

罪紋(シギル)を収め、膨れ上がった魔力も引っ込めた彼女は、そのまま罪冠具(ロザリウム)の浄化作業へと戻った。

「……たとえばわたくしがあなたの席を奪ったとしましょう」

「……こっちの椅子ですか？」

「ああ、場所ではなくて立場の方です」

「立場って……」

「今のあなたをライアー様から引き剝(は)がし、わたくしが冒険の旅に同行したとしましょう」分かりやすく言い換えたセパルは、温かな魔力の光でアータンの罪冠具(ロザリウム)を包み込む。

「もしも彼が強い仲間を求めていたのなら、わたくしという存在はあなたよりも彼に愛される。ですが、彼が愛するに足りるものがあなた自身に在るというのなら、わたくしがその席を奪ったところで愛される所以(ゆえん)はありません」

「……！」

「何ゆえの愛か。あなたが知るべきは、まずそれなのかもしれませんね」

次第に罪冠具(ロザリウム)を包み込む光が薄れていく。

すると、光が消えた最後に罪冠具(ロザリウム)に幾条(いくじょう)もの紋様が浮かび上がった。以前、教会で無理やり罪を解放された時と同じ紋様だ。しかし、その光は明らかに以前よりも澄んで輝いているように見えた。

「わぁ……！」

「これで浄化は完了です。お疲れ様でした」

「こちらこそありがとうございました！　あと、その……」

「フフッ、先の問いはぜひ本人の口から聞いてみるといいでしょう」

「は、はひ……！」

そうは言われても、とアータンの顔は茹蛸(ゆでだこ)のように染まる。

相手に自分のどこを愛しているかを質問するなど、まるで恋人のような問答ではないか。

あらかじめ断っておくが、自分と彼は交際もしていなければ出会って数日の浅〜い仲だ。

中々にハードルが高い質問だ。

✦第三章✦

11話

頭のてっぺんから湯気が出そうになるアータンだが、それを見かねたセパルが『あぁ』とわざとらしい声を上げる。

「そう言えばなのですが、ライアー様には嘘（うそ）を吐（つ）く時の癖がありましたね」

「癖……？」

「……いえ、これは本人が公言している以上、〝癖〟というよりは〝信条〟なのかもしれませんが――」

セパルは両手で自分の両目を指差した。

「ライアー様、本当のことは相手の目を見てお話するんですの」

「……目？」

「逆に、嘘をつく時はけっして目を合わせません」にっこりと笑ってみせるセパル。

茶目（ちゃめ）っ気（け）に溢れていながらも妖艶な笑みには、アータンも女として憧憬の念を抱かざるを得なかった。

すると、ちょうどよく教会の入口の方から足音が聞こえてきたではないか。「セーパールーさーあーん！　ライアーさんが来まし――」

「ライアー様ああああああ！　わたくしのヴェーゼをお受け取りになってええええ！」

「鉄仮面（ヘルム）ガード！」

「あぁん♡　鉄の味がしますわぁ～♡」前言撤回。

やはり憧れない。

あれだけ真面目(まじめ)……いや、真面目だったか？　真面目だったと仮定しよう。

そんな内容の過去を話したばかりで、このザマである。抱いた憧憬がバラバラの豚バラ肉同然に砕け散るには十分だった。

今、こうしてアータンが遠い目をしている間にも、セパルは抱き着いたライアーの鉄仮面(ヘルム)にキツツキの如(ごと)く唇を打ち付けている。頸椎(けいつい)がイカれないか不安になる光景ではあるが、キツツキは元々脳みそが小さいからこそ、木に嘴(くちばし)を打ち付けても問題ないとされている。

つまり、そういうことであろう。

「よ～しよしよしよし。セパル、その辺でおやめになって。俺の頸椎の方がやられちゃうから」

「あぁん♡　ライアー様ったら、いけず……」

「いけずとかじゃないから。むしろ貴方(あなた)の醜態を食い止めているんですが？」

しがみつくデカいキツツキ（人）を引き剥がし、ライアーは『それよりも』と本題に入る。

「罪冠具(ロザリウム)の浄化は終わったか？」

「ええ、無事に。そちらこそ買い物はお済みに？」

「ああ。いやぁー、大冒険だったぜ。スリに遭うわケンカ売られるわ衛兵に職質されるわで」

第三章

11話

聞くだけで散々な目に遭ったらしいが、これが真実とは限らないのだ。

耳を傾ける間、アータンはジーッとライアーの目を凝視する。ニコニコと目を細めている為、どこを見ているかがはっきりとは分からない。

だが、少女の熱烈な視線に気づいた嘘つきは疑問符を頭に浮かべる。

「ん、どした？」

「あ……ううん……別に――」

「あらあらあらあら！　ライアー様、どうにもアータンちゃんがあなたにお訊きしたいことがあるようで……」

「セ、セパル様！」

「なになに質問？　フッ……俺が知ってることならなんでも答えてやるぜ」

無駄にキメ顔を作るライアーは、普段よりも声のトーンを落としながら入口にもたれかかってポーズを決める。

「えっと……その……」

「ライアー様は彼女の何を愛しているのですか？」

「ああっきゃあっはっはぁーん！！？」

援護射撃という名のフレンドリーファイアが少女の背中を刺した。致命の一撃だった。

アータンはフラフラとよろめきながら近くの机に寄りかかった。

その時ちょうど問われた男が口を開いた。

「顔と育ちと性格？」

「ふぐっ！！？」

目を逸らさずに告げられた。

「あっ、この言い方はマズイか。顔がカワイイ。育ちが良い。性格が素直で優しい」

「あうっ、あうっ、あうっ、あうっ！」

「オットセイの悪魔にでも憑かれた？」

オットセイと化したアータンはその場に蹲りながら身を震わせていた。

全肯定——その言葉は肯定感弱々な少女にとって余りにも強過ぎる火力だ。焼かれたアータンの顔面はマグマの如く真っ赤に蕩けてしまった。

それを眺めていたライアーはといえば、あっけらかんとした様子でセパルの方を向く。

「これは何事？」

「フフ、ウフフ、ウフフフフ」

「セパルさん？　怖いから笑いながら近づいてこないで？」

「はぁ……そんなことを言われてしまうだなんて。きっとライアー様はわたくしを嫌っておられるんですわ…」

「は？　大好きだが？」

「ほぁあぁあ〜〜〜〜〜!!」

アータンに負けず劣らず恍惚に蕩けた表情を湛えるセパルは、口の両端から涎を垂らしながら歓喜に打ち震える。

おおよそ騎士団長が見せていい顔ではないが、この場のライアーとアータン――彼ら二人以外にもセパルのだらしない顔面を目撃し、身を隠していた壁に指をめり込ませる人物が居た。

（あの男……ッ！　よくも私の団長を……！）

インヴィー教国聖堂騎士団〈海の乙女（シーレーン）〉副団長・ザン。

部下の目の前ではクールな仕事人を演じる彼女も、思慕（しぼ）を寄せる相手に寄りつく存在に嫉妬心を燃やす女なのだった。

＊＊＊

――王都ペトロ・インヴィー教区王都に存在するインヴィー教会がまとめられた区域であり、インヴィー教関連の犯罪者が捕らえられた場合にはここの留置所へ入れられる。

そして、取り調べが終わり次第、犯罪者はそれぞれの聖都へと護送され、裁判を受けるのである。

「う、ぎぎ……ぎっ……」

そして今、インヴィー教区の留置所には一人の男が収容されていた。

孤児院の子供を私欲の為に罪化（シンか）させ、悪魔へと堕（お）とそうとした大罪人。インヴィー教司祭ことアイムは、魔法を使えぬようガチガチに拘束具を嵌められた上で堅い床の上に転がされていた。

憎悪と屈辱に塗れた顔で歯を食いしばる様には、以前の優男のような面影はなかった。

（あの女……よくも私をこんな目に……うぷっ⁉）

数時間前、留置所にはインヴィー教の聖堂騎士団長が訪れていた。

予想外のビッグネームに恐れおののきながらも保身に走ろうとしたアイムであったが、聴取を思い出した瞬間、怒りよりも恐怖が湧き上がり顔から血の気が引いていく。筆舌に尽くしがたい取り調べであった。口が回る方だと自負がある自分が、弁解の余地すらなく悪事を洗いざらい白状してしまったのだから。

（こ、このままでは極刑は免れない……なんとかしなければ……！）とは言うものの、弁解の余地など最早ありはしない。

可能性があるとするならば目撃者と証言を聞いた人間を全て消すことだが、とても現実的とは言えない。

こうなってしまえば名も地位も捨てて逃げ出すことが生き延びる道だ。

「ふぁあ……うぅ～、交代まだかぁ？　そろそろ漏れちまうよ……」

鉄格子の向こう側では交代待ちの牢番がもじもじと股間を押さえていた。

普段収容されている人間が少ないのか、緊張感が希薄なのがひしひしと伝わってくるが、拘束具でガチガチに固められた囚人を見ればそれも無理はない。

第三章

11話

「っ～！　ぐっ、も、もう我慢できん……！」

『ちょっとぐらいならいいよな……？』と辺りを見渡した牢番は、そそくさと牢屋（ろうや）から離れて用を足しに行った。

（今の内に……！）

　脱獄するのなら牢番が居ない今しかない。

　しかし、現状魔法は使えない。魔法が使えれば鉄格子の一つや二つ破壊することなどわけはないが、嵌められた拘束具の数々により魔力の循環は阻害されてしまっている。

（クソッ！　魔法さえ……いや、〈罪（シン）〉さえ持っていればこの程度の牢など……ッ！）

「～♪」

（！）

　どこからともなく足音が近づいてくる。『もう帰ってきたのか』とアイムは愕然（がくぜん）としながら鉄格子から離れた。脱獄しようとしている姿など見られれば、それこそ終わりだ。

「こんばんは☆」

「……は？」

　だが、予想は大きく裏切られた。

　鉄格子の向こう側。そこに現れた人影は牢番とは大きくかけ離れたシルエットを仄暗（ほのぐら）い闇に浮かべていた。

「貴方が魔王を誕生させようと頑張ってらした司祭様デスか？」

弾む様な声色で問いかけてくるそれは、一言で言えば道化師（クラウン）だった。

四又（よつまた）に分かれた帽子。端整な顔を白塗りにし、道化服もほとんど真っ白。そして異常なまでに反り返った爪先の靴など、王都でもよく見かける道化師（クラウン）とほとんど一緒だった。

町中で見かけたら特段不思議には思わない。

しかし、ここは留置所。罪人を閉じ込める牢屋の目の前だ。

だからこそ際立つ違和感に、アイムは全身が総毛立つのを感じた。

「あ、貴方は誰なのです……？　何故（なぜ）ここに……」

「アタシ、感動致しましたぁ♡」

被（かぶ）せてくる道化師（クラウン）は、気圧（けお）されるアイムを前にキャピキャピと身をよじらせる。

「アタシ以外にも魔王様を復活させようとする御方（おかた）がおられるなんて♡　これは運命と呼ぶ他ないデスねぇ◇」

「も？　ということは、貴方も……」

「同志デスよ☆」

にっこり笑顔を浮かべる道化師（クラウン）。

藁（わら）にも縋（すが）る思いだったアイムは、このように胡散臭（うさんくさ）い道化師（クラウン）を前に破顔し、なんとか鉄格子の方まで這（は）いよる。

「それなら私をここから出しなさい……！　わ、私には魔王になる〈罪（シン）〉の持ち主に心当たりがある！　脱獄した暁にはそれを教えましょう！」

11話

「え～、いいんデスかぁ～？☆」

「何を言っているのです！　このままでは私は極刑に処されるのですよ⁉」

「そうじゃないデスよぉ～◇」

必死に訴えるアイムに対し、道化師（クラウン）は終始ふざけた声色だった。

あの鉄仮面の剣士を彷彿（ほうふつ）とさせる声色だった。アイムは神経を逆撫（さかな）でにされたようで、こめかみにはこれでもかというほど青筋が隆起した。

しかしながら、道化師（クラウン）は依然ニコニコと笑顔を保ったままだ。それどころか牢を開ける素振りさえ見せず、鉄格子の間から手を差し伸ばしてくるではないか。

意味の分からぬ行動に面食らうアイム。

そんな彼へ、道化師（クラウン）はこう問いかけた。

「魔王にならなくていいんデスかぁ？」ヒュ、と。

呼吸が死んだアイムは、ゆっくり道化師（クラウン）の顔を見上げた。

「今、なにを……」

「だぁかぁらぁ◇　他人より貴方が魔王になるつもりはないかなぁ～ってぇ♡」

相も変わらずふざけた声色だ。

けれども、確かにアイムという人間の根幹に関わる言葉に、死を目前にした男は思わず口を噤（つぐ）んだ。

「私が……魔王に……？」

だってそうじゃないですかぁ♡　と道化師(クラウン)は歌うように続けた。

「人生と言う名の物語は、いつだって自分が主役なのデスよぉ◇　だったら、誰よりも目立って偉くなりたいと思うのは普通じゃあありませんかぁ？♡」

「だ……が、しかし……私には――」

「足りない？☆」

「っ……！」

「才能？　資格？　フフッ、そんなの関係ないデスよぉ♡」

廻(まわ)る、廻る。

道化師(クラウン)の舌が廻る。

「王様だって最初から王様じゃないんですよぉ？☆　王様はね、周りの人間が『あの人が王様だ』って認(みと)めるからなれるんデス◇」

廻る、廻る。

毒のように廻る。

「王様を王様たらしめる物……それが何かお分かりデス？♡」

「な……なんだ……？」

「お・う・か・ん☆」

鉄格子の向こう側から差し伸ばされていた手。

第三章

11話

それを一度握った後、開いてみればあら不思議。

その手の中には先程までなかったはずの装身具――否、罪冠具（ロザリウム）が握られていた。

「そ、それはっ……！」

「アタシは王冠（クラウン）◇　王こそアタシが仕えるに相応（ふさわ）しい存在なのデス♡」

「貴様は一体……？」

道化師（クラウン）はにっこりと笑う。

「ぜひ、お受け取りになってください☆　貴方が王になりたいと……心の底からそう願うのであれば◇」

その笑顔の裏にどのような真意が隠されているかは定かではない。

一瞬の迷いがアイムの動きに出る。

が、しかし、少し引いた手を今度は迷いなく突き出し、アイムは道化師（クラウン）の差し出した罪冠具（ロザリウム）に触れた。

次の瞬間、腕輪のようだった罪冠具（ロザリウム）からは荊（いばら）のような棘（とげ）が飛び出し、受け取ろうとしたアイムの腕に食い込んだ。

男は苦痛に顔を歪（ゆが）めるが、続けざまに流れてくる魔力の感覚に瞠目（どうもく）する。今まで堰（せ）き止（と）められていた魔力が、その堰ごと濁流に呑（の）み込（こ）まれるかのような感覚。

次第に顔の歪みは歓喜の色へと変貌する。

「この力は……お、ぉお、おおおおおお！！？」雄たけびを上げ、天井を仰ぐアイム。

直後、彼を雁字搦(がんじがら)めにしていた魔力を阻害する拘束具が次々にひび割れていく。滂沱(ぼうだ)たる雨の如く魔力回路を流れる膨大な魔力が、拘束具の許容量を超えたが故の現象だった。

「ガアアアアッ!!」

次第に彼の体には紋様が広がっていく。

〈罪(シン)〉によって拡張されていく魔力回路そのものである紋様は、禍々(まがまが)しい深緑色の閃光(せんこう)を放ちながら、やがて全身へと及んだ。

直後、変貌が起こる。

首の辺りが膨張したかと思えば、人間の頭部を挟み込むように凶悪な蛇と猫の頭部が生えてくる。

さらにはどこからともなく生えてきた蛇が彼の股を潜(くぐ)り、アイムの額には二つの星が浮かび上がった。全身は人間の頃の面影はないほどに深い緑色に色づき、端整だった顔立ちも凶悪な悪魔然とした形相へと変貌してしまっていた。

「ンフフッ、とぉ〰〰〰〰ってもお素敵デスよ☆」

「魔力が漲(みなぎ)ってテくル……!!　コレが〈罪(シン)〉……コれガ〈罪化(シンか)〉……!!」

「目覚めた〈罪(シン)〉に相応しい威厳に満(み)ち溢(あふ)れたお姿デス♡」

拘束具も外れ、自由の身になったアイムは鉄格子に手を掛ける。

次の瞬間、鉄格子は粘土のようにぐにゃりと横に曲げられた。余りにも呆気(あっけ)ない脱獄だった。

第三章

11話

それを成し遂げた自分の両手を見つめるアイムは、小刻みに肩を震わせていた。

「なんト……ナンと素晴らシい力だ!!」

歓喜に打ち震えながら天井を仰ぎ、掌を翳す。

刹那、掌より迸った魔法の光が硬い天井を突き破った。

貫かれた天井より覗くのは雲一つない空の光景。

アイムがそのまま空へと舞い上がれば、あっという間に王都の街並みは眼下に広がった。

魔力による飛翔は膨大な魔力がなければ現実的ではない。

しかし、アイムの肉体にはその隅々にまで罪化によって得られた魔力が行き届いていた。

魔力が肉体を満たす全能感に酔いしれるアイムは、一回り大きくなった己の掌を見つめる。

「この力サえあれバ、奴等ヲ……!!」

それを見下ろした彼は恍惚とした表情から一転、憎悪に塗れた醜悪な形相を湛えた。

「私ヲ落魄さセた者共を地獄に叩キ落せルッ!!」

吐き出す怨嗟はどこまでも醜く、自身の為であった。

だが、その姿を仰ぐ道化師は満足げに微笑んでいた。

「さぁ、どうぞおいでください☆　己が〈罪〉に従い、突き進むのデス◇」

道化師が煽れば、悪魔へと変貌した司祭はどこかへと飛び去った。その後ろ姿を見届けつつ彼は紡ぐ。

「死を忘れることなかれ——我々はいつでも主様の傍におりますよ☆」

道化師（クラウン）は歌う。

アタシは道化師（クラウン）♪

ミンナの道化♪

アタシは王冠（クラウン）♪

アナタも王へ♪

軽やかな足取りと共に響く歌声は、急いで駆けつける足音を置き去りに闇の中へと消え入る。

やがて騒ぎに駆けつけてきた牢番が到着した時、道化師（クラウン）の姿は綺麗（きれい）さっぱり消えてなくなっていた。

一輪の白い薔薇（ばら）を残して——。

Tips11: 聖歌隊《クワイヤ》

聖堂騎士団を構成する部隊の内、特に魔法を主軸にした戦いを得意とする騎士が在籍する部隊。

謳(うた)うような魔法詠唱の所作が、この部隊名の由来とされている。

近接戦は他の部隊に劣るものの、こと魔法に関しては他の追随を許さない。対人・対魔物・対悪魔のいずれにも一定以上の活躍を見込め、騎士隊《エクエス》に並ぶ聖堂騎士団主力部隊の一角として見られている。
戦闘では近接武器の届かぬ場所に居る相手への攻撃魔法での狙撃、近接戦を仕掛ける騎士隊などに対する補助魔法での援護、後方部隊を守護する為の防御魔法の展開、その他儀式の詠唱等々……。まさに聖堂騎士団内での仕事は多岐に亘(わた)る。

基本的に近接戦は専門の部隊に任せるものの、上位の騎士ともなれば魔法で生成した武器を振るう者も。
ただし、『魔法の武器を維持する』こと自体が魔力の消費が激しい為、使用者は少ない。

〈海の乙女《シーレーン》〉団長セパルや副団長ザンも、元は同騎士団の聖歌隊隊長を務めた経歴を持つ。また過去には〈嫉妬のアイベル〉も在籍しており、一時は聖歌隊の戦力が騎士団内で大きな比重を占めていた時期もあり、それが教団内に潜んでいた罪派の危機感を煽(あお)った一因とも噂(うわさ)されている。

12話

アータンとセパルの好きなところを告白したら二人が身悶(みもだ)えた。

いや、それで喜んでくれるなら何回でも言うけどさ。別に隠すほどのものでもないし。

「まあいいや。ほれ、アータン」

「？　なにこれ」

「プレゼント」

「……えええっ⁉」

俺がアータンに一冊の本を手渡したら、やけに驚かれた。

「プレゼントって……本って高いんじゃないの⁉」

「……フスゥ～」

「口笛吹(ふ)けてないよ」

ヤベ。誤魔化(ごまか)す為(ため)に口笛を吹こうとしたが、全然吹けないことを今思い出した。

チッ、バレちまっちゃあ仕方ねぇ。

確かにそこそこの値段はした。現代日本ではノート一冊なんて百円ぐらいで買えるだろうが、中世ファンタジー風な世界じゃあ紙の本なんて貴重品もいいところ。

そのお値段、なんと現代日本の約百倍だ。

目ん玉飛び出る値段ですよ、奥さん。

第三章

12話

「まあまあ。こいつはどうしても冒険に欠かせない代物なのさ。とりあえず中を見てみろよ」

「そうなの？　そこまで言うなら……」

言われるがままアーターンは受け取った本を開く。

興奮を隠せていない様子で分厚い見返しを捲れば、そこには——。

「……何も書いてないよ？」

「何も書いてないよ？」

「白紙⁉」

まあまあ落ち着きたまえ。

俺が何の考えもなしに白紙の本を渡すと思うか？

次に俺は困惑するアーターンにペンとインクを渡す。相変わらず疑問符を頭の上に浮かべている可愛らしい反応を見せているが、俺の説明を聞けば歓喜にむせび泣くだろう。

「こいつは冒険の記録を書き残す為の本……いわば、冒険の書だ！」

「……誰の？」

「この流れでアーターンじゃないことある？」

「……なんで？」

「おやおや？」

思った流れじゃないな、これ。

でも言われてみれば、日記が浸透していない世界じゃ日々の記録を残すといってもそんな反応になるね、ちくしょう！　俺の見通しが甘かった。

アータンはじっと白紙の本を凝視している。

喜怒哀楽のいずれも出さず無の表情を浮かべている姿を見ると、俺は自分のプレゼントセンスの無さに挫（くじ）けそうになる。

「いや……あのー、あれだ。別に冒険の記録とかじゃなくていいから。料理のレシピとかでもいいからね？」

「急に家庭的ですわね」

「なんなら自由帳にしてもいいから」

とりあえず何かしらの役に立てばこっちのもんなんだよ！

「ど、どう？　お気に召した……？」

「……ぐすっ」

「えっ、泣かれるほどセンスなかった？」

「あっ、いや！」

涙ぐむアータンは『そういうわけじゃなくて！』と自刃しようとする俺を制止する。

「嬉（うれ）しくて、つい……」

「無理して言ってない？　残酷な真実でも包み隠さないことが相手の為になる時もあるんだよ？」

第三章

12話

「嘘じゃないって！」

だって、とアータンは続けた。

「誰かから何か買ってもらうのって初めてだったから……」はにかむアータン。

彼女は本当に愛おしそうに贈られた本を抱きしめた。

「ありがとう、ライアー。私本当に嬉しいよっ！」

「どゔいだじまじでッ……！」

「滝のような涙ッ!?」

そりゃあ泣くよぉ……。

そうか、アータンの故郷って田舎だったみたいだしな。孤児院だって金銭面もきつかっただろうし、他人から買い与えられるなんて機会はほとんどなかったはずだ。

純粋に喜んでくれるアータンの姿に俺は涙した。ちなみにちゃんと〈幻惑魔法〉で涙を滝のように演出している。これホント便利。

「ずびっ……これからはぜひそいつで日々の出来事を綴っていってくれ」

「ほ、本当にいいの？」

「ああ、いいとも。なんなら『勇者アータンの伝説』とかで後世に自伝として出版してくれてもいい」

「それは嫌だよ!?」

断固として拒否されてしまった。

いいアイデアだと思ったんだけどなぁ。

そんなことを考えていると、横からもじもじと身を捩(よじ)るセパルが徐々に距離を詰めてきた。

「あのぅ、ライアー様……」

「どうした?」

「わたくしには……その、何か……ありませんか……?」

「なんで?」

「だってぇ! わたくし、アータンちゃんの罪冠具(ロザリウム)を浄化したんですよぉ!?」

「何の為の小切手じゃい!? あー、もう分かった! 投げキッスしてやらぁ!? ンーッマ♡」

「きゃあああ!? これはもう誓いのキッスでは!? 挙式はいつにいたしましょう!? 日取りは!? 会場は!? ご飯にしますかお風呂にしますか、それともわ・た・く・し!?」

「こ、こいつ……自らが生み出した虚構の世界に生きてやがる……!?」押しが強過ぎて怖いよぉ。

原作じゃこんなキャラじゃなかったから尚更(なおさら)だ。一体どこで道を外れてしまったのだと俺は頭を抱えた。

すると、こんな混沌(こんとん)とした一室にノックする音が響いた。

返事を待たずに扉が開かれると、そこには銀刺繍(ししゅう)の団章をつけた聖歌隊服を優美に靡(なび)か

12話

せる女騎士が立っていた。

「失礼いたします、馬……団長」

「あら、ザンちゃん。どうかしたの——今『馬鹿』って言いかけなかった？」

「気のせいです、馬鹿(だんちょう)」

「『殺す気はない』と言われながらナイフを突き付けられた経験はあるかしら？」入室してきたのは〈海の乙女(シーレーン)〉副団長ことザンであった。

眩(まばゆ)い小麦色の肌にエメラルドグリーンのショートカットの髪が輝いている気の強そうな女性であり、度々浮かれポンチに昇華して周りを巻き込んでいく団長を食い止める防波堤である。

「お楽しみのところ失礼いたしますが緊急事態です。留置所に収容していた罪派(シンぱ)の司祭が脱獄しました」

「罪派(シンぱ)の……って、あの眼鏡(めがね)の？」

「あの陰険性悪クソ眼鏡の司祭アイムです。名前くらい憶(おぼ)えてください」

「それ以前の印象が強過ぎて憶えられないわ」そして、口が非常に悪い。

だけども、あの司祭への評価としては間違っていないのだから人を見定める目はある。

……あれ？

「え、あいつ脱獄したの？」「そう言ってるじゃないですか。あの陰険性悪小胆嫉妬塗(まみ)れのクソ眼鏡が逃げ出したんですよ」

ザンはあっけらかんと報告した。

なんだか蔑称がさらに膨れ上がった気がしたが、勿論問題はそこではない。

「どうやって脱獄したんだ？　留置所ったって、魔法が使えないよう拘束具くらい取り付けてたはずだろ？」

「こっちが聞きたいくらいですよ。牢番に事情を聞いても用を足しに行ってたから分からないって……てめえを便器にしてやろうかと思いましたよ」

「ザンちゃん」

「おっと」

いや、『おっと』って口押さえてももう遅いのよ。

垂れ流された毒は皆のお耳に届いちゃってるのよ。聞いていたアータンが居た堪れない表情を浮かべてしまっているのよ。

「そういうわけですので、今現在聖都に出向いている団員総出で逃げ出したアイムを追っております。団長も出動願います」

「えぇ～……」

「出動願います」

「待って、ザンちゃん。二言目で胸倉摑んで顔を寄せてくるのは殴り合い一歩手前なのよ」

「はぁ～……分かりました」

第三章

12話

いまいち乗り気でない団長を見かねたザンはといえば、何故(なぜ)か俺の方に振り向いた。

「ライアーさんもご同行願えますか？　貴方(あなた)の力を貸していただければ心強いのですが」

「誠に心苦しいのでありますが実は俺達この後用事がありまして……」

「そうですか。ご同行頂けたら後で王都の良いお店で、お食事でも奢(おご)ろうかと思ったのですが……」

「ってのは嘘だ。許さんぞ、罪派(シンぱ)め！　この手でひっ捕らえてやる！」

「……とのことです、団長」

「ザンちゃん。もしかしてだけどそのお金騎士団持ちじゃないでしょうね？」接待費で俺を動かそうとする副団長にセパルは苦笑いを浮かべる。

許せ、セパル。俺も物入りで金欠なんだ。ちょっとぐらい奢ってくれたっていいじゃない。

しかし、こういうところで案外しっかりしているのがセパルという女だ。

ムムム、と顎に手を当てている彼女は難しい顔を浮かべながら悩んでいた。

「いくらライアー様の腕が立つとは言え、我々教団の後始末に協力させてしまうのは憚(はばか)られてしまいますわ……」

「でも、ライアーさんは団長のカッコいい姿見たいですよね？　見たいと言え」

「見たい見たぁーい!!」

「わたくしの勇姿を見せる時が今！　いざ、参りましょう！」

やる気満々になったセパルが奮い立つ。それでいいのか団長。

それにしてもなんて凄い魔力なんだ。どうか気苦労の多い副団長の為に普段からそのやる気を出してほしいものである。

奮起するセパルが意気揚々と教会の外へと赴く。

俺とアータンも続いて外に出れば、騒然としている町の雰囲気が嫌でも伝わってくる。

「司祭の居場所は？　ある程度絞れているのですか？」

「残念ながらまだ――」

ザンが報告する途中、少し離れた場所から轟音が鳴り響いた。

全員の視線が音の出所の方を向いた。そこでは黒煙と砂煙が濛々と立ち上っており、尋常ではない事態が起こっていることは想像に難くなかった。

「……ありゃあ『Butter-Fly』の厨房が爆発した音だな」

「爆心地知り合いのお店!?」

「よくあることだ」

「よくあるの!?」

勿論嘘だが、俺は同時にこう思い至った。

これ厄ネタだ。

✦ 第三章 ✦

12話

＊＊＊

王都ペトロ・インヴィー教区。

普段は敬虔なインヴィー教徒とごく普通の住民や観光客、冒険者等が行きかう往来は騒然としていた。

事態の収拾にあたっていた衛兵は、力なく倒れ、石造りの道路の上でうめき声を上げていた。武器である鉄の槍は大きく拉げ、頭部を守る兜も大きく凹んでしまっていた。

血を流す衛兵の一人は、激痛に襲われる身を起こしながら自分に掛かる影の主を見上げる。人の物とは思えぬ異形の影を――。

「グッ……この化物め……！」

「――王都の衛兵と言えドこの程度ですカ。他愛もナイ」

人一人飲み込めそうな大蛇に跨り、宙に浮かんでいる悪魔が居た。

それは人間の頭部の左右に蛇と猫の頭部を生やし、額には禍々しい光を放つ星らしき宝石を埋め込んでいた。

深緑の体色は最早人のものではなく、白目が黒く反転した瞳も人としての理性を捨て去っているかのような風貌だった。

「アぁ……そレにしテモなんと素晴らしイ力なのでショウ」恍惚とした表情で、身も心も魔に堕ちたアイムが呟く。

倒れ伏す衛兵。逃げ惑う住民。泣き喚く子供。その全てを自分の力が作り出したものだという実感こそ、理性を溶かす毒となって彼の全身を巡っていく。

「だからコソ理解しカネる。教団ノ連中は、どうシテ私に〈罪〉を与えなかっタノか……!!」

次の瞬間、沸騰する怒りに顔を大きく歪ませるアイム。

その形相こそが教団が彼に〈罪〉を与えなかった理由だとは理解できぬまま、漲る魔力は暴風と化して辺り一帯を襲う。

すると、衛兵が持っていた槍の一つが風に煽られて手元から離れた。

それの向かう先は騒ぎに巻き込まれた結果親から逸れ、ただ泣き喚くことしかできなかった子供の下であった。

そして何の偶然か穂先は子供の喉元を向いていた。

人が振るわずともその鋭い刃は子供の柔肌を裂くなど容易だろう。

ゆえに、今まさに子供を見つけた母親が数秒先の未来に顔を蒼褪めさせ、絶叫することは当然であった――が、しかし。

「あらよっ」

何者かが槍と子供の間に割って入る。

直後、甲高い音と共に槍が弾かれた。

第三章

12話

「──危ねえ危ねえ。怪我無いか、坊主？」

抜き身の剣を一旦鞘へと戻した鉄仮面の男は、泣き喚く子供を抱えるや、駆け寄ってきた子供の母親へ引き渡す。

そして、ゆらりと振り返る。

視線は宙に佇む一体の悪魔の方を向く。

すれば悪魔の方が見覚えのある顔に青筋を隆起させた。

「貴様ハッ……！」

「よう、面白ケルベロス。新種に名乗りを上げたいなら王立研究所は向こうだぜ」

「ラいあァあぁアぁ!!」

怨敵の登場に激昂するアイム。

次の瞬間、彼の跨っている大蛇が口を開いたかと思えば、毒牙から分泌された毒液がライアーの居る場所とは別の地点目掛けて噴射される。

直後、ライアーの姿が大きく歪んだかと思えば、毒液が噴射された地点にいつの間にか立っていた彼が回避行動に移った。

最小限の動きで回避したものの、背後でドロドロと溶けている石畳の光景が避けられなかった未来を示唆しているようで、ライアーは肝を冷やす。

「こっわ。これだから蛇系の魔物は嫌いなんだよ」

「フンッ、運が良かったナ……」

「あぁん？　違いますぅ～、俺が避けたのは俺の実力ですぅ～。外したのはお前のエイムがクソなだけですぅ～」

「……殺スッ!!」

殺意に漲るアイムから次々に毒液が噴射される。

ほとんどウォータージェットに等しい勢いで放たれる毒液に、ライアーは〈幻惑魔法〉で作り出した囮を複数くり出す。

しかしながら、毒液の水刃は微塵の迷いもなく一人のライアーだけを追尾してくる。

これにはライアーも目が点になりながら回避に専念せざるを得なくなる。

「っとと!?　おいおいおいおいおい、見えてんじゃねえかよ!!」

逃げながらもライアーはアイムの方を向き、敵の動きに注視する。

悪魔へと変貌したアイム。特に目を引くのは頭部の左右に生えた猫と蛇の頭部だが、ライアーは蛇の動きに注目した。

跨る大蛇とは違い、舌をピロピロと動かすだけの蛇。

その動きに彼は覚えがあった。

「熱で探ってやがるのか！」

「気づイたところでもウ遅イ!!」

ライアーが袋小路に追い詰められて身動きが取れなくなった瞬間、アイムの大蛇は袈裟斬りの如く彼の体に毒液を噴きかけた。

12話

ジュッ！　と焼けるような音が鳴り響いたかと思えば、限界まで目を見開いたライアーの胴体は上半身と下半身が泣き別れになってしまっていた。

「がっ……!?」

体を両断された人間が生きていられる道理はない。

瞬く間にライアーの瞳からは光が失われ、どちゃりと音を立てて崩れ落ちる。

「……フゥ」

その様を見届けたアイムは、まるでやり遂げたと言わんばかりに息を吐いた。

——これで一人目。

じわじわと沸き上がる実感に口角を吊り上げるアイムは、今一度ライアー目掛けて毒液を噴射する。

今度は圧よりも量。多量の毒液は地面に伏していたライアーを跡形もなく溶かす。鎧どころか肉や骨も残さず、死体は溶解した地面と一緒になってしまった。

これにアイムは今度こそ醜悪な笑みを浮かべてみせる。

「ククッ……ククク、アーッハッハッハ!!　見たことカ!!　これが私ヲ侮辱した者ノ末路ダ!!」

「やだ！　なんて恐ろしい末路なの!?」

「次はアの小娘ト女を……」

言っている途中、極大の違和感を覚えてアイムが振り返る。

そこには自身も跨る大蛇に器用に立つライアーの姿があった。彼はきょとんとした顔で不思議そうに問いかけてくる。

「……どした？　続けて言ってごらんよぉ」

「……貴様、何故生キて――ッ！！？」

「〈大魔弾(マギア)〉」

「ぐォあああ!?」

驚愕(きょうがく)した傍(そば)から顔面に叩(たた)き込(こ)まれる魔法の弾丸に、アイムは絶叫しながら墜落する。

〈魔弾(マギ)〉の上位魔法〈大魔弾(マギア)〉。属性こそ付与されていないものの、術者本人の魔法力に左右される弾丸は、愚直なまでに注がれた魔力を威力に変換する。それすなわち、時に命を貫く凶弾と化すことを意味する。

今回は貫通こそせぬものの、魔力の爆発に叩き落されたアイムは石畳を割り砕くように墜落。遅れて彼を踏み場にライアーも華麗に着地を決め、見る者を苛立(いらだ)たせること間違いなしのニヤケ面をアイムに向ける。

「人の話を聞かないからそうなるんだよ。蛇系の魔物嫌いっつったら、『なんで嫌か』と『じゃあどうしてるか』まで思い至らねえか？　……別に至らねえか」

「グッ……離レろォ!!」

「おっと、危ね」

背後のライアー目掛けて腕を振るうアイム。

第三章

12話

巨木の幹同然の腕を叩きつけられれば骨折は必至だろうが、それを理解しているからこそ、ライアーは余裕をもって飛び退いて躱す。

が、それはアイムにとって不服ながら予測済みの動き。

今度こそ怨敵を仕留めんとする殺意に満ちた眼差しは、そのまま照準を定める動きへと繋がった。

「死ネぇぇェエえぇェ!!」

吼える悪魔の左横に生えた蛇の大口が開かれる。

先程まで索敵に用いられていた部位ではあるが、見破られたどころか不意打ちに利用されてしまった以上、攻撃に用いるより他に手段は考えられなかった。

当たれば必殺を誇る毒液を噴射する。

今度は的確に狙う真似などしない。とにかく当たるよう広範囲に撒き散らした。

見境の無い攻撃にライアーは眉を顰める。

これでは自分が躱しても周囲の人間が危険だ。

「手当たり次第かよ。——セパル！」

「はい」

刹那、ライアーの背後から水流が迫ってきた。

まるで龍を彷彿とさせる水流は、一滴すらも住民や石畳に触れさせぬよう毒液を巻き込み、沈黙する。

そしてそのままアイムとライアーを隔てる盾となる水壁を築き上げてみせた。

「ッ!!」

「ありがとう。助かった」

「当然のことをしたまでですわ」

「貴様ァ……聖堂騎士団長セパル!!」

金刺繍を輝かせながら現れた美女を前に、アイムは怒りの声を上げる。

「よくモ私の前ニのこのこと現れラレたものだナ……!! 貴様にサレた所業、私ハ片時モ忘れテはおらんゾぉ!!」

「……随分お怒りのようですがなにされたんですか、セパルさん?」

「ちゃんとルールに則った尋問ですが」

「ちゃんとルールに則ったかぁ～」

満面の笑顔で言い放つセパルに、ライアーはそれ以上言及できなかった。

「ふざケるナぁあアァあああアアアあッ!!!」

しかし、それで悪魔の怒りが収まるわけもない。

むしろ火に油を注いだかの如く燃え上がる怒りに震えるアイムは、眼前の水壁目掛けて掌を翳す。

「〈風魔槍〉!!」

「!」

第三章

12話

アイムが繰り出したのは魔力で生成した風の槍。

風魔法に貫通力を付与した一撃は、水壁諸共二人の怨敵を打ち砕かんと解き放たれる。

だが、それを見過ごすセパルではない。

現在、水壁の中にはアイムが噴射した毒液が混じっている状態。万が一にも水壁が飛散しようものなら、大量の水によって嵩増しされた毒が周囲一帯を汚染するだろう。

ゆえにセパルは歌う。

透き通った歌声のような詠唱を紡げば、彼女を中心に魔法陣が広がっていき、間もなく水壁に変化が訪れた。

「〈氷魔法〉！」

直後、〈風魔槍〉に立ちふさがる水壁が氷結する。

液体から固体へと凝結した防壁は、そのまま風の槍を余裕を持って受け切った後、バラバラとその場に崩れ落ちていく。

「ザンちゃん！」

「は！」

セパルの呼び声に呼応し、副団長のザンが飛び出す。

彼女の両腕には特徴的な形の棍――いわゆる旋棍が握られており、垂直に取り付けられた持ち手を軸にクルクル回せば、毒液が凍った破片をアイムの方へ打ち返すではないか。

しかも、ただ打ち返している訳ではない。よく見ればトンファーには薄い気流が膜のように纏わりつき、それらを制御して打ち返す破片の方向を操っているのだ。

単なる曲芸ではない。緻密な魔法制御あってこそ為せる神業だ。

惜しむらくはそれを理解できる人間がこの場に数人しか居らぬこと。

しかしながら、ザンは文句一つ零さず仕事をこなす。被害の拡大防止と反撃。その両方をこなされたアイムは、打ち返された毒液の氷片を苛立たしそうに躱す。

「オノレ……！」

「アイム司祭、ここまでされてはもう言い訳は通じませんよ」

「黙レ、阿婆擦れガ……貴様ノよウに権力に股を開く女にハ、我々の崇高な思想ハ理解できまイ」

「誰が阿婆擦れですか！！？　わたくしが股を開くのは既に心に決めた一人のみ！！！」

「セパルさんセパルさん。女の子が股を開くとか言わないの」激昂するセパルをライアーが宥め、場は仕切り直される。

こほんと咳払いをしたセパルは凛然とした団長の顔を取り戻し、冷徹な声色で眼前の悪魔へと語り掛けていく。

「脱獄に留まらず建物の破壊、何よりも住民への危害……大人しく投降されないのであれば聖堂騎士団の権限をもってこの場で断罪致しますが、それでよろしくて？」

「馬鹿ヲ言え。断罪されるノは貴様ラの方ダ――見ルがイイ！！！」

不遜な物言いで言い返すアイムは、これみよがしに自身に嵌められた腕輪――否、

第三章

12話

罪冠具を見せつける。

「それはッ……!?」

「フハハハ!!　恐れルがいイ!!　慄クがイい!!　そシて、私ヲ見下したコトを地獄ニ墜チても尚後悔しロ!!」

刹那、アイムが嵌める罪冠具が光を放つ。

そして彼に生えた三つの頭部全てが、こう紡いだ。

「「「――告解すル」」」

三体の獣が紡ぐ呪詛の如き詠唱。

その不協和音が唱えられるや否や、アイムから途轍もない魔力の波動が迸った。先の暴風など比較にもならないほどの突風。露店の商品や逃げ遅れた人々を飲み込むように吹き荒れる風は、王都の一角に塵旋風を巻き起こしたところでようやく収まった。

「我が〈罪〉は〈艶羨〉……我、〈艶羨のアイム〉！！！」

その中央に佇んでいた悪魔は恍惚とした表情で漲る魔力に酔いしれる。

罪冠具を中心に広がった紋様――罪紋は全身にまで及んでおり、まるで罪人に彫られた刺青の如く、見る者にただならぬ緊張感を覚えさせた。

「ドうダ……この力！！　この魔力！！　コレが私の罪化ダ！！！」

アイムは高らかな笑い声を響かせ、溢れ出る魔力を周囲に解き放つ。

その魔力圧は以前とは比べ物にもならない。二つの意味で人間をやめた司祭の姿に、ライアーとセパルの二人は得も言われぬ表情を浮かべる。

「初期段階の悪魔堕ちならなんとかできるが、これはな……」

「……業(カルマ)が深すぎますわ」諦めるような声色だった。

――救いようがない。

そう言わんとしていたセパルに対し、当のアイムはと言えば勝ち誇った笑みを湛(たた)えていた。

「恐レ慄イたか！！？　コノ〈罪(シン)〉さエあれバ、貴様ラなぞ敵でハナイでスねぇ！！！ハハハ、ヒャアハハハハ！！！」

一頻(ひとしき)り哄笑(こうしょう)したアイムは、ふとある方向を見遣(みや)る。

「つマり、貴様モ用済ミです。アータン」

「ッ……!!」

建物の陰に身を隠していたアータンの肩が飛び跳ねる。

恐る恐る顔を覗(のぞ)かせる少女の表情は、変わり果てた司祭の姿に心底恐怖する色に染まり切っていた。完全にかつての司祭の面影はなくなった。そこにはただ魔に堕ちた一人の罪人が居るのみ。

それでもかつての思い出の中の笑顔が脳裏を過(よぎ)り、アータンは呼びかけずにはいられなかった。

「し、神父様……ですか？」

12話

「当然でショウ。ゴ覧なさイ、コノ神々しイ姿ヲ。クックック……罪冠具と〈罪〉さエ手ニ入れてしまエば、貴様ヲ魔王にすル等とイウ回りくどイ真似をせずニ済ミますヨ」「ッ……正気に戻ってください!! まだやり直せます!! こんなことをしなくたって、ちゃんと償いさえすれば……」

「黙レぇ！！！ 元はと言エば貴様が悪イんダ！！！ 貴様がァ……私の洗礼ヲ受け入れなイ所為で……！！！」

「そんな……!?」

聞く耳を持たぬアイムに、アータンは力なく項垂れる。

最早、かつての優しい神父は居ない。いや、元々居なかったのかもしれないが、彼はその優しい神父の仮面さえも捨ててしまった。

その理由の一端が自分にあると考えた少女は、一人の人間の更生の機会を奪ってしまった事実に打ちひしがれる。

悪魔はその隙を見逃さなかった。

「アータン……私ハ貴様が憎かッタ」

「……神父様？」

「だカラ――死ネ」

〈罪化〉によって増幅した魔力で形成された〈風魔槍〉をアイムが握る。

それを投擲槍の如く放り投げる悪魔。狙いは無論、たった今端的に憎悪を告げた少女だった。

少女は動けない。

恐怖ではない。

ただ、再び純粋な憎悪を向けられた。その事実が何よりもショックで。

「――〈風魔槍（ベントハスター）〉」

が、風の凶刃が少女に届くより前に、合わせ鏡のような風の槍が一人の女騎士の手で紡がれる。

暴風vs暴風。周囲の人間は二つの強大な魔法の激突を前に思わず身構える。

しかしながら、セパルの放った〈風魔槍（ベントハスター）〉がアイムの放った魔法とぶつかった瞬間、両者の魔法は音もなく消えていった。

「ナッ……！！？」

目を剝（む）くアイム。

（アリ得ン！！？　魔法を相殺！！？　防御するナリ逸らスならマダ分かる……だガ、相殺だト！！？）

魔法の余波さえ周囲に及ぼさず魔法を相殺する。

つまりそれは、あの一瞬で自身の魔法と同威力で同速度、なおかつ逆回転の魔法をぶつけたことに等しい。

そんな刹那の神業ができるはずがない。

第三章

12話

いや、あっていいはずがない！

「ふ……ザけるナ！！！　罪化(シンか)した私の魔法ヲ、ただの人間如きノ貴様がどウやって……！！？」

「誰が、ただの人間ですか？」

「っ……！！？」

全身が総毛立った。

アイムは即座にその場から飛びのき、たった今差し向けられた魔力の圧の源に目を向ける。

金刺繍で団章が縫われた聖歌隊服(クワイヤ)が靡(なび)いていた。

女は自身の右目を隠す前髪を掻(か)き上げる。

一見すればなんてことはないただの仕草。

だがしかし、そこにあったのは無機質な輝きだった。

前髪が掻き上げられて露(あら)わとなる眼帯。眼帯そのものに埋め込まれた金色の義眼は、まるで血が通ったようにドクリと光を脈動させた。

「――告解(ヽヽ)する」

たとえるならば、津波。

解き放たれる魔力はあっという間に周囲一帯を彼女の魔力で包み込む。それまで縦横無尽に解き放たれていたアイムの魔力を上塗りにするように、だ。

それは禍々しくも荒々しいアイムとは別物。温かく透き通った洗練された魔力だった。

怯えて身を隠していたアータンも、これには感嘆の息を吐き、その光景を目に焼き付けようと身を乗り出した。

それほどまでに芸術的な力。

譬えるなら、研ぎ澄まされた剣の刀身だろうか。

「す、すごい……こんな純度の高い魔力は初めて……！」

「よーく目に焼き付けておけよ、アータン」

「ライアー……？」

興奮を隠しきれないアータンの下へライアーが歩み寄る。

そして、たった今〈罪〉を解き放った一人の罪使いの方を見遣った。「今、目の前にいるのは大陸でも一、二を争う魔法使いだ……ここまでオーケー？」

「お、おーけー？」

「つまり、今から見られるのはそんな騎士団長様の最高峰の魔法と――」

――罪化が見られるってこった。

Tips12: セパル

インヴィー教国聖堂騎士団〈海の乙女《シーレーン》〉団長である隻眼の女騎士。
金春色の長い髪を三束にまとめ、その内二束を左右の腕に巻き付けている。

かつてインヴィー教団内の罪派一掃を目論むも、罪派の謀略により地下牢に閉じ込められ、ライアーに助けられた経緯がある。この一件以来、彼に思慕の念を抱くようになった。

魔法の扱いに関しては上から数えた方が早いほどの達人であり、特殊な魔法以外全てに“習熟”している。
団長として経験面はまだ不安が残るものの、戦闘面においては勝るとも劣らない。

〈原作での活躍〉
シリーズ初登場は『ギルティ・シン外伝　悲嘆の贖罪者』より。
作中では罪派との一件より魔王軍に与する道を選び、主人公の前に強大なボスとして立ち塞がることとなる。光以外の属性魔法を駆使してこちらを追い詰めることから、同作内でも屈指の強敵としても知られている。レベル上げや装備を整えるのを怠ったプレイヤーからは『消し炭にされた』と数多くの悲鳴が上がった。

名前の由来はソロモン72の一柱『セパル（ウエパル)』より。

〈プロフィール〉

フルネーム：セパル・オパール
職業　　　：〈海の乙女〉聖歌隊隊長→〈海の乙女〉団長
罪　　　　：悋気
罪冠具　　：片眼鏡→眼帯
二つ名　　：悋気のセパル、悋気の人魚姫、暴れ牛、誰か止めてくれ
使用魔法　：全般
好きなもの：ライアー様、しじみ
嫌いなもの：度数の高い酒、タコ

13話

〈罪（シン）〉の解放は〈告解〉より始まる。

これが初代ギルシンから守られてきた設定だ。

パワーアップに呪文なり口上なりが必要なのはありきたりな設定だが、ギルシン名物の〈罪（シン）〉にもそれは適用される。

告解——すなわち、自らの罪を告白することによりそれまでの業（カルマ）に応じた報いを得られるのだ。

善行を積めば神聖な力を。

悪行を積めば邪悪な力を。

要は良いことをしたか悪いことをしたかで、得られる力の方向性が変わってくるというものだ。

勿論（もちろん）、大半の聖堂騎士団は善行を積んでいる。悪事を働く罪派（シンぱ）を取り締まり、凶暴な魔物から人々を救っているのだ。そうした善行のカルマの影響で、得られる力は聖なる性質を得る。

これが限界まで行けば天使っぽい姿になるのだが——まあ、今回はそこまでする相手ではないということだろう。

「——わたくしの〈罪（シン）〉は〈悋気（りんき）〉」セパルは己の罪を告白する。

第三章

13話

悋気。それは〈嫉妬〉の系譜に属する罪の一つ。主に男女間で抱く焼きもちを指す言葉であり、それだけなら可愛く聞こえてくるが、時には殺人沙汰も辞さぬ程に膨れ上がる激情にも成り得る。

……が、今のセパルからそんな感情は毛ほども感じられはしない。

小川の清流を彷彿とさせる澄み切った魔力。

彼女の体表に浮かび上がる罪紋も、そんな魔力の輝きを受けて淡く美しい翠色を放っている。

さらには魔力回路に収まり切らぬ魔力が、彼女の全身から立ち上っていた。

しかし、それすらも天女の纏う羽衣が如く滑らかに宙を揺蕩っている。

同じ罪化を遂げるアイムとはまるで別物。

そういう印象を受けるのが彼女の——。

「わたくしは……〈悋気のセパル〉」

インヴィー教国聖堂騎士団長ことセパルの罪化だった。

まさに〈海の乙女〉の名に相応しい姿に、束の間、目撃した全員の目と心は奪われる。

それにしても、

「くぅ〰〰、かっちょええ〰〰〰!!!」

「えぇ……今言うことなの……?」

「アータン……オタクはな、本編で見られなかった強化フォームとかが大好物なんだ」

✦第三章✦

13話

「どういうこと？」

「考えるんじゃない。感じてほしいんだ」

「？？？」

信じられないものを見る目をアータンから向けられるが、それでも俺は興奮を隠せなかった。

だって仕方ないじゃん……ナマで見る罪化（シンか）って迫力が違うんだもん。

テレビと映画じゃ迫力が違うじゃん？　映画でも普通のと4Dじゃ違うじゃん？　それと同じなのよ……。

「はぁ……はぁ……わたくしの姿、ライアー様に隅々まで見られていますわ……!!」

本人は少々残念な言動を言い放っているが、それを差し引いてもカッコよさと美しさが勝る。

この劇的なビフォーアフターこそ、日本全国の青少年に厨二病（ちゅうにびょう）を患わせた罪深いゲーム『ギルティ・シン』の名物なのだ。形態変化は男の子の浪漫（ろまん）よ。

「援護は？」

「お構いなく」

端的なやり取りをセパルと交わした後、俺とアータンは安全な場所へと移動する。

曲がりなりにも相手も罪化（シンか）している以上、増大した魔力に伴って戦闘は大規模になるはずだ。

まあ、セパルほどの腕さえあれば杞憂（きゆう）かもしれないが。

「これが最後通牒（つうちょう）です。直ちに投降しなければ、騎士団の権限を持ってあなたを断罪致します」

「言わセてオけバ……調子に乗るナァ！！！」

セパルの魔力に慄（おのの）いていたアイムは、自分を奮い立たせるように吠（ほ）えながら毒液を噴射する。俺の〈幻惑魔法（ハル）〉を溶断した技だ。真面（まとも）に食らえば即死は免れないだろうが、セパルは悠然と右手を翳（かざ）す。

「──〈水魔大盾（オーラ・スクートウム）〉」一瞬の出来事だった。

魔力によって生成された水が瞬時に大きな盾を形成し、噴射された毒液を一滴たりとも後ろに通さず、全てを水の中に受け止めてみせた。

あれは〈盾魔法（スクート）〉の上位互換〈大盾魔法（スクートウム）〉に水属性を付与した魔法だ。ゲームだと火属性の攻撃をしてくる相手に有効な防御手段ではあったが、それを現実に再現すると、同じ液体による攻撃を辺りに撒（ま）き散らさず受け止める手段になるわけだ。

「さすが元聖歌隊（クワイヤ）所属。魔法に造詣（ぞうけい）が深いな」

「くわいや……？」

「あれ？」

この反応、もしかすると知らない感じか？

「アータン。聖堂騎士団でも部隊が複数に分かれてることは知ってるか？」

第三章

13話

「……し、知らない……」

「そうかそうか――じゃあ、語らせてもらっていいかい？」

「え？　あ……うん」

「ありがとう」

　引き気味ではあったが言質を得られたので、俺は語り始めるよ。

「聖堂騎士団内には色んな部隊があってな。まずは剣やら槍やらを使うオーソドックスな騎士の隊。こいつを『騎士隊』って呼ぶんだ」

「うん」

「逆に武器なんかを持たずに魔法一本で戦う部隊もある。こいつが『聖歌隊』だ」

「なんで『聖歌隊』なんて呼び方なの？」

「いい質問ですね」

「え、急に距離取られた？」

　待ち望んでいた質問に思わず丁寧語になる。拍手も追加してあげよう。

　そう、アータンの言う通り魔法で戦うなら『魔法隊』って呼び方でもいいはずだ。それなのにわざわざ『聖歌隊』と呼ぶのはちゃんとした理由が存在する。

「ォオのレぇぇエぇエええエッ！！！」

　毒液が通用しないと見るや、激昂するアイムは別の攻撃手段で〈水魔大盾〉を破壊しようと試みる。

「こウなレバ……我ガ炎に焼カレるがイい！！！」

叫ぶアイムは頭部の右側に生えた猫の顔を正面に向ける。

直後、猫の口からは紅蓮(ぐれん)に燃え盛る業火が水壁に向かって吐き出された。

火と水。

一見後者に軍配が上がる相性に見えるものの、聡明(そうめい)なセパルは水壁が焼かれて蒸発した時の事態に先んじて予想がついたようだ。

神々しい光を放つ美貌を険しくすると、彼女はやることが決まったと言わんばかりに口を開いた。

「〜♪」

澄んだ歌声——いいや、魔法の詠唱が辺りに響き渡る。

すると、それまで不動の構えを崩さなかった水壁に変化が起こった。

灼熱(しゃくねつ)の炎を逃すまいと包み込むように拡(ひろ)がった水壁は、毒液を含んだまま蒸発した水分を〈風魔法(ベント)〉で運び、アイムを囲む陣を作った。

熱された蒸気と気化した毒に苦悶(くもん)の表情を浮かべるアイム。

その隙を見逃さないセパルは、流れるように詠唱を繋(つな)げていき、今度は残った水壁で無数の水の槍を形成する。

「……綺麗(きれい)」

その詠唱を聞いていたアータンが見惚(みと)れながら呟(つぶや)いた。

13話

これが彼ら魔法使いを『聖歌隊(クワイヤ)』と呼ぶ所以(ゆえん)。唱える魔法の詠唱が、まるで唄のように辺りに響き渡っている。それは術者が熟練していればいるほど、絶え間なく、そして流暢(りゅうちょう)に紡がれていく。

だからこその『聖歌隊(クワイヤ)』。

悪(あ)しき魔の鎮魂歌を歌う、聖堂騎士団の一角を担う存在。

彼らにしてみれば、罪化(シンか)して魔力が増えた悪魔の魔法であっても、児戯に等しく見えることだろう。

そうこうしている内に水の槍は一瞬の内にアイムの周囲を取り囲み、少しでも身動(みじろ)ぎすれば穂先が肉体に突き刺さる位置で静止した。

たかが水――そう侮って無理に動こうとすれば、水の凶刃は間違いなくアイムより血を啜(すす)り、赤く染まることだろう。

それはアイム自身が良く分かっているのか、それまでの余裕が完全に消(き)え失(う)せた表情を浮かべていた。

「グゥウッ……!!?」

「――〈多連大水魔槍(ムルタ・マグナ・オーラハスター)〉」毒液を含んだ水で再形成した毒水の槍。

その数は数十に上り、肥大化したアイムの身体ではどうやっても潜(くぐ)り抜(ぬ)けられない密度で奴(やつ)を包囲していた。

すでに詰み(チェックメイト)だ。奴があそこから逆転できる可能性は万に一つも存在しない。

「これ以上罪を重ねるのはおやめなさい。これ以上はあなた自身の魂を穢すばかりです」

「ク、くソぉ……！！！」

アイムは観念したように項垂れた。

決着はついた。

アイムの命を奪うところまで至らなかった事実に、アータンはホッと胸を撫でおろしていた。

「……あれ？」

だが、何か強烈な違和感を覚えたのだろう。

咄嗟に面を上げたアータンは、焦燥に駆られた表情で辺りを見渡した後、セパルの足下へ視線を向けた。

「セパル様!!　下です!!」

切羽詰まった声を掻き消すように轟音が奏でられた。

セパルの足下で砕かれる石畳。そこから這い出てきたのは、いつのまにやらアイムの股座から姿を消していた大蛇の姿であった。

地面を毒液で溶かしながら掘り進んできたと思しき大蛇は、限界まで顎関節を開き、セパルを一息に呑み込まんと襲い掛かる。

「ヒ——ヒャアはハはは！！！　油断シタなァ！！！」

水の槍に囲まれるアイムは勝ち誇ったように哄笑を上げる。

第三章

13話

「もウ詠唱は間に合わン！！！　魔法が使エねば、魔法使イなぞただノ人間同然だア！！！」大蛇の口は、もうセパルの目と鼻の先まで迫っていた。

ここから長々と詠唱を紡ぐ時間などない。それより早く、言の葉を紡ぐ口諸共頭から呑み込まれるだけだ。

絶体絶命。

敵は勝利に笑みを零し、味方は絶望に顔を彩らせる。

「はぁ～あ、わかってないねぇ……」ただし、俺以外の話だ。

「騎士団長だぜ？」――なあ？　セパル。ザンッ！！！　と。

固い皮諸共肉を引き千切る音が辺りを突き抜けた。

「ナッ……あっ……！！？」

驚愕の光景にアイムは口を閉じられずに居る。

まあ、それも仕方ない。形勢逆転の一手であった大蛇が、目の前で頭を切り飛ばされて血飛沫を上げようものなら、誰だってそうなるわな。

ただし、相手を騎士団長と分かっていたのなら想定が甘過ぎて胸やけしてくるぜ。

「槍の扱いも知らぬ生娘と侮りましたか？」

水の槍を手にしたセパルは、慈しむような指先で柄をなぞりながら、艶々と潤った唇を動かし始める。

それは魔法の詠唱ではない。

しかし、たしかに相手の戦意を削ぎ落す呪文ではあった。

歌のように澄み切った声音とは裏腹に、冷え切った眼光を敵に突き刺す騎士団長はこう紡いだ。

「騎士を率いる長たるもの、人並み以上に扱えますとも」刹那、セパルの姿が大きくぶれた。

まるでそれまでの彼女が蜃気楼だったとでも言わんばかりに。

……俺もよく使う〈幻惑魔法〉だが、やっぱり練度が違うな。周囲の景色との同化が滑らかだ。

「ド、どこニ行った！！？　えエイ……そこカぁ!!」

頭の横に生えた蛇の舌をピロピロさせるアイムが毒液を噴射する。

直後、毒液は景色に同化したセパルに命中する――が、それは魔法で生成した水の分身。

「ナぁ！！？」

「――あなたの索敵は頭部の蛇による熱感知によるもの。それなら人肌に温めた水を置物にしておけば、勝手に誤認してくれると踏んでいましたよ」

「ギ、ぃあアア！！？」

音もなくアイムの真横に出現したセパルは、そのまま蛇の頭部を斬り飛ばした。

ヒェ……後から生えてきたとは言え、自分の頭の真横にあるものを斬り飛ばされるのは生きた心地がしないだろう。

◆第三章◆

13話

現にアイムは深緑色の上からでも分かるほど蒼褪めており、顔全体を恐怖に引き攣らせていた。

「まあ、わたくしの幻術などライアー様に比べれば遊びもいいところですが……」三度、セパルは水の槍を振るう。

鋭利に研ぎ澄まされた穂先は迷いなくアイムの手首へと吸い込まれる。よく注意してみれば分かるが、あの〈水魔槍〉は穂先をチェーンソーのように高速回転させて切断力を上げている。

つまりだ。

「ぎゃあアあ！！？」

アイムの手首が罪冠具ごと斬り落とされる。

するとみるみるうちにアイムの魔力が衰えていき、見る間に男の姿が悪魔から人の形に変わっていった。あれぐらいなら物凄く血色の悪い人で通るだろう。いや、嘘。やっぱ無理が過ぎるわ。悪魔の力が抜けきってない見た目してるわ。

「ザンちゃん。拘束を」

「はっ」

「おててを拾ってあげてちょうだい。罪冠具さえ摘出してしまえば後でくっつけてあげられるから」

「……お優しいことで」

今の今までジッと後ろで待機し被害の拡大を防いでいた副団長のザンは、拘束の命令を受けるや、慣れた手際で司教を拘束する。

隙を見て暴れる可能性は否めないが、変に拘束具で捕らえるよりは後ろに副団長が控えていた方がよっぽど恐ろしい。次に暴れた時が奴の運の尽きだ。

だが、圧倒的な実力差を前に観念した司祭にはそれも杞憂だろう。

事態の収束を肌で感じ取り、物陰から顔を出す住民たちは、その一部始終に感動したのか自然と拍手を送り始める。

俺の隣にいるアータンも、その一人であった。

「すごい……」

瞳を爛々と輝かせる彼女は、紛れもなく童心に帰っていた。

「魔法って、あんなに自由なんだ……」……自由、か。

魔法使いらしい観点というか、やはりアータンは魔法使いとしてアイベルに劣らぬポテンシャルを感じさせる〝目〟を持っているように見える。

今回の戦闘はアータンにとってはいい勉強になったことだろうて。

なにせ魔法使いとしても罪使いとしても最高峰の女の戦いなのだ。その価値はこれからの彼女の成長にとって何にも勝るものがある。

いやぁ～……、
流石は原作で魔王軍幹部だっただけはあるわぁ～。

13話

そらポッと出の中ボスなんざ相手にならんわな、って感じだ。

セパルが人類の味方ってだけで色々と助かるわ。なんせ原作だと教団上層部の腐敗を正そうとした挙句、監禁されて部下は死亡。セパル自身も囚われ続けて精神が疲弊したところに、魔王軍からの勧誘を受けてコロッと乗っちゃったんだよな。それまでストーリーで出会うと気さくなお姉さんでしかなかったからショックデカかったし、恩師を討たなきゃいけなくなったアイベルの絶妙な表情がまた辛いんだわ……罪派潰しツアー開催しといて本当に良かった。

「やったな、セパル」

「ライアー様、ご覧になられましたか！！？　わたくしの勇姿を！！！」

「ちゃんと見たぞー」

……なんか、そのせいで若干キャラ変した気がするけども。

まあ選んだルート次第でキャラの性格が激変するなんてギルシンあるあるだ。原作だと救済ルートがなかっただけで、助かったらこういう感じになるのだろうと受け止めておこう。

敵だった奴が味方になる。うーん、こういうのも俺の大好物なんだよな。

「よーく目に焼き付けておくんだぞ。あれが魔王から人類を守る盾であり、打ち倒す剣でもある騎士の姿だ」

「…うん」

「アータンにはあれを目指してもらう」

「え……えぇ！！？」

冗談半分にアータンに告げれば、アータンが驚愕の声をけたたましく響かせる。

おいおい、この程度で驚かれちゃあこの先思いやられるぜ。なんたって世界にはあれくらい強い化物（ばけもの）を抱えた聖堂騎士団があと六つはあるんだから。

不死鳥の如く再起を図る百折不撓（ひゃくせつふとう）の騎士団、〈灰かぶり（シンデレラ）〉。

高潔かつ鉄壁の精神で魔の誘いを振り払う、〈鋼鉄の処女（アイアン・メイデン）〉。

数多（あまた）の人種を抱え込む完全実力主義の修羅の集団、〈鬼の涙（ラクリマ・ラルウア）〉。

統率され、洗練された人と魔物の連携で追い詰める〈冥府の番犬（ケルベルス）〉。

過酷な環境を物ともしない強靭（きょうじん）な肉体と精神を持つ〈一本角（ウニコルニス）〉。

七大聖教最強の聖堂騎士団、魔王軍に対する人類の矛〈獅子の心臓（コル・レオニス）〉

これらの騎士団長はどいつも化物揃（ぞろ）いだ。

全員が揃えばたとえ魔王相手にだって負けないはず。

まあ、面子（メンツ）が面子だから一同勢ぞろいなんてオタクの想像の産物の域を出ないんだが。

「ま、これにて一件落着だな」

悪魔に堕（お）ちて暴れた司祭は取り押さえられた。

これで王都を騒がせた脱獄事件は収束。

ゆくゆくは本物勇者様が魔王を倒してハッピーエンドよ。俺はそれまでエンジョイ勢を

第三章

13話

極めることにするよ。

途中の面倒事は……なんとかなる！

＊＊＊

「あぁ……我が王よ☆　王冠を取られてしまったのデスね◇」王都の一角。

一時は騒然としていた往来が喝采と歓声に沸き立つ風景を少し離れた場所から眺める者が居た。

「貴方(あなた)という主をアタシは忘れないデスよ♡　それにしても……☆」

本当に悲しんでいるか否か定かではない声色を紡ぎながら、彼の細められた瞳はとある人間を視界に収めた。

鉄仮面(ヘルム)を被(かぶ)った一人の剣士だった。

少女を守るように傍らに立つ様は、まるで姫を守る騎士のような佇(たたず)まいだ。

その姿に道化師(クラウン)は不敵な笑みを浮かべる。

「サンディークがお熱な彼がいるとは☆　ぜひとも彼に教えてあげなくてはデスね♡」指を鳴らす道化師(クラウン)。

次の瞬間、道化師(クラウン)の姿はその場から消えてなくなった。

一輪の白い薔薇(ばら)をその場に残して。

Tips13: ザン

インヴィー教国聖堂騎士団〈海の乙女〉副団長である女騎士。
小麦色の肌とエメラルドグリーンのショートカットの髪、紺碧(こんぺき)色の瞳がトレードマーク。

セパル同様に元は同騎士団聖歌隊に所属し、副隊長を務めていた。
クールかつ毒舌であり、セパルに対しても辛辣な物言いこそすれ、彼女のことは心の底から尊敬している。それはそれとして毒を吐く。

インヴィー教国名門貴族の出であり、将来は　とある島の領主として将来を期待されていた。しかし、ある日島を大量の悪魔と魔物の群れが襲撃。一時は死を覚悟したものの、当時は聖歌隊の新星として活躍していたセパルに救われ、彼女に感謝と憧憬の念を抱き、聖堂騎士を目指すこととなった。

下着はマイクロビキニ。

〈原作での活躍〉
シリーズ初登場は『ギルティ・シン外伝　悲嘆の贖罪者(スケープゴート)』より。
作中での登場はなく、ゲーム開始時点では既に死亡。ゲーム内で回収できるアーカイブ『セパルの手記』でのみ言及され、彼女含め多くの団員の死が、セパルの魔王軍加入を強力に後押しした一因と推測される内容である。

名前の由来は沖縄県伝承の人魚『ザン』より。
また、苗字はソロモン72柱に登場する悪魔『フォルネウス』に対抗する天使『オマエル』。

〈プロフィール〉
フルネーム：ザン・オマエル
職業　　　：〈海の乙女〉聖歌隊副隊長→〈海の乙女〉副団長
罪　　　　：嫉視
罪冠具　　：ピアス（左耳）
二つ名　　：嫉視のザン、嫉視の魔拳闘士、セパル係
使用魔法　：水、風、氷
好きなもの：しっかりしている時の団長、イラブー汁
嫌いなもの：しっかりしてない時の団長、ワカメ

第四章

A liar is
the beginning
of a hero

14話

王都で起こった脱獄事件は幕を下ろした。

事実を言ってしまえば、インヴィー教の司祭が起こした騒ぎ。

最悪、インヴィー教全体の評判を落とす一歩手前まで迫ったわけであるが、セパル達聖堂騎士団が教区内で事態を収束させた為、王都全体からしてみればそこまで大きな話題になっていないようだ。

アイムの処断は聖都に移送されてから行われるだろう。

罪状が罪状なだけに軽い刑で済むことはないが、せめて牢屋の中で心を入れ替えてほしいものだ。

人間なんて、きっかけさえあればどうにでも変われるのだ。

それを教えてくれたのは他でもない『ギルティ・シン』だ。

「それではわたくし達は聖都へと帰還いたします」明くる日、セパルは別れを言いに来た。

昨日は個人的な頼みに付き合わせてしまったが、本来彼女達聖堂騎士団は忙しなく任務に追われる立場。

罪派に魔王。対応に動かねばならない敵はまだまだ残っている。

「名残惜しいですわ……」

「こっちこそ。セパル、色々と助かった。メシありがとな」

第四章

14話

「いえいえ。こちらこそ罪派（シンパ）の捕縛にご協力いただきありがとうございました」恭しく頭を下げた彼女は、それでも寂しそうに眉尻を下げる。

「ライアー様は今後どうされるので？」

「ギルドで適当に依頼こなしながらアイベルを探す。気長にやっていくさ」

「それでしたらしばらくグラーテを拠点にするのは如何（いかが）でしょう？」

「インヴィー教国の聖都か？」

ええ、とセパルは微笑を湛（たた）えながら頷（うなず）いた。

「あの子――アイベルにとっては第二の故郷も同然です。彼女の養父母ならば、少なからず動向を把握しているかもしれません」

「ヒュウ♪　名案」

「養親の住所はこちらで調べておきます。分かり次第ご連絡差し上げます」非常に助かる申し出だ。

なにせアイベルの――原作における彼女の、仲間に加わる時点までの動向がはっきりと分からないからだ。

ざっくりと分かる範囲で説明するならば、『魔王を倒す仲間を探して各地を巡っていた』ぐらいだ。ざっくり過ぎるわ。ざっくりザクザクスナック菓子かよ。

目的がアバウトなのに行動範囲が広いと来た。困っちゃうわよ、ホント。

これが聖堂騎士団所属時代だったならまだ行動範囲が絞れるが、ギルド所属の冒険者ともなればそうはいかない。

ギルドでの身分は国境を超えて通用するものだ。つまり、冒険者は拠点を王都か七大教国のいずれかに自由に決められるわけである。

アイベルは行動派だ。やると決めたら兎にも角にも自らが動く性分である。そんな彼女の話はゲーム作中においても各国のNPCから聞ける……聞けちゃうんだよ。

あの子、ほぼ全部の町に立ち寄ってるのよぉ！

その所為でいつどこに居たかとか全然断定できないのよぉ！　根無し草というか風来坊というか……。

そんなアイベルを相手に噂を頼りに追いかけるなんざ愚の骨頂。確実に彼女が立ち寄るであろう人や場所に伝言を残すのが、現状ベストな考えと言えるはずだ。

「ああ、頼んだ」

「お任せください。必ずや、アイベルの動向を摑んでみせますわ」

「いやぁ〜、それにしてもグラーテに行くのは久々だな」

「ライアーは行ったことがあるの？」

俺の言葉を聞いて、アータンが至極真っ当な疑問を投げかけてくる。

「まあ昔な。滞在してたのは少しの間だったけど」

「あの頃が懐かしいですわね……」

「本当にな……」

第四章

14話

俺とセパルは一時期行動を共にしていた。

それこそセパル達を嵌(は)めたインヴィー教の罪派(シンぱ)をブチ潰す為にだ。

感慨深く回想に浸っていると、何かを汲(く)み取(と)ってくれたアータンも神妙な面持ちになっていた。

おっと、そんなつもりじゃなかったんだが。

「まあまあ、そんな顔しなさるな。辛(つら)くもあったが楽しい日々だったんだぜ？」

「ライアー……」

「二十四時間耐久くじらベーコン作り……クラーケンロシアンタコ焼き……帰ってきた超越鱏(ウルトラマンタ)……」

「何してたの⁉　ねえ、本当に何してたの⁉」

「大聖堂(カテドラル)マイクロビキニヌルヌルローション相撲(すもう)……」

「大聖堂(カテドラル)マイクロビキニヌルヌルローション相撲⁉　神聖な大聖堂(カテドラル)で何してるんですか、セパル様⁉」

「あっ、それに関しては自分ですね」

「副団長さん⁉」

「アータンちゃん？　今しれっとわたくしのこと当事者だと決めつけました？」

勝手に大聖堂(カテドラル)マイクロビキニ（以下略）の当事者だと思われたセパルの横で、平坦(へいたん)な声色で副団長のザンが自己申告する。残念だったなセパル。アータンの中だとお前は大聖堂(カテドラル)

でローション相撲する人間の括(くく)りに入れられているらしいぞ。

いやあ、しかしあの時のザンはまさに鬼神だった。

コンプの魔人に罪化(シンか)した罪派(シンぱ)相手に、ヌルヌルになった聖歌隊(クワイヤ)服を脱ぎ捨てて肉弾戦をくり広げた姿はよぉ。

大理石の上でやる上手(うわて)投げって、あんなえげつない威力出るのな。

「まあ、色んな思い出があるんだよ」

「思い出で胸やけしそうになることある？」

「またまたぁ」

こんなの序の口だぜ？

そんなこんなで空気が温まってきた頃、セパルは目線をアータンへと移した。

姉・アイベルと同じ顔。そこにセパルは何かを見出したのか、フッと目を伏せた後、アータンの手を取って握ってみせた。

「アータンちゃん。お姉ちゃんに会いたいですか？」

「私は……」

まごまごと言(い)い淀(よど)むアータン。

拒絶、というよりは不安だろう。数年ぶりに会う生き別れた姉が自分の知っている人間と同じままなのか。

たとえ姉がそうだったとしても、自分の方が変わってしまっていないか。

第四章

14話

仲の良い姉妹だったからこそ、その思い出が壊れてしまわないか恐ろしい。

少女の顔はそう訴えていた。

だが、セパルは少女の心の機微を見抜き微笑(ほほえ)んだ。

その笑みはこう告げている。

何も心配する必要はない、と。

「良いですか？　この世の人間は皆唯一無二(ゆいいつ)。誰一人として代わりになる人間は居りません」

「セパル様……？」

「大切なのは人です。アイベルもまたそれを理解している子でしたよ」

セパルが言わんとしている言葉を察し、アータンは瞳を見開いた。

次の瞬間、少女の耳を、そして肌を、セパルのさざ波のように穏やかな声音が撫(な)でていき、少女の表面に浮かび上がっていた不安を攫(さら)っていた。

「アイベルはきっと、〝妹〟ではなく〝アータン(あなた)〟を探しているはずですよ」

「っ……はい！」

「いつか再会できることをわたくしは心よりお祈りしております」

「あ、ありがとうございます、セパル様。罪冠具(ロザリウム)のことも――」

言いかけた瞬間、アータンの口はセパルの立てた人差し指に塞がれた。

「しー」

「もごもご？」

「それを持っていることは余り言いふらしてはなりませんよ。いいですか？」

「も、もご……」

「いい子です」

口を塞がれながら頷いたアータンを見て、セパルは満足そうに人差し指を自身の唇へ当て、

「わたくしとの約束ですからねっ」

茶目っ気たっぷりにウインクしてみせた。

ずきゅん！　とまでは言わないが、アータンの身体が前後に揺れる。見目麗しい美女にウインクされれば同性だろうが関係ないということだろう。

「罪深い女だぜ」

「誉め言葉として受け取っておきますわ」ぺこりと一礼。

それから――。

「ライアー様。ご迷惑でなければ最後にハグをしても？　あなたにお伝えしたい愛の言葉がございます」

「ん？　あー、いいよ」

別れ際の抱擁を求めるセパルに対し、ライアーはあっけらかんと了承する。それを見たアータンが『えっ⁉』と赤面し、何か言いたげにもごもごと口を動かすものの、ついに制

14話

止することは叶(かな)わなかった。

「では……」

ムフフと満面の笑みでライアーに抱き着くセパル。

豊満な女体は軽鎧(けいよろい)を纏(まと)う男と重なった。

「——先日の出来事です。各国の捕らえられていた罪派(シンぱ)が脱獄したという報(しら)せが」

「！」

「インヴィー教国からも、あの男——フォカロルが逃げ出しました。何者の手引きかはっきりとしておりませんが、奴(やつ)が狙うとすれば……」

「……分かった」

他の誰にも聞かれぬ声量で告げたセパルは、最後に「お気をつけて」と忠告する。

それから馬車に乗り込むセパルは、今度こそ聖都に向けて出発した。

アータンは馬車が遠ざかり、いよいよ見えなくなるまでジッと見つめていた。

「寂しいか？」

「……うん」

「そっか。でも聖都に行けば向こうから会いにくるさ」

「……うん！」

「朝起きたら布団の中に入り込んでたり、風呂に入ろうとしたらお湯の中に潜んでたり」

「そんな妖怪みたいな⁉　いくらなんでも扱いがあんまりだよ！　あんまりひどい嘘(うそ)言わ

ないで！」

「……」

「……えっ、嘘だよね？」

「……世の中、嘘であってほしいことに限って本当だったりするんだよ」俺はアータンの目をジッと見つめながら言った。

少女の瞳は恐怖と戦慄の色に彩られた。

＊＊＊

一方その頃。

「ぶえーっくしょい！」

馬車に揺られるセパルは派手にくしゃみをかました。

端整な顔立ちが台無しになるほどの鼻水を垂らした彼女は、淑女のたしなみとして持ち歩いているハンカチでそれを拭う。

「ずびっ……ライアー様がわたくしの噂でもしているのかしら？」

「でしょうね」

「ザンちゃんもそう思うのね!?　となれば相思相愛！　わたくし達の愛の道は誰にも妨げられな……」「そのように不審者一歩手前のニヤケ面を晒(さら)していたら、嫌でも噂したくも

なるでしょう」

「……そんな顔してた？」

指摘されてセパルは自身の口角が異様に吊り上がっていることに気が付いた。

カァッ、と顔が紅潮する彼女は、そのままムニムニと頬っぺたをマッサージし始める。

「グッ……酷い顔を見られて幻滅されたかしら……」

「大丈夫です。元々底値でしょうから」

「どうしてザンちゃんはいつも急所を狙ってくるの？」

「そうでもしないと貴方を止められないからです」

「不死の化物扱い？」

ある意味では間違いない。

愛の為ならば、たとえ死んでも蘇る。

そういう気迫をこの騎士団長はビンビンと放っていた。

「くっ。こうなったらゾンビアタックでもなんでもしてやりますわ……！　最後は愛が勝つ！」

「昔、夜這いしたり湯浴みを共にしようとして引かれたの忘れましたか？」

「あれはそういうのじゃありません！」セパルは真っ赤になって否定する。

『昔』とは、それこそ教団内部の健全化に動いた結果、囚われの身になった時を指す。

「あ、あれは命を助けてもらったお礼をしようと思ってぇ……でも、あの時お礼に渡せるものなんてなかったのでぇ……」

「ゼロか百の百の方を出力したと」

「……若気の至りです」

「それで本気で恋をしてあわよくば、と」

「……」

「そこは否定するところです」

クールな副団長の顔に青筋が浮かんだ。

彼女とて元からこのような性格だったわけではない。元々はどこにでもいるような普通の騎士の一人であった。

だが数年前、教団内部の腐敗を正した流れでセパルが騎士団長に収まったことで、彼女は弾(はじ)けた。

すっぽり穴が空いた上層部、人材不足に悩まされる騎士団、止まらぬ魔王軍による被害。

『やってらんねー』というのが当時の感想だった。

結果、ストレスに耐えかねたセパルは想い人とのムフフな妄想に逃避するようになったのである。

(どれもこれもあの男のせいで……！)尊敬していた先輩(セパル)は馬鹿になってしまった。

団長が馬鹿になった以上、副団長まで馬鹿になる訳にはいかない。

クール気取りなど柄でもないのに、団員の気を引き締める為、〝飴(あめ)〟と〝鞭(むち)〟の〝鞭〟

の方を今日まで演じてきた。

——本当なら自分こそが団長にとっての飴になるはずだったのに。

社会の現実に打ちひしがれている先輩の頭をなでなでよしよしして、甘々な騎士団生活を送っていたかった。

しかし、その計画はある一人の男の存在で頓挫した。

鉄仮面を被り、隙を見ては嘘をつく不審者丸出しの男だ。

「あんな冒険者のどこがいいんですか……」

「知りたいですか!?」

「いいえ、結構です」

「それでは教えてさしあげましょう！　わたくしがいかにライアー様を愛しているかを！」——こいつ、話を聞いちゃいねえ。

青筋一本追加。

団長でなければ頭を引っぱたいていたところだ。

辟易したザンは、さっさとこの話を終わらせるべく口を開いた。

「……見ず知らずの団長の為に命を張って助けてくれたことですか？」

「よくご存じで！」

「私の耳にできているたこをご覧になりますか？」もう何度も聞いた話だ。

そう示唆したつもりのザンであったが、案の定、セパルに止まろうとする気配は見られ

✦第四章✦

14話

なかった。

「その通りです！　部下を人質に取られ、自らも囚われの身になってしまったわたくし……最早（もはや）ここまでという絶体絶命の中、後光を受けて闇の中に舞い降りたライアー様の御（お）姿（すがた）！　……嗚呼（ああ）、あの光景こそがわたくしが信じ、崇（あが）め奉（たてまつ）る神の降臨を描いた聖画だったのです」

「手遅れですね」

「？　手遅れにならなかったから、わたくしは生きているのですよ？」

皮肉のつもりだった言葉は、天然か鈍感な団長には通じなかったらしい。

だが、ザンとて団長があの男を特別視する理由が分からないわけではなかった。

単純に命の恩人であると同時に、現〈海の乙女（シーレーン）〉の中核をなすセパル派閥の問題を解決してくれた立役者――それこそがライアー（あの男）であった。

「命を助けて金をせびってくるだけならまだ理解できるんですがね」

「だからこそ尊いのですよ、彼の行いは」

「だから、これを伝えなかったのですか？」

「……」

ザンの言葉にピクリと反応を見せるセパル。

彼女は難しい表情を浮かべるや、ザンの傍らに置かれた一輪の白い薔薇（ばら）を見据える。

一見すれば何の変哲もない薔薇だ。

アイムが脱獄した牢の近くでさえなければ。

「……〈殉死のアルブス〉」

目の前の人間にだけ聞こえる声量で呟けば、当の副団長はいつにも増して険しい表情を浮かべていた。

「……〈四騎死〉の一人ですか」

「魔王直参である奴等の存在は教団内でもトップシークレット。こればかりはライアー様と言えど教えて差し上げるわけにはいきません」

「……無暗に情報を与えればアイベルを探す彼らの邪魔になるから、と」

「そういう捉え方もあるでしょう」

剣呑な面持ちだったセパルは柔和な笑みを零す。これにザンは呆れたように首を振った。

結局、団長の中心に陣取るのはあの男だ。

それがザンにはどうしようもなく面白くなかった。

（まあ、心酔する気持ちも分かりますが……）

そこまで思い至り、今度は深いため息が出てしまった。

聖堂騎士団のほとんどの団員は信心深い。信仰の対象は当然ながら教団が信奉する神だ。

『神を信じているか』と問われれば、全員が頷くだろう。

『何故神を信じるか』と問われれば、多くの者は『救われたいから』と答えるだろう。

なればこそ、人は己を救った者に『神』を見出す。

✦ 第四章 ✦

14話

この団長の場合、彼女にとっての神は二人ほど存在していた。

一人は教団が祀るインヴィー教の神。

そして、もう一人は――。

「……インヴィー教に関係ない神を崇めて、天罰を食らわなければいいですね」

「ウフフッ、ザンちゃんは知らないのですね。世の中にはこんな言葉があります」

「はあ？」

「『推しは多ければ多いほどいい』――ライアー様の御言葉(おことば)ですわ！」

「……けっ！」

「ザンちゃん、それはもう戦争だと思うのだけれど」

「すみません。けっ！」

「狼煙(のろし)を二度も上げないでちょうだい？」

団長の浮かれポンチに嫉妬の炎を燃やす副団長と、そんな彼女の態度にヒリつく団長。

しかし、当のセパルはと言えば当時の記憶を辿(たど)り、身悶(みもだ)えていた。

セパルがライアーを慕う一因となった運命の日。

自分を悲劇より劇的に救ってくれた勇者(ひと)の姿を思い出すだけでも、何かと鬱屈した出来事の多い世界で生きていけるだけの、やる気と勇気が満ちてくるようだった。

――ライアー様。

――ああ、ライアー様。

——ライアー様。

セパルは心の中で祈りを捧(ささ)げる。

捧げる相手は……もはや言うまでもない。

——あなたがわたくしに向ける愛は尊いもの。

——あなたがこの世界(プルガトリア)に向ける愛は尊いもの。

（どれだけわたくしが貴方に愛を注いだところで、あなたがこの世界(プルガトリア)に向ける愛に比べればちっぽけなものなのでしょう）

何故なら彼の愛は余りにも大きすぎる。

——ライアー様。ああ、わたくしの勇者よ。

（もしも仮にあなたが道を誤ることがあろうとも、わたくしだけはあなたに愛を注ぎましょう）

——あなたはわたくしの勇者。

——あなたはわたくしの信じる神。

——たとえあなたが魔王と呼ばれたとして、それでもわたくしはあなたのお傍(そば)におりましょうとも。

それほどまでに彼に与えられた多くは、彼女にとって光だった。

たとえ彼が偽物の勇者と嘯(うそぶ)いても、この愛と勇気に偽りはないのだから。

Tips14: 聖堂騎士団

プルガトリア大陸に存在する七大教国がそれぞれ擁する警察・軍隊・治安機関をかねた騎士団。ミレニアム王国が擁する王国騎士団とは違い、各国の教団が設立した修道騎士会が源流とされる。

設立当初は教団に属する修道士のみが聖堂騎士に叙任されたが、現在では規定が改訂。国を脅かす悪魔や魔物、罪派に対抗する戦力を確保すべく、修道士以外でも聖堂騎士になることは可能となっている。


組織構造は、最高責任者として『団長』。

団長の補佐と部隊長を統括する『副団長』。

７つ存在する部隊の『隊長』。

そして、各部隊に割り振られた『騎士』が構成員の大半を占めている。

その他、聖堂騎士団に所属しているものの騎士として正式な叙任を受けていない『従騎士』と、騎士団内の雑務を担当する『小姓』が存在するが、これら二つの役職が前線に出ることはない。


また、隊長が指揮を執る７つの部隊は以下の通り。


騎士隊《エクエス》…剣や槍で戦う王道の近接戦闘部隊。

聖歌隊《クワイヤ》…魔法主体で戦う遠距離戦闘部隊。

騎兵隊《キャバリア》…陸海空を従魔に乗って制す戦闘部隊。

従魔隊《ドミトル》…複数体の従魔を使役して戦う戦闘部隊。

召喚隊《スモレーネ》…〈聖霊〉を召喚して戦う戦闘部隊。

聖工隊《ファブリー》…聖域の展開を主とする支援部隊。

神癒隊《メディック》…治療・補給がメインの支援部隊。

15話

「うーん」

アータンは悩んでいた。

公衆浴場で温まった体も、今やすっかり冷え切ってしまっている。

日も落ち、やることがなければ後は寝るだけの時間帯。普段の自分であれば明日に備えてベッドに入っていたはずだった。

「どうしよう……」

目の前には一冊の本が置かれていた。

ライアーから贈られた冒険の書なる日記帳。紙が高級品な世界において、日々あった出来事を書き綴る為だけの紙本とは贅沢極まりない代物である。

彼女の悩みは、この贅沢品に文字を書き綴る――ことではない。

その証拠に少女の手には一本のペンが握られていた。書く内容さえ決めてしまえば後は手を付けるのみといった具合だ。

けれども、アータンの手はピクリとも動かない。

童顔の愛らしい顔は険しく歪み、一ページ目となる白紙をこれでもかと睨みつけていた。

「ムムム……！」

『アータン起きてるー？』誰かが扉をノックした。

第四章

15話

もう聞き慣れた声だった。険しかった顔にあっという間に笑みが咲く。

「ライアー？　起きてるよー！」

『入ってもいいかー？』

「うんー！」

パタパタと扉の下まで駆け寄ったアータンは、そのまま来客を部屋の中へと招き入れようとドアノブに手を掛けた。

しかし、その瞬間だった。

（あれ、もしかして今のライアーって部屋着（へやぎ）？）

ここは宿屋の一室。

『年頃の女の子と相部屋（あいべや）はマズイでしょ』というライアーの訴えにより、二人は別々の部屋を取っていた。

気を遣ってもらったのだとばかり思っていたアータンであったが、普段の彼の恰好（かっこう）を思い出し、強烈な違和感と重大な謎に気が付いてしまった。

（じゃあ、ライアーの顔を見れるってこと⁉）普段の彼は鉄仮面（ヘルム）を被（かぶ）っている。

王都に来るまでの道中ならば野盗や魔物の襲撃に備えていると理解できるが、町中の――それも食事の時まで外さないことは、流石（さすが）にアータンも不思議に感じていた。

町中や食事中まで警戒しているのならそれまでだが、流石に就寝直前の部屋着姿まで鉄仮面（ヘルム）を被っているとは思えない。でなければバカだ。アホだ。ＴＰＯを考えないアンポンタンだ。

だが、彼は嘘つきであってもアンポンタンではない。

アータンはそう信じていた。

（ようやくライアーの素顔を……！）

『アータン？　どうしたー？』

「ううん、なんでもない！　今開けるからねー！」期待を胸に、アータンは扉を開く。

そこには――！

「いやー、風呂上りは牛乳でしょってことで女将さんからアータンの分買ってきたんだけどさー」

「バカー！　アホー！　アンポンターン！」

「急な罵倒に心が折れそうなんだが？」

良い笑顔で牛乳が詰められた瓶を掲げていたライアー。

しかし、彼は鉄仮面を被っていた。宿屋に備え付けの部屋着を着ている癖に。

バカである。

アホである。

ＴＰＯを考慮できない真性のアンポンタンである。

「なんで鉄仮面被ってるの⁉」

「これが俺のアイデンティティだし……」

第四章

15話

「宿屋の中でそれは不審者でしかないよ!?」

「辛辣ぅ～。でも俺は嬉しい」

「喜ばないで!?」

内気なアータンの遠慮ない物言いに、心の距離が近づいているとライアーは感動していた。

しかし、これでアータンが納得できるはずもない。

「もう……ここまで来たら直接聞きたいんだけど、顔見せてくれないの？」

「顔？　この鉄仮面が俺の顔じゃないと申すか」

「鉄仮面の下を見たいの！」

「え～、でも呪いで外せないし」

「えっ？　あっ……ご、ごめんなさい……」

「嘘嘘嘘嘘ゴメンゴメンゴメン!!」

だからそんな顔しないで！　とライアーは慌てて訂正した。

ついでに持っていた牛乳をアータンに手渡し、肩を落とす彼女を慰める。

「呪いは冗談だけど、これには外せない理由があるんだよ」

「……ホント？」

「ああ、ホントだ」

「……実は指名手配されてる極悪人で素顔を晒せないからだったり？」

「本人の目の前で凄(すご)いこと言うのね、あーた」

裏を返せばそれだけ信用されているとも捉えられるが、それにしたってとんでもないことを言いやがる。大胆なアータン、大胆アータンだとライアーは思った。

「なに？　そんなに俺の顔気になるの？」

「四六時中着けてたら誰だって気になると思うけど……」

「そっか、気になるかァ……素顔はまた来週」

「見せる気ないでしょ」

「バレたか」

アータンの調子が元に戻ってきたのを見計らったライアー、部屋に備えつけの机に置いてあった本に気づく。

「おお、早速書いてくれてる？」

「あっ、まだ……」

「おっと。見ない方がいいか？」

「ううん……」

そうじゃなくって、とアータンは申し訳なさそうに白紙の本に手を添える。

「言いづらいんだけど……私、文字が書けなくて……」

「……ほほう？」

「読めはするし、お手本を見ながらだったらそれっぽい形は書けるんだけど……」

第四章

15話

申し訳なさそうに告白するアータンを前に、鉄仮面(ヘルム)を手で覆ったライアーは天を仰いだ。

——やらかした。

彼の姿がそう言っていた。

貴族や商家でもない限り、農村地域では文字の読み書きなどは習わなくて当たり前だった。孤児院で育ってきたアータンは本を読んでいた為に読む方は問題ないが、書く方に関してはまったくと言っていいほどできなかった。書けても精々見様見真似(みようみまね)で形だけを真似した子供の落書きレベルだ。

「そうか……アータン文字書けなかったか……」

「ご、ごめん……貰(もら)った時は嬉しくて気づかなかったし、読めるなら書けるかなって思ってたんだけど……」

「わかりみが深すぎる。俺も読める漢字でも『あれ？　これどうやって書くんだっけ？』ってなることあるもん」

「カンジ？」

読むスキルと書くスキルは別物だということは、現代日本人の感覚にも通ずるものがあった。

「となると、手本あった方がいいな。ペン貸してもらってもいいか？」

「うん？　いいけど……」

「よーし」

そう言ってライアーはペンを受け取る。

すると彼は、本の遊びの見返しにサラサラとペンを走らせていった。手慣れた様子で文字を綴る姿には、アータンも何をしているのか訊くのも忘れて見入ってしまっていた。

数分後、見返しにびっしりと文字を書き込んだ彼は、満足げな表情でアータンにその本を差し出してきた。

「ほい、一通り文字書いたぜ。これ見ながらだったら書けるだろ？」

「わぁ……！」

「見なくても書けるようになりたいんだったら、この上から何も付けてないペンでなぞって練習すりゃいいさ」

「ありがとう、ライアー！」

手本となる文字を書き込んでくれたライアーに、アータンは満面の笑みで感謝の言葉を口にした。

手本があるとないとでは大違いだ。

さながら暗闇の中でもたらされたランプに等しい。アータンはルンルンと浮足立ったその足で席へと向かい、改めて冒険の書へと向かった。

しかし、

「……何書けばいいかな？」

「ちょっと待ってろぃ！　ダッシュで戻ってくるから！」

第四章

15話

「あっ、ライアー！　もう夜中だしあんまり走らない方が……」

『夜中に走ってんじゃねえ、殺すぞ！』

『誠に申し訳ございませんでしたぁ！』

（案の定――）

宿泊客に怒鳴られながら戻ったライアーは、何やら小脇に一冊の本を抱えていた。

「フッフッフ、アータンさんよぅ。これを見な」

「なにそれ？」

「俺の冒険の書」

「ライアーも書いてたの？」

「そりゃあ人に勧めるからには、な」

キザっぽく前髪を掻き上げる仕草をした後、彼は見返しをペラリと捲った。

「別に日記になんて正解はないけどな。でも参考ぐらいにいくつか読み上げるぞ」

「直接見せてはくれないの？」

「えっ。それはちょっと……」

「読み聞かせるのはいいのに!?」

ライアーは『アータンのエッチ……』と若干引いたような様子で後退る。

釈然としないながらも、とりあえず手本が欲しいアータンは仕方なく読み聞かせを承諾した。

ああは言ったものの、なんだかんだ彼の過去については興味がある。

(昔のライアーかぁ……何してたんだろ?)

「それじゃあ一日目から読み上げるぞー」

「うん!」

「『――昨日、魔王を倒した』」

「エピローグッ!!?」

佳境を飛び越えて後書きに入っていた。

おかしい。彼の手元は確かに一ページ目を捲っているはずだ。

「いや、そうじゃなくて!? 一日目から堂々と嘘書かないでよ!」

「えぇ……昨日魔王倒してちゃ駄目ぇ……?」

「自由と無秩序は表裏一体だよ!」小難しい言い回しをするアータン。

彼女はあくまで書くことができないだけで教養自体はあるのであった。

「お気に召さない内容だったか?」

「そんな長編を書けそうな内容は今求めてないから……」

「じゃあ二日目行くかー」

「うん」

「『――昨日も魔王を倒した』」

「二度打ち!!?」

第四章

15話

まさかの二回目であった。

じゃあ一昨日（おととい）の魔王はなんだ？

っていうか、『昨日』ってことはその日の夜に書いてないじゃないか。

一日寝かせるな、日記を。

色々な疑問やら不満やらが湧き上がってくるが、一旦内容の方は置いといてアータンは抗議の声を上げる。

「もうちょっと日常の一幕的な内容を読み上げてよ……」

「あー、なるほどね。待ってな……あー、これとかどうだ？　好きなご飯の話とか書いた内容」

「それいいじゃん！　聞かせて聞かせて！」

「えーっと……『皆で好きな炊き込みご飯の具材の話題になった。二人の内、一人はきのこ派だったが、俺ともう一人はたけのこ派だった』」

「うんうん！」

「『魔王と魔王の戦争になった』」

「なんで？」

脈絡が無さ過ぎてアータンの顔から表情が消え去った。

「きのことたけのこの話だったのに、どうしてまた魔王と戦争してるの!?」

「きのこ派とたけのこ派の溝は大きいんだ……」

「そっちじゃなくて!?　っていうか、それだと魔王二人いる計算になるじゃん!?」

「きのこ派とたけのこ派の魔王が居たんだよ」

「仮にそうだとしても別の王を名乗ってよ。魔の王だから魔王なんだよ？　それだときのこ王とたけのこ王になっちゃうよ」確かにその通りである。

「いやぁ、でもさ。きのこ派と来たら『竹食うとかお前の前世はパンダか』とかほざきやがるから頭来てさぁ……パンダの名誉の為に俺達は立ち上がるしかなかったんだ」

「はた迷惑な代理戦争だよ」

――魔王と対立関係にされたパンダの身にもなれ。

そのような調子でライアーは次々に心底下らない内容の冒険の書を読み上げた。どれもこれも頓珍漢であほらしい内容ばかりであったが、途中からアータンは『ライアーらしい』と諦めの境地に至っていた。

「どうだ、参考になったか？」

「まあ、ちょっとは……」

「そりゃよかった。アータンも色々書けるよう頑張れよな」

「うん！　頑張って練習するね！」

「夜更かしはしない程度にな」

「うん！」

「それじゃあおやすみ」

第四章

15話

「おやすみ！」

レディーの日記を見るわけにはいかないと去っていくライアー。

再び部屋に一人きりとなるアータンは、手本の文字とにらめっこしながら拙い文字を白紙に書き込んでいく。

プルプルと震える筆先では綴られる文字も妙に波打ってしまうが、それでも少女は真剣に文字を書き込んでいく。

時間で言えば一刻ほどだろうか。

窓の外はすっかり暗闇に包まれていた。日中に聞こえてくる雑踏の音はほとんどなく、聞こえてくるものと言えば近くの酒場の喧噪ぐらいか。

しかし、集中するアータンに外の雑音はまったくと言っていいほど聞こえてはいなかった。

「……ふー！　書けた……！」

十行にも満たぬ最後の文章の文字を書き終えた瞬間、少女は達成感に満ちた面持ちで額の汗を拭った。

「うへぇ……日記書くのって大変だぁ」

文字を書くこと自体もだが、内容を考えることも難しい。

今まで読んできた書物がどれほどの労力が注がれているかを想像し、アータンは軽く戦慄していた。

「それにライアーの文字と違ってへたっぴだし……」

見比べれば見比べるほど、自身と手本の文字の違いに頬が引き攣ってくる。

『ミミズか？』というのが正直な感想だ。いいや、ミミズの方が太さが均一な分、まだ綺麗だと言えよう。

これは……なんなんだろう？

……縮れ毛？

そこまで思い至ったところで悲しくなり、アータンは考えを切り替えた。

（いいもん、これから練習するし！）誰だって最初は初心者だ。

これからどんどん練習していけば冒険の書の名に恥じぬ文字を書けるようになるはずだ。

そうに違いないと自分に言い聞かせる。

「それにしてもライアーの文字綺麗だなぁ……」

改めて手本の文字を見る度にそう感じた。

孤児院から引き取った絵本の文字と見比べると丸みが強調されているが、斜体に比べると一つ一つの文字が見やすくなっている。

これを元に練習して、あとは自分なりに崩していけというメッセージだろう。

「私も頑張らなくっちゃ……ふぁあ……」まだまだ先は長い。

それはそれとして今日はもう遅い。

書いた文字のインクが乾いたのを見計らい、アータンはそっと本を閉じて床に就いた。

明日はどんな日記を書こう。

明日はどんな出来事があるのかな？

そんなことを想像するアータンが寝付くには、もう少し時間を要するのだった。

その結果――。

＊＊＊

15話

「ふぁあぁ……」

「おねむだねぇ、アータン！　おはよぉ！」

「おはよぉ……」

ライアーに遅れて宿屋の食卓に着くアータンは眠そうに瞼を擦る。

小柄な体と童顔も相まって、雰囲気は十歳前後の女児であった。

油断すれば今にでも眠りに就いてしまいそうな彼女は、ひとまず朝食のオートミールをスプーンで掬い口に運ぶ。

しかし、眠気を覚ますにはどうにもインパクトに欠ける味わいだ。

「うぅ～ん……」

「おいおい、アータン。口から零れてるぞー」

「大丈夫だよ、お母さん……」

「お母さん？」

「……あっ」

スゥッと眠気が覚めていく。脳味噌全体に酸素が行き渡り、思考がクリアになるような感覚だった。

直後、顔全体が燃えるように熱くなった。行き届いた酸素を燃料に激しく燃え盛っている。眠気など完全に燃え尽きた。

「気にしなくていいのよ、アータン。ママのお料理美味しい？」

「ライアーはママじゃないでしょ!?」などというやり取りが朝の出来事。

食事を終えて宿を出た二人は、早速ギルドへと立ち寄っていた。

昨日、セパルと別れた後に町を巡って冒険に必要なものは買い揃えた。

冒険者が必要な道具を手に入れた以上、あとは冒険する適当な目的が必要だ。今回の場合、大きな目標に『アイベルの捜索』が掲げられているが、ギルドに立ち寄った理由はそれに関係している。

「すみません、グラーテ行きの馬車の護衛依頼とかあります？」

「グラーテ行きですね。少々お待ちください」

今日も営業スマイルが輝く受付嬢は、山のように積まれた束から該当する依頼書を探し始める。

『グラーテ』とはインヴィー教国の聖都。

第四章

15話

ちょうど先日、セパルに拠点にするよう勧められた町のことだ。

受付嬢が依頼を見繕う間、カウンターで待つ二人も適当な話で時間を潰すことにした。

先に口を開いたのはアータンだ。

「どうして馬車の護衛依頼を探してるの？　聖都に行くんだったら、私達だけで行くんじゃダメなの？」

「別に個人で向かっても問題ないけど足がないだろ？　こっから聖都は大分遠いぜー？」

「あー、たしかに……」

「個人で馬を飼ってるならまだしも、俺は飼ってないからなー」国から国への移動は当然時間がかかる。

歩こうものなら数か月は覚悟しなくてはならないし、そこまでの体力的な余裕も物資的な余裕も二人にはなかった。

そうとなれば街道を進む馬車に乗せてもらうことがベターな移動方法であるが、ここでもう一つの問題が顔を覗かせる。

「いいか、アータン。俺達は冒険者だ」

「うん」

「つまり、金がない」

「……そーなの？」

「ないんですよ、それが」そう、金銭面の問題だ。

冒険者もといギルド所属の人間は、基本的に定職に就いていないその日暮らしの人間。高ランクで稼ぎがいい依頼を受けられる冒険者以外、恒常的に金に困っているのが実情である。それは時折罪派(シンパ)を引き渡して報奨金を貰っているライアーも例外ではなかった。

「だから移動ついでにお金を貰える馬車護衛をするって寸法だ。一石二鳥だろ？」

「お待たせいたしました。ご相談に与(あずか)った内容と合致する依頼がございましたよ」

「おっ、グッドタイミング」

指を鳴らして数枚提示された依頼書を吟味するライアー。

彼は数分も経(た)たぬ内に『これでお願いします』と一枚の依頼書を指差した。慣れた手つきで受注を済ませれば、受付嬢は依頼書を奥の方へと持って行った。

「これで受注は完了だ。あとは昼に依頼出した人と顔合わせして出発って流れだな」

「えっ、そんなに早いの!?」

「王都と聖都の行き来は多いからな」

依頼は毎日出ていて毎日受注される。

馬車の護衛任務はそんなものだとライアーは語り、鉄仮面(ヘルム)の奥に悪戯(いたずら)っぽい笑みを浮かべた。

「さぁーて、アータンの人生史上初の依頼だぞ？　華々しい冒険者としての一歩を歩もうじゃあないか！」

「おぉ……！　そう言われると凄いことをしてる気がしてきたかも……！」

15話

「期待してるからな。魔法で魔物をバッタバッタとなぎ倒してくれ」

「うん！」

「――そういうわけだ野郎共ぉー！！！　アータンの初任務だ！！！　アゲろ！！！

崇(あが)めろ！！！　祝杯を上げろぉ！！！」

『オオオオオオオオッ！！！』

「しまった、悪ノリ共がッ!?」

音頭を取ったライアーに、酒盛りしていた冒険者(アホ)が便乗する。

「よぉ～し、このバーロー様がいいとこ見せてやるぜぇ～！」

「バーローだ！　一体何するんだ、あのバーローは!?」

「また自爆するのがオチだろ、バーローめ！」

「バーローバーローうるせえ！　へっへっへ、こういう祝い事の席でやることは決まって
らぁ……エールの一気飲みだぁ！」

『かしこまりましたぁ～』

「えっ、かしこまるの早くない？　ちょ、ちょっと待ってくれよフレティ……一気飲みす
るったってまさかその担いでる樽(たる)丸々一個じゃあ……」

「バーローさんのちょっといいとこ見てみたい☆　あ、それ☆」

「がばぼげばぶばぁべびびぶべぁ～～～～～～！！？」

馬鹿が一人、エールの海に溺れた。

バーローは黄金の波に揺られながら、辛うじて親指を立てながら酒の海に沈むのだった。

「バ、バ――ロォ――――！！！」

「バーロー！！！　お前は本当にバーローだな！！！」

「いや、待て！！！　この顔……なんて安らかな死に顔なんだ……！！！」

馬鹿共が騒ぐ光景を、アータンは遠くを見るような目で眺めていた。

「私も乗らないとダメ？」

「無視していいよ」

「唻（けしか）けといて！！？」

無慈悲にも見放すライアーに、アータンのツッコミが酒場中に響き渡る。

始まる前から前途多難であった。

Tips15: 叫鼠《シャウトラット》

大陸中で生息が確認されているネズミ型の魔物。
パラボラ集音器のように丸くて大きな耳が特徴。
しかし、外見などどうでもよくなる特徴が、魔力の影響で異常に発達した声帯より発せられる絶叫である。

これは天敵が数多く生息する平原での暮らしにおいて、いち早く仲間に外敵の接近を知らせる警告音となり、迅速な退避を促す重要な叫びなのだ。

だがうるさい。
とてもうるさい。
アホみてェにうるさい。

繁殖期には平原のあちこちから求愛の絶叫が響き渡り、街道を行く冒険者の鼓膜を破壊する騒音と化す。その為､繁殖期には冒険者ギルドより討伐依頼が数多く出る。幸い戦闘力はなきに等しいので、新米冒険者にはうってつけの相手だろう。

一方で、仲間に敵の接近を報(しら)せるという生態を利用し、一部地域の村などでは鳴子代わりにシャウトラットを飼っている。上手くしつければ鶏以上の絶叫で夜明けを報せてくれるので、朝起きられない人は従魔にしてみるのもいいだろう。

ただし、くれぐれもご近所とは事前の相談を。
アホみてェにうるさいので。

16話

「バーシャバシャバシャバッシャバシャ〜」

「……何の歌？」

「馬車の歌」

「そういう歌があるの？」

「今作った」

などと、俺とアータンは馬車の中でまったく身にならない会話をしていた。

予定通り昼に出発した馬車に揺られて早数時間。今のところ野盗も魔物も襲い掛かってこず俺達（たち）は暇を持て余していた。そりゃあ即興の歌もできてしまう。

予定では夕方までには宿場町に着く。

目下の目的は、いかにそれまでの時間を潰すかだった。

「うーん、そう言えばアータンってどんな魔法使えるんだ？」

「私？」

話題を振られたアータンは答える。

「得意なのは火と水で盾魔法（スクート）も少々……あ！　あとは毒とかも使えるよ！」

「先生と呼ばせてください」

「なんで!?」

✦第四章✦

16話

俺は頭を下げた。

だってアータン……余裕で俺より使える魔法多いんだもん……。

王道ファンタジーなギルシンシリーズにも、当然ながら魔法は登場する。土水火風の四属性を基本とし、火と風が合わさった雷魔法。水と土が合わさった氷魔法（ラキエ）。独立した属性として無属性、そして光と闇がある。

さらに補助魔法を加えれば、全体の総数は優に百を超える。

だが、俺は無属性の〈魔弾（マギ）〉系と〈幻惑（ハル）〉系しか扱えない。覚えられる魔法は本人の適性次第だ。

一応、努力で適性外の魔法も覚えられなくはないが……費やした時間と努力に見合った価値があるレベルまで習熟できるかと言われれば、首を傾（かし）げざるを得ない。

逆にほぼほぼ全部一線級で扱えるセパルとかがおかしいんだよ。

なんだあいつ、天才か？　天才だったわ。

「いいなー、アータン！　火と水使えるのいいなー！」

「そんなに羨ましがるところかな……？」

「そりゃそうよ。火起こしに湯沸かし、洗い物に洗濯物の煮沸までなんにでも使えるじゃんよ」

「観点が家庭的……！」

そうは言ってもですね、アータンさん。

この中世風の世界、元日本人の俺からしてみれば衛生観念が低いこと低いこと。一部魔導具やらなんやら便利なアイテムは存在しているものの、田舎の農村とかなんてそれこそ水道もなければ風呂もない。

そう……風呂がないのだ。風呂が！　ないのである！

現代日本人の感覚として、お風呂に入れないなんて考えられないわ！

一応王都には公衆浴場はあるものの、一人でゆっくり浸かれる湯船なんてそれこそ貴族とかのデカい館にしか存在しないだろう。

「アータン先生……誠に恐縮ではございますが、今度からお湯を工面してはいただけないでしょうか……？」

「そんなにかしこまらなくても……別にお湯くらいいくらでも出してあげるよ」

「ありがとうございますッ!!」勝ったな。

これで俺の冒険者生活は一段階上へと昇った。

最早恐れるものなどなにもない。

「フフッ、汚れを気にしなくていいと分かったら存分に暴れられるぜぇ……！　ケヒャヒャー！」

「その変な笑い声はなに？」

「名前も声も知らない野盗の真似」

「実在すらも怪しいの!?」

◆ 第四章 ◆

16話

『アアアア！！！』

「っ、何の声!?」

突然聞こえた咆哮にアータンは杖を取り出した。

恐ろしい魔物を想像したのか、彼女は頬に汗を伝わせながら馬車から身を乗り出し、周囲を確認している。

「あー、この声は……」

「知ってるの、ライアー!?」

「あそこ見てみ」「あそこ……？」

身を乗り出すアータンが落ちないよう手で制しながら、俺は小高い丘の上を指差す。

そこには灰色の体毛に覆われた一匹の小さい魔物が佇んでいた。大きな耳はパラボラアンテナのように凹んでおり、出っ張った前歯はまるで鉄琴を彷彿とさせる金属光沢を放っていた。

しかし、一見するとその風貌は……。

「……ネズミ？」

「シャウトラットだな」

「魔物なの？」

「魔物っちゃ魔物だが、そこまで危険じゃないな」

「なんだぁ……」

ホッと胸を撫でおろすアータンは腰を下ろした。

そして、自分を微笑ましそうに見つめる視線に気が付く。馬の手綱を握る依頼人兼御者のおじさんだ。冒険者でもなんでもない彼の落ち着き払った様子を見て、自分が必要以上に反応していた事実にアータンはカッと頰を赤らめた。

おじさんの態度から分かる通り、シャウトラットの危険度は魔物の中でも低い。というより、こっちから手を出さない限り襲い掛かってくることはない。

特段珍しいということもなく、街道沿いを進めば大抵居る。馬車を引く馬もあの雄たけびには慣れ切っている様子だった。

「いい機会だから教えるか。『アアアアア！！！』は敵が近づいてきたら『アアアアア！！！』やって大声で叫んで仲間に敵襲を報せるんだ」

「へぇ～。じゃ『アアアアア！！！』のって……」

「俺達のことを『アアアアア！！！』と思ったんだろうな」

「そ『アアアアア！！！』だ『アアアアア！！！』」

「うるせえええええ！！！　アアアアア！！！」

「両側がうるさい！」

ステレオサウンドでごめんね。

でもあの会話を邪魔する畜生が悪いんだ。

こうなったら人と獣の違いを分からせるしかあるめえ。

第四章

16話

『ア゙ア゙ア゙ア゙ア゙！！！』

「ア゙ア゙ア゙ア゙ア゙！！！　ほら、アータンも」

「私も⁉」

『ア゙ア゙ア゙ア゙ア゙！！！』

「あ……あぁ――――！！！」

その後、俺とシャウトラットの叫び合いは一分ほど続いた。

全てを終えた時、俺達の間には友情が芽生えたのだろう。

鳴くのをやめたシャウトラットは、街道沿いを進んでいく俺達の馬車を静かに見送ってくれた。お前のこと……俺は忘れねえよ。

「それはそれとして、シャウトラットの前歯って良い素材になるんだよな」

「友情は何処へ⁉」

アータンのツッコミが平原に響き、三度シャウトラットの絶叫が木霊する。でも実際シャウトラットの前歯は有用だ。鉄分を含み金属のように頑丈だから、削ればそこそこ切れ味のいい刃物になる。ゲーム序盤ではよくお世話になった装備だ。

「アータンもいつかは魔物の素材でカッコいい武器作ろうぜ」

「えー……でも私、マザーから貰った杖があるから……」

「チッチッチ。違うんだなぁ、最初の武器をどんどん強化していくのも冒険の醍醐味なのよ」

「うーん、そうかなぁ？」

「特に罪使（シン）いの武器はな。アータンの杖だって、使い続ければいずれは……」

『わ、わあああ！！？』

「「！」」

遠くから誰かの悲鳴が聞こえてきた。

馬車から身を乗り出して前方を確認する。距離で言えば数百メートルほどだろうか。街道の先を進んでいる別の馬車が見えたが、その周囲を這（は）う巨大な影があるのが見えた。

「スワローラーか！」

大の大人一人を丸呑（まるの）みできそうな大蛇、それが丸呑蛇（スワローラー）だ。

体色は周囲の草原に溶け込むよう、深い緑色に染まっている。

それがまさに今、護衛と思（おぼ）しき冒険者の下半身を丸呑みにしている最中であるのを見て、アータンの顔からは血の気が引いていた。

「ラ、ライアー！」

「どうせ通る道だ。先に行って片づけてくる」

「気をつけて！」

自分達が乗っていた馬車はアータンに任せ、俺はスワローラーに襲われている馬車の下へ駆けつける。

俺が到着する頃、スワローラーは冒険者の男をほとんど呑み込んでいた。

第四章

16話

唯一口から顔を覗かせる冒険者は恐怖で顔が歪んでいた。彼の仲間と思しき冒険者も必死に助けようとしてはいるが、下手に攻撃すれば丸呑みにされる仲間を傷つけてしまうことを危惧し、二の足を踏んでいる様子だった。

「ま、それなら下から掻っ捌けばいいだけだがな！」剣を抜いてまずスワローラーの背後に回り込んだ。

全長で言えば五メートルほどだろうか。呑み込まれている男のシルエットが浮かび上がる部分を見極め、スワローラーの下半分を切り離すように刃を振り下ろした。

スワローラーは危険な魔物だ。

だがそれはあくまで『普通の動物と比べれば』というだけであり、理不尽な強さや厄介な能力は持っていないただのデカい蛇だ。

注意すべき点と言えば、やはりその巨体を覆う強靭な鱗。

これを切り裂くには思い切った一太刀が必要不可欠。それを知っていた以上、全力の斬り下ろしで見事スワローラーの鱗を斬り裂き、その奥に埋もれていた筋肉や骨を断つ。結果、大蛇の下半身を切り離してみせるに至った。大蛇の口からも悲鳴とも取れる鳴き声が迸る。

「ちょいと失礼！」

だが、これだけで死ぬほどスワローラーはヤワではない。

すぐさまのた打ち回る上半身――思考を司る頭部まで駆け寄り、その頭蓋骨を刺突で砕いた。

　一際甲高い悲鳴が空に響く。

　しかし、それを最後にスワローラーは力なくその場に崩れ落ち、ピクリとも動かなくなった。

「よし、今出してやるからな」

『た、助けてくれ〜』

　スワローラーの口の奥から弱弱しい声が聞こえてくる。

　周囲の冒険者にも協力を仰ぎながらスワローラーの胴体を開きにすれば、消化液でネトネトになった冒険者が生まれてきた。おめでとうございます、元気な成人男性ですよ。

「た、助かったぁ……っつ……！」

「無理するな。どっか骨折れてるかもしれないからな」

「あ、あぁ」

　危うく丸呑みにされかけた冒険者を救い、一件落着。

　残されたのは巨大な蛇の死体だけだ。スワローラーは皮を使えば防具になるし、肉の部分も鶏肉（とりにく）みたいな味がして美味（おい）しい。

　人を食べたかもしれない蛇を食べたいかはまた別問題だが……。

「とりあえず討伐証明に頭の皮でも剝ぐかぁ」

　魔物を倒し、討伐した証明となる部位をギルドに引き渡せばお金を貰える。

こういうところでコツコツ稼いでいくのも冒険者をやっていくコツだ。

けど、解体作業って中々グロイんだよな……。

後ろから来るアータンが追い付くまでに、顔の皮の剝ぎ取りだけでもちゃっちゃと終わらせてしまおう。

そう思いながら剝ぎ取りナイフを手に取る。

その時だ。

『ア゙ア゙ア゙ア゙ア゙！！！』

＊＊＊

「すごい……」

後方の馬車から身を乗り出していたアータンが呟（つぶや）いた。

あれほど巨大な魔物は見たことがない。精々見たことがあるのは犬や狼（おおかみ）のような中型の魔物ぐらいだった。

対峙（たいじ）すればどれほど強いかなど想像もつかない――否、冒険者が数人がかりで囲んで倒せていない辺り、その辺の魔物とは一線を画す強さなのであろう。

だからこそ、それを容易（たやす）く倒してみせたライアーの強さが際立った。彼は一撃も貰ってはいない。

呑み込まれた冒険者を救うにはそんな余裕などありはしなかった。

しかし、彼は勝った。丸太のように太い胴体を一刀両断し、大きさに比例し分厚いであろう頭蓋に穴を開け、確実に仕留めたのだ。

「手際がいいな……」

馬の手綱を握っていた男も感心した声を漏らしていた。

よく護衛依頼を出し、冒険者の戦いぶりを目にしているであろう彼が言うのだ。少なくともライアーは冒険者の中でも上澄みの方に居るのだろう。

「私もあんな風に……」

『アアアア！！！』

「？　この声……」

シャウトラットの雄たけびが聞こえ、アータンは反射的に振り向く。

「あ」

刹那、少女の動きが固まった。

何事かと振り向いた御者も固まる。

「あ、あぁ、あぁあ……」

震えた声しか出せぬアータンが目にしたもの。

それは先程ライアーが倒していたスワローラーよりも遥(はる)かに巨大な蛇であった。長さで言えば三十メートルは下らない。

第四章

16話

既に開かれていた大口はアータンの身長ぐらいであった。

そんな大蛇が馬車諸共アータン達を丸吞みにしようと前に倒れ込み――――。

「に――――逃げろぉおおお！！！」

「きゃあああ!?」

叫ぶ御者が手綱を振れば、馬車は勢いよく駆け出した。

馬車の加速と狙いが逸(そ)れた大蛇の頭が地面を打つ衝撃で、アータンの身体が一瞬宙に浮かび上がるが、寸でのところで落ちずに済んだ。

「あ、危なかったぁ……！」

「マズイ……追ってくるぞ！　迎撃してくれ！」

「ええ!?」

再び後方を確認すれば、たしかに大蛇がこちらを追っていた。

このままではライアーが居る地点に合流するよりも早く、敵に追いつかれてしまうだろう。

「くっ……〈水魔法(オーラ)〉!!」

兎(と)にも角(かく)にも攻撃しなければ始まらない。

アータンは自分が得意とする〈水魔法〉を繰り出した。魔力によって生成された水弾は真っすぐ大蛇の顔面に見事命中する。

「やった！」

「シャアアアア!!」

「全然効いてないぃー!?　どど、どうしよう……!」

『アーターンッ!!』

「ライアー!」

魔法が効かずパニック寸前のアータン。

しかし、そこに救援しに駆けつけようとするライアーの声が聞こえて来た。

『そいつ――丸呑大蛇（ヴォラレフィリア）は火に弱い!!』

「火!?　それなら……!」

今度は先程と違い、魔力で炎を生み出した。

「〈火魔法（イグニ）!!〉」

「ッ!!?　シギャアアア!!」

「効いた!?」

「――――アアアアアッ!!!」

「まだ追ってくるの!?」

怯（ひる）んだのは一瞬だけだった。

むしろ一撃貰ったことが逆鱗（げきりん）に触れたらしく、野太い咆哮を上げるヴォラレフィリアは執拗（しつよう）にアータンを狙って咬（か）みついてくる。

こうなっては堪（たま）ったものではない。

第四章

16話

「〈火魔法(イグニ)〉!! 〈火魔法(イグニ)〉!!」

アータンは涙目になりながら、一心不乱に魔法の炎を撃ち続ける。

だが、ヴォラレフィリアは巨体に似合わぬ俊敏な動きで迫りくる炎弾を掻(か)い潜(くぐ)る。

攻撃が当たらない。

その事実が尚更(なおさら)アータンの焦燥を煽(あお)り、狙いがブレていく悪循環へと繋(つな)がる。

(どうしよう……どうしよう!?)

『アータン! お湯出せ、お湯!』

「お……お湯ぅ!? なんで……!?」

『いいから早く!』

「ッ~~~~、ええい!」

ライアーから詳しい説明を受ける間もなく、アータンは『ままよ!』と火魔法(イグニ)と水魔法でお湯を生み出した。

わぁ、あったかい。

「――これでどうすればいいの!!?」

当然の疑問だった。

お湯を出した。だから何だ?

これで温まって落ち着けとでも言うのだろうか?

だとしたら自分はあの鉄仮面(ヘルム)をベコベコのベッコベコにしなければ気が済まない。

しかし、現実はそれ以上にバイオレントだ。

鉄仮面（ヘルム）をタコ殴りにするよりも早く、大口を開けた大蛇が目と鼻の先まで迫っていた。

――――あ、終わった。

呆然（ぼうぜん）としたアータンであったが、不意に王都での一幕を思い出す。

それはアイムの毒液によって溶断されるセパル――――の分身。

正確に言えば水で生成したいい分身だ。

そこまで思い出した時、少女はたった今生み出したお湯を手放した。

「ジュラララ！！！」

「ひぃ！！？　……あれ？」死を覚悟し目を瞑（つむ）る。

十秒が経過した。一向に大蛇の口が自分を呑み込むことはなかった。

恐る恐る確認してみると、大蛇はゴクゴクと喉を鳴らして何かを呑み込んでいた。だが、大蛇自身何かがおかしいと感じたのか、口の周りに伝う水滴を舐（な）めとった後、改めてアータンの追跡を再開する。

「や、やっぱり……？」

「ヴォラレフィリアは目が悪いんだ。だから目じゃなくて熱で獲物を探す」

「ライアー！」

「だから蛇相手にゃ人肌のお湯で誤魔化せるんだな、これがァ！」

テストに出るぞ、と冗談っぽく告げるライアーが入れ替わるように大蛇の前へと躍り出

16話

た。

そのまま咬みつこうとする大蛇の頭目がけて剣を振るう。

が、直前で頭を振ったヴォラレフィリアを前に、振り下ろした刃は強靭な鱗に阻まれてしまった。まるで鎖帷子(くさりかたびら)でも切りつけているような感覚だ。

体当たりしてくる大蛇の身体を蹴り距離を取るライアーは、面倒臭そうと言わんばかりに目を細めた。

「おいおい、刃が通らないんじゃあどうしようもねえよ」

「ジュラララッ!!」

そんな彼を嘲笑(あざわら)うように、けたたましい鳴き声を上げるヴォラレフィリアが覆(おお)い被(かぶ)さってくる。

「ライアーッ!!」

「――――嘘(うそ)だよ~ん」

ザンッ!!　と風を切る音が響いた。

直後、猛烈な風が周囲を駆け抜けていく。思わず目を閉じかけるアータンであったが、薄ぼんやりとした視界の中で彼女は目撃した。

(え？　今、剣の形が変わったような……)

彼が握っていたのはただのショートソードだったはずだ。

それが一瞬、身の丈をも超える大剣に変化したようにアータンの目には映った。

周囲の風が収まった頃、ゴシゴシと目を擦る少女は改めて眼前の光景に目をやった。

砂煙が晴れた先。

そこには頭部を縦に真っ二つに両断されている大蛇の死体があった。

ピクピクと痙攣はしているものの、最早先のように獲物を追いかけ回すなどできぬ状態。

勝者がどちらかなど明白であった。

「ヒュ〜、大漁大漁♪」

飄々と口笛を吹くライアーは、剣に付いた血を拭いながらアータンの方へ振り返る。

「やったな、アータン！　こいつを売りゃあ夕飯がごちそうになるぜ〜」

「……はははっ」

緊張の糸が切れ、全身から力が抜けた。

尻もちをついたアータンは、自身の手が震えていることに気づいた。

（あの時、シャウトラットが叫んでなかったら……）

一瞬でも気づくのが遅れていれば、今頃蛇の腹の中に居たかもしれない。

今一度小高い丘の方を見遣れば、辺りを忙しなく見渡しているシャウトラットの姿を目にすることができた。

「お礼言っとくか？」

ズイッと横に並んだライアーが提案する。

「……うん！　ありがとー！」

第四章

16話

『アアアアア！！！』

「俺も言っとこ。ありがと……なあああああ！！！」

『アアアアア！！！』

「ああああああ！！！」

『アアアアア！！！』

「ああああああ！！！」

「いつまで続けるの？」

その後、ライアーとシャウトラットは一分くらい絶叫し続けた。

そして喉を痛めた。

「これが……敗北……！」

「変なことするからだよ」

「だがな、アータン……世の中には『スクリームラット』っていうシャウトラットの上位種が居てだな。こいつの鳴き声はそりゃあもう強烈で……」

「そもそも張り合おうとすること自体間違いだよ」

「はい」

俺はぐうの音も出なかった。

アアアアア！！！

Tips16: 水魔法《オーラ》

属性魔法の基本、土・水・火・風の四種の一種。

魔力によって生成された水を相手にぶつけたり、その質量で相手を圧砕したりする使い方が基本的

一見四属性の中では最も攻撃力が低く、実際に魔法を覚えたての駆け出しでは大した威力を発揮することはできない。

だが、水魔法系の真に優れたる点は、流体の性質を生かしての柔軟な運用にある。時には点として相手を貫く槍となり、時には面として相手の攻撃を受け止める盾となる。また柱状に変形させれば高所からの転落時でも衝撃を吸収して安全な着陸が可能になる。これは水魔法の流体的な性質あってこその芸当であり、まさに使い手によって化ける魔法だと言えよう。


初級魔法〈水魔法《オーラ》〉より上級の中級魔法〈大水魔法《オーラス》〉。

貫通属性を付与した〈水魔槍《オーラハスター》〉。

また、さらに上級かつ多連装にした発展形として〈多連大水魔槍《ムルタ・マグナ・オーラハスター》〉が存在する。


他魔法同様、詠唱を唱えることで魔法の安定した制御・強化が見込める。

以下が詠唱文。

一節目：主(しゅ)よ、満(み)たしたまえ
二節目：天(あま)つ真清水(ましみず)、流(なが)れ出(い)でよ。遍(あまね)く世(よ)をぞ、潤(うるお)したまえ
三節目：天(あま)つ真清水(ましみず)、溢(あふ)れ出(い)でよ。尽(つ)きぬ恵(めぐ)みを、もたらしたまえ
四節目：天(あま)つ真清水(ましみず)、注(そそ)ぎたまえ。罪(つみ)に枯(か)れたる、ひとくさの花(はな)に
五節目：永(なが)く渇(かわ)きし我(わ)が魂(たましい)も、汲(く)みて命(いのち)にかえりけり

書きおろし

A liar is
the beginning
of a hero

書き下ろし

17話

17話

スワローラーとヴォラレフィリアの襲撃から数時間後。

すっかり空は橙色の絵具で塗りたくられ、カラスもお家に帰る時間だとカァカァ鳴いている。

俺達を乗せた馬車はと言えば無事宿場町に到着していた。

魔物の剝ぎ取りやらなんやらで時間を食ったが、夜になる前に辿り着けて一安心である。

流石に真っ暗闇の中で野宿など、野盗と魔物に襲ってくださいと言っているようなものだ。

「疲れ……たぁ～……」

一方、アータンはと言えば疲労困憊を体で表現するかの如く、その場にへたり込んだ。

慣れない馬車での移動に加えて巨大な魔物の襲撃。そりゃあ体力と魔力も限界が近いだろう。

「もう動けない……このまま眠りたい……」

「眠るなら宿屋のベッドにしなさい。変なところで寝て平気なのは若い内だけだ」

「誰目線？」

ツッコミする元気があるならまだ平気だ。

「寝るにしてもメシ食ってからにしとけ～。お腹空かせたままじゃ明日動けないぞ」

「うぅ～、何も食べられる気がしない……」

「本当に何も？　パンケーキも？」

「パンケーキなら食べたい……」

「パンケーキ一丁ぉ！」

しかし、こんなところにパンケーキなんてありはしない。

食材がなぁい！　調理器具がなぁい！

できても精々小麦粉を練り、それっぽく薄く焼くくらいしか……チャパティだ、これ。

冗談はさておき、疲れすぎて胃が食べ物を受け付けないことはあるが、だとしても何かしらは食べておかないと魔力は回復しない。

魔力だって無から生まれるわけじゃないのだ。

「じゃあ軽く摘める物でも買って宿屋に行くか。歩けるか？」

「……がんばる」

「分かった、おぶる」

アータンが徹夜三日目みたいな顔をして言い放ったので、有無を言わさず背負うことにした。これに抵抗することなく素直に背負われる辺り、本当に限界が近かったのだろう。

「ごめんね……私なんかの為に……」

「良いってことよ、仲間だろ？」

「ライアー……！」

「それはそれとして宿屋でお湯を出してもらえると非常に助かります」

17話

「あ、うん」

感動していたところ済まんな、アータン。

でも、何の見返りも求めないよりは気が楽だろう。まだまだ自己肯定感の低いきらいが見て取れる以上、ちょっとずつ改善していけたらいいと思う。

そんなことを思いつつ宿場町の散策を開始する。

アータンの胃ータンが重い物を受け付けない以上、疲労回復効果も見込んで果物(くだもの)辺りを摘ませるべきと考え、青果店を探していた。

この時間帯だと——否、この時間帯だからこそ宿場町のあちらこちらが活気づいている。街道を進み、疲れた体に一杯ひっかけようという野郎共が酒場なり飯屋なりに押しかけている光景がいたるところで見受けられた。

「でも青果店がなぁ～い！　八百屋(やおや)でもいい！　果物(くだもの)！　果物売ってる場所は⁉」

「ごめんね……ライアー……」

「か細い声で囁(ささや)くのはやめて！　トラウマ抉(えぐ)られちゃうから！」

「もし……」

「年甲斐(としがい)もなく号泣しちゃう……はい、どちらさまでしょうか？」突然知らないおばあちゃんに話しかけられたので応対に移る。

後ろから『急に真面目(まじめ)……』と聞こえた気がするが気にしない。

何故(なぜ)なら俺はいつも真面目だからだ。たとえそれが馬鹿をしているように見えたとしても、真面目に馬鹿をやっているだけだ。

まあいいや。

俺達の前に現れたおばあちゃんであるが、俺にはまったく見覚えがない人だった。

その為、アータンの知り合いかと思い振り返ってみるも、すぐさま首を横に振っている姿が目に入った。

じゃあ誰なの？　と思っていると、

「貴方（あなた）……アイベルじゃないかしら？」

ああ、なるほどね。

そっちの人か。

「おばあちゃん。あのね、この子はアイベルじゃなくて……」

「久しぶりに顔を見れて嬉（うれ）しいわぁ。しばらく見なかったから、何かあったんじゃないかと思って……」

「おばあちゃん？」

「でも、安心したわさ。町の皆も貴方の顔を見たがってたから、会いに行ってあげて」

「おばあちゃん。あのね、この子ね」

「そうだ、最近ひ孫が生まれたのよ……！　小児洗礼がまだだったけど、貴方にだったらぜひ……！」

訂正しようとするも、おばあちゃんの笑顔が眩（まぶ）しすぎて憚（はばか）られる。

クソッ、お年寄りの好意を無下にすることはできねえ！

17話

これにはアータンも眠気と疲労を押し殺し、目の前のおばあちゃんに戸惑いながらも作り笑いを浮かべていた。

「え、えぇ……じ、時間があれば……」

姉(アイベル)に間違われたままそう答えれば、おばあちゃんは満足そうにその場から去っていった。

「……行っちゃったな」「……行っちゃったね」

期せずしてアイベルの情報を耳にはしたが、結果だけ言えば求めていたものではなかった。

しばらく彼女はこの宿場町には寄っていない。

つまり、グラーテとペトロ間の行き来がなかったという意味だ。「グラーテからは離れてるってことか……」

「……そう、みたいだね……」

後ろから聞こえてくるアータンの声は弱弱しい。

近づけたからこそ感じてしまう、遠くに離れているという実感。

心身共に疲弊している少女にとっては、少々心に来るものがあったはずだ。

「ま、ここに居ないってことが分かっただけでも十分手掛かりだな」

「……うん」

フォローの言葉を投げかけても、余り響いてはいない様子だ。

今は下手にあれこれ言うのも逆効果だろう。さっさとお腹に何か入れて休ませるべき……そんなことを思いながら往来を歩こうとしたのだが、

「おぉ、アイベルじゃないか！　元気でやってたか!?」

「アイベル、久しぶり！　冒険者やってるって聞いてたけど本当だったんだね！」

「よぅ、アイベル！　どうした？　そんな死にそうな顔して……これでも食って元気出しな！」

「来てたなら言いなさいよ、アイベル！　泊まるところ探してるの？　だったらうちに泊まりな！　安くしてあげるよ！」

数歩進むごとに住民らしき人々が声を掛けてくる。

全員が全員、ものの見事にアータンをアイベルの方だと間違えている。恐るべし、双子パワーだ。

「あ、あはは……どうも……」

その度にアータンが愛想笑いを浮かべ、その場をやり過ごしていた。

逐一訂正しても良かったのだが、懇切丁寧に説明しているといつまで経っても宿屋に辿り着けなさそうだと挨拶だけに留めておいた。

そんなこんなで宿屋に辿り着く頃には、外はすっかり夜の帳が降りていた。

俺は宿屋のベッドにアータンを横たわらせると、ここに来るまでの道中頂いたリンゴの皮を剝き、普段使いしている木皿に並べた。

✦書き下ろし✦

17話

「アータン、リンゴだぞ～。甘いぞ～、美味しいぞ～」

「うん……ありがとう……」

「ウサギさんだぞ～」

「……ホントだ、カワイイ……」

プルプルと体を起こすアータンは、もしゃ……と小さいお口で飾り切りのリンゴを頬張った。

「おいしい……」

「明日、リンゴくれたお店の人にしっかり説明してお礼言わないとな」

「……うん……」

リンゴを咀嚼するアータンの顔色が優れない。疲労が原因かと考えられたが、思い詰めた表情はまた別の悩みを抱えているように俺の目には映った。

アイベルの行方……は今更か。

「み～んな、アータンのことアイベルと間違えてたな」

「！」

反応が分かりやすくて助かる。

「たしかに他人と間違われたら大変か」

「……ううん、そうじゃなくって……」

「じゃあなんでそんな顔なんだ？」

「私……どうすれば良かったんだろう、って……」

シャク……、と瑞々しい果実が弾ける音を立てて齧り取られた。

「……どうしてそう思う？」

「皆、私の顔を見て喜んでたから。アイベルに会えた！　って」

「他人が喜んでるところに水を差してまで訂正する必要があるか、ってことか？」アータンはこくりと頷いた。

なんというか……優しいと繊細が過ぎる。

俺だったら『別人です』の一言で済ませてしまうところだが、アータンはそうではないのだ。

相手が自分を通して見た姉との再会を邪魔する気にはなれないと。

たとえ自分が認知されずとも、相手が喜んでいるのならばそれでもいいと。

この少女は、そう言っているのである。

でもな――。

「アータン、そいつは違う」

「え……？」

「他人を騙って相手を騙すのは、相手にも騙った本人に対しても誠意に欠ける……違うか？」俺の言葉にアータンは『うっ』と言葉を詰まらせた。

やはり、自覚自体はあったのだろう。

✦書き下ろし✦

17話

ただ、そこに己への不快も合わせて相手の喜びと天秤にかけた時、後者に傾いてしまっただけで。

けれど忘れてはならない。

その喜びがあくまで一時的であることを。

「嘘なんてすぐバレるんだ。そうなっちゃあ後に残るのは騙した事実と騙された事実だけ……それで相手が本当に良い気持ちになると思うか？」

「……ううん」

「だよな。面倒臭くてもしっかり後で誤解は解く――それが本当に誠意ある行動ってもんだ」

実際、それで原作の偽物勇者は破滅したしな。

やっぱり相手のことを想ったとしても、自分の利益になってしまうなら他人を騙すのは良くない。

「アータンは優しいから気後れしちゃうだろうけどな。でもこれがアイベルだったらすぐさま訂正するんじゃねえか？」

「……お姉ちゃんだったらそうかも」

「『はぁ!?　私アータンじゃなくてアイベルなんですけど!?　その目は節穴なの!?』……的な？」

「フフッ！　絶対そう言う……」

俺の物真似(ものまね)にアータンは噴き出した。

ゲーム本編時のアイベルをイメージしてやってみたのだが、どうも幼少期の頃にはもう完成していたらしい。小さい頃から気の強いツンデレ魔法少女とは末恐ろしい……流石は人気投票上位に食い込むだけはあるキャラクターだ。

アータンもそんな姉の猛抗議(もうこうぎ)する姿を想像したのか、しばらく控えめに笑い続けた。

それがようやく収まる頃、彼女は半分ほど齧って残したままだったリンゴを勢いよく口に放り込んだ。

そのままハムスターのようにほっぺたを膨らませて頬張る。

シャクシャクと瑞々しい咀嚼音を響かせること十数秒、しっかり噛み締め(かみしめ)て味わったアータンは口一杯に広がる果肉と果汁を飲み込んだ。

「ふぅ……ちょっと元気出たかも」

「そっか。それならもっと元気が出るリンゴの食べ方を教えて進ぜよう。アータン、ちょっと火ィ出して」

「え？　何々……！」

「こうやって火を通すと甘みが増して美味(うま)いんだな、これが。ほら」

「ホント？　じゃあ……いただきます！」

アータンは自身の火魔法(イグニ)で炙(あぶ)ったリンゴに齧りつく。

直後、ジュク！　とトロトロとした果肉が口に広がったアータンは、その目に衝撃と

書き下ろし

17話

驚愕(きょうがく)の色を浮かべた。

「……ホントだ、甘い！　焼いたリンゴってこんなにおいしいんだ……！」

「残りも焼くか？」

「うん！　火なら任せて！」

「おう！　……ぐああああ、熱(あち)ぃ!!　熱ぃウサァ!!　されどこの程度の炎、地獄の業火に比べれば生温(なまぬる)ィウサァ……!!」

「変なセリフ当てないで!?　心が痛むから！」　炙られるウサギリンゴのアテレコをしたが、すぐさまストップがかかってしまった。迫真でいいと思ったんだけどなぁ……。

だが、こうして出来上がった焼きリンゴを存分に使った料理で、アータンに元気を取り戻させてやるぜ！

皆ぁ、集まって！

ライアークッキングの時間よぉ！

まずは小麦粉の入ったボールにバターを入れてパイ生地を――作ろうとしたけれども、バターがないので水で代用する。

チャパティになるな、これ。

いや、まだだ。

バターの代わりにイースト菌を入れればモチモチのナンに――なるんだけれども、やっぱりないので小麦粉単品で行く。

もしかしてチャパティか？

薄く伸ばした生地を熱した鍋で焼いた後、直火で炙れば生地がちょっとばかり膨らんで……完成よぉ！

チャパティだな、これ。

もうチャパティでいいや。

そいつで焼きリンゴを挟んで包み込めば偽物アップルパイの出来上がりよぉ！　小麦粉本来の香ばしい風味に焼きリンゴの甘みが合わさりゃあ、疲れた体でもパクパク食べられちゃう甘～いスイーツに早変わりである。

「どうだ、アータン。美味いだろぉ～？」

「おいひい！」

「もっと食べるか？」

「うん！」

「たんと召し上がれぇ！」

アータンは俺が作るアップルパイ擬きをドンドン食べ進めていく。

一個、二個、三個……五個目に差し掛かった頃、俺は『おや？』と首を傾げた。なるほどな、アータン結構食うな？

食べ盛りの男子高校生かよ……いやでも王都でも揚げバター三個食ってたな。この子の胃腸は並みの人間よりも丈夫であるらしい。

✦書き下ろし✦

17話

クックック、何も知らない幸せそうな顔で頬張りやがって……ガキが、お腹いっぱい食べろよ……。

なんてことを思いつつ、俺はアップルパイ擬きの作成を続けていく。

貰ったリンゴがどんどん減ってくぜ。こりゃあ焼き甲斐があるな……。

『あぢぃい！！！』

「ライアー、もういいよ……」

「今の俺じゃないけど」

「え？」

「え？」

なんてやり取りをしていたら、どうにも外が騒がしい。

急遽焼きリンゴ作りをやめ、窓から外を覗く。

往来には街道を行きかう商人や冒険者向けの酒場がずらりと並んでいるが、あちこちに人だかりができており、そこかしこが赤々と燃え上がっていた。

「おいおいおいおい……火事じゃねえか!?」

「嘘!?」

慌てて身を乗り出して確認すると、目の前の酒場を始め、近くの民家や商店……そしてこの宿屋にも火が燃え移っていた。

「アータン、魔法で水出せるか!?」

「！　……うん！」

察したアータンは迷いなく宿屋から飛び出し、まずは宿屋の火に向き合う。

「〈水魔法（オーラ）〉！」

杖先（つえさき）より放たれる水流は、見事宿屋の壁面に燃え移っていた火を消すに至る。

だが、火の手はそれだけではない。宿場町全体に広がろうとする火の手は、一か所を消したところで早々に脅威が消え去るものではなかった。

なので、

「〈水魔法〉！　〈水魔法〉！　〈水魔法〉！」

アータンが次々に〈水魔法〉を放ち、建物を焼く炎を片っ端から鎮火する。

消防車なんてない世界において、消火手段は火の手が広がる前に建物をぶっ壊すか、直接水をぶっかけるかの二択だ。

建物の修繕も容易でない以上、好まれるのは後者であるが、その手段を取れるのはアータンだけ。

「オ、〈水魔法〉……オー、リャ……！」

「ヘイ彼女。俺の背中に乗ってかない？」

「お……お願い……！」

あっちゃこっちゃに魔法をぶっ放し多事多端のアータン——多事多端アータンは疲労困憊のご様子。

✦書き下ろし✦

17話

そこで俺が担ぎ上げ、運搬役に徹することにした。

消火と移動で役割分担をしたことで、消火活動は迅速に進んでいく。っていうか、アータンはあれだけ疲れてた割にめちゃくちゃ魔法出せるのな。残りが少なくなったと思いきや、結構まだ残ってる歯磨き粉かよ。しかし、小さな火災を消していったところで大物が残っていたらしい。

この宿場町で一番大きな酒場——その屋根を突き破るように、炎の竜巻は渦を巻いていた。

「だ、誰かぁー!!　俺の酒場の火を止めてくれえぇー!!」

店主らしき男性が悲痛な声を上げるものの、酒場の周りに集う者達はどうすればいいのかわからず棒立ちだ。

まあ、あれだけデカい火災旋風が起こっていたら、誰だってああなるだろう。

——魔法使い以外はな。

「——主よ、満たしたまえ」詠唱が、始まった。

「天つ真清水、流れ出でよ」澄んだ声が歌のように夜空に響く。

騒然としていた野次馬の視線も、一斉に少女の下へと注がれた。

一方、少女は己に注がれる視線を気にも留めず、構えた杖先に生まれる魔力の制御に全神経を集中させていた。

魔法にとって詠唱とは重要なファクター。魔力の変換は勿論のこと、術の威力や制御を担保する為には必要不可欠だ。

だからこそ、絶対に失敗できぬ場面では唱える。

歌うように、願うように。

この祈りが、天に届くように。

「遍く世をぞ、潤したまえ」やがて杖先に球体の水が生まれた。

しかし、これだけではまだ炎を鎮めるに足りない。初級魔法の〈水魔法〉では、燃え盛る炎を前には文字通り焼け石に水だ。

「天つ真清水、溢れ出でよ」詠唱が、一段進んだ。

宙に浮かぶ水の塊が淡く光り、一回り大きく膨張した。

「尽きぬ恵みを、もたらしたまえ」

刹那、魔法の水はアータンの背の丈を超える程に成長する。

満ち満ちた魔力は今にも表面張力を打ち破り、弾けてしまいそうなくらいに暴れている。

それを制御するのは他ならぬ術師であるアータンだ。

膨大な力を緻密に制御する。

口で言うのは簡単だが、実際にやってみせることのなんと難しいことか。

だからこそ、周囲の人間は彼女の御業に目を——そして、心を奪われていた。

「——〈大水魔法〉！」

轟音と共に、波濤が猛火を飲み込んだ。

みるみるうちに真っ赤(まっか)な炎は奥へと追いやられていく。だが、アータンはわずかな火種も残さぬように波濤を制御する。

指揮棒の如く振り回される杖。その動きに呼応するよう魔法の水も暴れまわり、火元という火元に水を浴びせては、建物全体に水気を帯びさせていく。

そして、

「んッ!!」

魔力が尽きて水が制御を離れてしまう寸前、アータンは杖を思い切り振り上げた。

すると、建物の中央に浮かんでいた水の塊が爆散する。飛び散る水飛沫(みずしぶき)はスプリンクラーの如く酒場全体を水浸しにした。

火の手は、もう人々を追ってこなかった。

『──ォ、オオオオオ！！！』

炎が完全に消えたのを見て、観衆から歓声が上がった。

そのまま消火の立役者となったアータンの下へと駆け寄ったかと思えば、賛辞と感謝の言葉を投げかけ始める。

「助かったぜ、アイベル!!」

「流石は〈海の乙女(シーレーン)〉次期団長候補!!」

「馬鹿、もう聖堂騎士団じゃねえよなぁ!?　いよっ、未来の金等級！」

「本当にありがとう……あのまま火が燃え広がったらと思うと……！」

✦書き下ろし✦

17話

「アイベルねえちゃん、かっこいー！」

「あっ、その……」

感謝こそされど、依然としてアイベルに間違われたままのアータンは困ったように笑顔を浮かべている。

訂正しようとはしているが、周囲からの圧が強過ぎて中々切り出せずにいるようだ。

こうなっちゃったらしかたない。

「注目(ちゅうも)ぉ――――くッ！！！！！」大音声を上げる俺に一気に注目が集まる。

『誰だコイツ？』的な視線が突き刺さるが気にしない。

だって主役はアータンなのだから。

彼女もまた俺を見つめていた。

俺が顎をしゃくってやれば、言わんとすることを理解したのか、アータンは大きく胸を膨らませるように息を吸い込んだ。

「あのっ……私はアイベルじゃありません!!」え？　と人々の視線がアータンへと戻った。

大勢に目を向けられる状況に慣れていないのが見て取れる緊張具合だが、少女は声が裏返りながらも続ける。

「私はアータンと言います!!　アイベルは私のお姉ちゃんです!!」周囲にどよめきが奔(はし)る。

ついさっきまでアイベルと思っていた人間が、実はその人の妹だとカミングアウトされたなら妥当な反応だろう。

しかし、周囲の空気に呑まれることなくアータンは訴える。

「私はお姉ちゃんを探して旅をしています!! 生き別れの姉なんです!! だから、もし姉の行方を知ってる方が居られたら教えてください!!」お願いします!! と、アータンは頭を下げる。

周囲に広がったのは、騒然を通り越して沈黙だった。

一瞬『何か間違えたか……?』と俺さえも不安になる間があったが、それが杞憂だったことは間もなく明らかになった。

「アータン……? アイベルの妹……?」

「言われてみればちょっと違うような……いや、でもめちゃくちゃそっくりだな」

「そりゃ間違えるわ」

「いや、それより……」

「アイベルの奴、こんな凄い妹が居たのかよ!」

「えっ? ……えっ!?」

沸き起こる歓声に、アータンは困惑の声を漏らす。

おーおー、アイベル推しの住民に囲まれてら。

「さすがはアイベルの妹! 良い魔法捌きだったぜ!」

「アータンって言ったか!? 君、〈海の乙女〉に入ったらどうだ!?」

「あらあら、お姉さんに似て可愛らしい子ねぇ……」

＋書き下ろし＋

17話

「ありがとう、アータンちゃん！　貴方のおかげで助かったわぁ！」「アンタとアイベルはこの町の恩人だ！　どうだ？　一杯奢るぜ！」浴びせられる言葉の雨にたじたじのアータン。

けれど、その中には彼女を罵る言葉など一つも混じってはいなかった。

アイベルを知る者全員がアータンを受け入れている。

「あ、ありがとうございます！」

やはり群衆の圧に押され気味であるが、少女の顔にはさっきよりも純粋な笑顔が浮かび上がっていた。

そうそう、これよこれ。

「良かったな、アータン！　やっぱさっさと誤解を解くに限るだろ？」

「……うん！」

もみくちゃにされるアータンは元気よく頷いた。

ありゃしばらくは放されないだろうな。

そう思った俺は遠目にアータンを見守ることにした。見知らぬ土地で誰かに受け入れられる。

その感覚は何度味わってもいいものだ。

人を助け、役に立ち、そうやって人は自分の居場所を手に入れられる。それは勇者だって同じだ。

勇者も、誰かを助けたからこそ〝勇者〟としての居場所を手に入れられる。

勇者の始まりなんてそんなもの。

だから、誰かの役に立った時——人は勇者として初めての一歩を踏み出す。

今日は実にめでたい日だ。

〈嫉妬の勇者〉アータンの偉大なる最初の一歩。

俺はまさに今、その瞬間を見届けたのだ。

——さて。

大勢の人に囲まれるアータンを見るのも程ほどにして、踵を返す。

俺が向かう先——それは逃げるように雑踏から離れていく、外套を身に纏った人影だった。

「……あれ、ライアー？」少女の声が聞こえてきた。

余り時間は掛けたくないな。

✦書き下ろし✦

エピローグ

エピローグ

人込みから離れること数分。

住民の大半が火災現場に集まっている分、町の外は静寂そのものであった。

「こんなところまで呼び出して何のつもりだ？　告白でもする気か？」

そこに現れた二つの人影の内、ライアーはケタケタと笑いながら軽口を叩く。

「だとしたら風情に欠けてんな。零点だよ。俺が女の子だったら問答無用で振っちゃってたトコだぜ」

「黙れ」

しかし、吐き捨てるようにもう一人が被っていた外套のフード部分を脱いでみせた。露わになる素顔。

それは厳めしい顔つきをした、一人の男性。月白色の髪を夜風に漂わせ、その顔立ちはかつては美青年だったと思わせる程度には整っていた。

だが、痩せこけた頬と眉間に刻まれた皺が、その美貌を台無しにしていた。

男は小刻みに震える手で、腰に佩いていた剣に手を添える。

「ライアー……用件はわかるな？」

「知〰〰〰〰らねっ」

「……貴様何を横に寝っ転がっている。っていうか、何を食っている！！？」

「チャパティ」

「なんだ、それは！！？　人の話は立って聞け！！！」

「はいはい……」

渋々立ち上がるライアーは残っていたチャパティを口の奥に押し込み、ごくりと嚥下。

「さて……罪派の教団上層部に取り入って団長にしてもらってたフォカロルさんが俺に何用？　あっ、〝元〟か」

「殺す」

殺意の一言。

次の瞬間、宿場町近くの平原に甲高い悲鳴が上がった。

刃と刃がぶつかり合う衝突音だ。夜闇に散る火花が、一瞬ばかり両者の姿を闇の中に浮かび上がらせた。

「……復讐にしたって時期違いだろ。命からがら牢屋から逃げ出したってんなら、大人しく田舎でひっそり暮らしてろや」

「そうはいくか……！！！　貴様に味わわされた屈辱……我は片時も忘れたことはないッ！！！」

鍔迫り合いの状態から、両者が剣を押し込む。

そのまま距離を取るや、フォカロルは両足に嵌められた足枷に光を――否、魔力を灯らせる。

✦書き下ろし✦

エピローグ

「――告解するッ！！！」

それは怨嗟の声だったろうか。

静寂に包まれていた野原に声が響けば、フォカロルの体表に眩い光の線が走っていく。

「我が〈罪〉は〈妬賢〉……！！！」

やがて光は全身に及び、直後、フォカロルの肉体を人ならざるものへと変化させていく。

「うぅ……ぉおおおお！！！」

メキメキと骨が組み替えられる鈍い音。

軋み、歪むような不快な変形音が数十秒続けば、フォカロルは鷲の如き翼を生やした悪魔の姿と化した。

「我は……〈妬賢のフォカロル〉……！！！」

全身を鳥の脚にある鱗のような物体で覆われた悪魔は、その血走った瞳を目の前の鉄仮面へと向けていた。

「貴様にやられてからというもの、我はずっと貴様に復讐することだけを考えていた……！！！」

「ゴキブリとネズミとのシェアハウスはお気に召さなかったかぁ？」

「っ……貴様にはわかるまい！！！　薄汚い牢獄に囚われる屈辱はぁ……！！！　青い血を引いた、この我がだ！！！」

「お前がカブトガニだって話ぃ？」

のほほんと言い返すライアーに、フォカロルの怒りは更に烈火の如き様相を呈す。

「一度は聖堂騎士団長の座に就いたというのに……！！！　命からがら脱獄こそできたものの、実家には勘当され、日向の道を歩むことさえできない……何故だッ！！？　何故我がこうも世界から排斥されるような仕打ちを受けねばならない！！？」

「自業自得だろ。片目抉られたセパルの身になってみろ」

「黙れ！！！」

次の瞬間、フォカロルが巨大な翼を広げれば、生え揃った羽毛の数々が無数の水と風の弾丸となってライアーに降りかかる。

「危ねっ！！？」

「あの阿婆擦れの話はするなぁ！！！　少し魔法の才があるからと調子に乗って……片目を抉られる程度、当然の報いだ！！！」

「……ほ～ん」

激高するフォカロルに対し、ライアーはひたすらに冷めた声色で応答していた。

まるで、興味がないと言わんばかりに。

その態度が一層フォカロルの神経を逆撫でした。グラグラと煮え滾る腸に、焼石でも放り込まれたように怒りはさらに沸騰する。

「貴様も！！！　セパルも！！！　あの鉄仮面共もぉ！！！　どいつもこいつも邪魔な奴ばかりだぁ！！！　貴様らさえいなければ、我の未来は栄光と安泰に満ち溢れていたままだったというのに……！！！」

「じゃあ器じゃなかったんじゃないの？　溢れちゃったんならさ――とぅわ！！？」呑気(のんき)に反論していたライアーの足元を、羽の弾丸が穿(うが)った。

冷や汗を流しながらフォカロルの方を向けば、顔面にこれでもかと青筋を隆起させる悪魔が、鋭い歯を剝き出しにしながら震えていた。

「口には気を付けろよ……」

「なんだよ？　図星でも突かれたか？」

「フゥウ……！！！　フゥ……そう強がっていられるのも今の内だ」居直ったフォカロルが、語気を強めてライアーへ指を差す。

「あの時とは違う……今の貴様には、セパルも他の味方も居ない。居たとしてもさっきの小娘だろう」

「で？」

「……真正面から戦って、貴様が我に勝てる道理などないという意味だ！！！」

ゴウッ！！！　と、暴風がフォカロルを中心に巻き起こる。

彼の周りだけが嵐と化し、平穏だったはずの野原の地表を見るも無残に捲(まく)り上(あ)げていく。

これが罪化(シンか)。

人を人ならざる者へと昇華させる、罪深き力の深淵(しんえん)。

彼は今、魂を邪道へと売り渡した。その結果があの悪魔のような姿に現れているのであろう。

はぁ、と溜め息を吐くライアー。

呆れたとでも言わんばかりの態度を見せる彼は、吹き付ける暴風の中でも平然とフォカロルを視界に収める。

「だから俺一人を呼び寄せたって？　わざわざ町に火を放ってまで？」

「我は復讐の為に今日という日まで息を潜め、日陰を歩んできた……下手な横槍など入れられたくはなかったのでな」

「ふぅ～ん……はぁ～ん……なるほどぉ……」

「……何が言いたい？」

「いやぁ」

だってぇ、と鉄仮面越しにでもわかるニヤケ面で、彼はこう続けた。

「それってつまりぃ……『横槍入ったら勝てません』って白状してるようなもんじゃあん？」

ブチリ、と。

フォカロルの中で何かが切れた。

いや、中だけではない。現に彼の顔面に浮かび上がった血管のいくつかから、怒りの余り血と魔力が噴き上がっているではないか。

「――舐めるなよ、下賤な冒険者風情がぁあああああ！！！」嵐は一層苛烈さを増す。

✦書き下ろし✦

エピローグ

呼応するように、フォカロルの怒りもだ。

「いいだろう！！！　ならば貴様を殺した後、この町の住民も皆殺しにしてやる！！！　鏖殺(おうさつ)だ！！！　誰一人として生きては帰さん！！！」刻一刻と膨れ上がる魔力。

王都で対峙(たいじ)したアイムとは、最早(もはや)比べ物にならない次元だ。

「まずはあの小娘だ！！！　新しい仲間なのだろう？　奴に貴様の屍(しかばね)を見せつけて、恐怖に陥れ、咽(むせ)び泣かせてから……はっ！！？」

だがしかし、その波動も途端に勢いを弱めた。

まるで怯(おび)えるような挙動。

その理由は紛れもなく――鉄仮面(ヘルム)のバイザーに手を掛けるライアーにあった。

「――アータンを、どうするって？」

「あっ……くっ……！！？」

「……やっぱりお前は団長の器じゃねえな。力も、誇りも……全部が全部セパルの足元にも及ばねえ」

「なん、だとぉ……！！？」

「だから――偽物の勇者如きに負ける」鉄仮面(ヘルム)に紋様が浮かんだ。

それは矢羽根模様のような連なる羽毛の柄。金色に輝く無数の魔力回路の軌跡は、やがて彼の全身へと伸びていく。

「貴、様……！！！」

「お前にゃ誰も殺せない」

「その魔力……まさかッ！！？」

「俺が……殺させない」夜空の下、一対の黒翼が広がった。

それは際限なく、空の彼方まで広がっていく。

「なっ、あぁ……！！？」

やがてそれらは夜空を埋め尽くすほどまでに広がる。

そして、空を覆う暗闇にポツンと二つだけ、星が浮かんだ。

フォカロルを睨(にら)む二つの眼光。巨星の如く浮かび上がるそれらは、瞬く間に満天の星同様に増殖する。

「馬鹿、な――！！？」

「――告解する」

「ヒッ！！？」声は。

フォカロルの、まさに耳元から聞こえてきた。


「う、う〜ん……？」

朝。

低血圧には辛(つら)い時間帯だ。目を覚ましたアータンは、とりあえず伸びをしてからベッドの上でボーっとする。

その間、彼女はこうも寝覚めが悪い理由を二つ……いや、三つほど推察した。

一つ目、昨日は肉体的に疲れていた。

二つ目、消火の為に魔法を多用した。

三つ目、住民に感謝され中々帰してもらえなかった。

以上の理由から、こうも寝覚めが悪いのだろうとアタリをつける。

しかし、だからといってこのぼんやりとした頭が目覚めてくれるわけではない。観念してベッドから降りた彼女は、今にも崩れ落ちそうな眠気の中、朝日を遮るカーテンへと手を掛ける。

（……あれ？　なんだかいい匂いが……）

カーテンを開ける前から香ばしい匂いが漂ってくる。

下の階で、宿屋の女将(おかみ)が朝食でも容易してくれているのだろうか？　そう考えた途端、アータンの中に気力が湧き上がって来る。

やはりご飯。ご飯こそ一日の始まりだ。

朝食を制す者は一日を制す——そんなモットーを掲げている彼女は、朝日を浴びんと窓を開けた！

そして、

書き下ろし

エピローグ

「……ライアーは何してるの？」

「燻製作ってるの」

「…………………？」

——何言ってんだ、コイツ？

寝起きの頭でも、呑気に燻製作りに勤しむ鉄仮面を見て、それだけは確かに思った。

「んぅ……なんで？」

「早起きして暇だったから」

「あぁ……うん……」

「食べる？」

「……食べるぅ」

思考は回らずとも、腹は減る。

食欲に抗えないアータンは、ライアー特製燻製ヘビ肉を朝食に加え、一日の活力とするのだった。

朝食の後は、さっさと身支度を整えて馬車護衛へと直行だ。

道中、広場の方で何やら人だかりができてはいたが、馬車護衛の任務をしている以上、悠長に野次馬している時間などない。

「なんなんだろうね、あの人だかり」

「昨日の火事の犯人が取っ捕まってたとさ」

「へぇ～、放火だったんだぁ～。怖いね……」

「聞くところによると、パンツ一丁亀甲縛り（きっこうしば）の上、目隠しと猿轡（さるぐつわ）を嵌められて放置されていたところを町の自警団に見つけられたらしい……」

「別の事件が発生してない！！？」

緩いような緩くないような会話をしながら、二人は馬車と共に足並み揃えて歩んでいく。

二人の旅は、まだまだ始まったばかりだ。


影があれば光がある。

ありふれたフレーズだ。

しかし、人が何かと物事に対の存在を見出そうとするからこそ、逆説的な存在証明というのも生まれる。

影の対となるのが光。

月の対となるのが太陽。

では、偽物の対とは――？

「ひ、ヒィ……！！？」

教皇ウェスパシアヌスは恐怖していた。

✦書き下ろし✦

エピローグ

だが、彼は正式な教皇ではない。

単なる自称。それも国に根差す善良な教団とは違い、〝罪派(シンぱ)〟と呼ばれる悪徳を至上とし、魔王を神と崇(あが)める一派の長。ただそれだけの存在だった。

けれども彼は最初から落ちぶれていたわけではない。

この寂れた廃城を拠点として再利用し、各地に散らばった同胞を集め、自分を追いやったインヴィー教国に復讐を誓ったのも、全てはあの日の出来事のせいだ。

(この鉄仮面(ヘルム)は……!!?)

ウェスパシアヌスの脳裏に蘇(よみがえ)る強烈な記憶。最早『悪夢』と称すべきそれは、まだ自分がインヴィー教司教として強大な権力を持ち、ありとあらゆる事柄を思いのまま操れていた甘美なる時代に起こった。

別に特別なことはしていなかった。

己に反逆しようとする勢力など、今までにもいくらだっていた。

しかし、その時ばかりは毛色が違ったのだ。反逆したのは聖堂騎士団の小さな一派。音頭を取っていた女こそ聖歌隊(クワイヤ)隊長を務めていたものの、少しばかり根回ししてやれば容易(たやす)く辺境の牢(ろう)獄に閉じ込めることができた。

今回もそれでお終(しま)い――かと思いきや、そこから悪夢は始まったのだ。

「お、お前はあいつらの仲間なのか……!!?」

じりじりと迫ってくる鉄仮面(ヘルム)の剣士を凝視し、ウェスパシアヌスは問いかけた。

そうだ、鉄仮面だ。

あの日、インヴィー教を我が物にしていた己を追いやったのは、三人の鉄仮面を身に着けた者達だった。

一人は幻で戦場を乱し。

一人は炎で魔物を焼き。

一人は雷で騎士を貫く。

はっきり言って異常だ。

あれほどの戦士は国が誇る騎士団の中でも、そうそう居ない強者だった。

そんな彼らが始末したはずの反逆者と共に現れ、部下を蹂躙していく絶望。特に腹心の一人が、女騎士に上手投げで失神KOされた時は『あっ、終わった』と完全に諦めた。

その後はいつの間にやら集められた悪行の証拠を突き出され、あれよあれよと言う間に牢獄の中だ。

辛うじてシンパの一人が根回しし、脱獄こそできはしたものの、以降の暮らしは目も当てられぬほどに落ちぶれたものだった。

故に妬んだ。

故に憎んだ。

――そうだ。全部あの鉄仮面共のせいだ……！　自身が落ちぶれた理由。

あの凄まじき鉄仮面の戦士への復讐心を燃やし、二年が経った日が今日だ。

書き下ろし

エピローグ

斯くして悪夢は――再び訪れた。

「お、お前は何者だ！！？　奴らの手先か！！？」

「……奴ら？」

「二年前、我々を潰した鉄仮面のことだ!!　貴様もその仲間ではないのか！！？」部下を全員倒された今、彼にできることと言えば逃げ出す隙を作ること。

その為に話を振ったウェスパシアヌスであったが、直後、これが過ちだと気づく。

「――詳しく聞かせろ」

「ヒィ！！？」

顔の左側を通り過ぎ、背面の壁に突き立てられる剣。

ドクドクと。まるで脈動の如く魔力の流れる剣を横目にし、ウェスパシアヌスは心臓が縮み上がる思いをしながら視線を戻した。

「早くしろ」

「く、詳しくとは……？」

「その人達の名前を教えろ」

凄絶な威圧感を放ち、顔を寄せてくる鉄仮面の剣士。

当時の悪夢が思い出されるようで、ウェスパシアヌスは思わず失禁しそうになった。いや、ちょっと失禁したかもしれない。齢七十、そろそろ膀胱も緩くなってくるお年頃だ。

股座の生暖かい感覚から目を逸らし、ウェスパシアヌスは必死に震える口で答える。

「貴様は奴の仲間ではないのか……ヒィ！！？」返されたのは言葉ではなく拳。

今度は右側の壁から伝わる衝撃に、かつてはインヴィー教罪派として君臨していた男が小鹿のように震え上がる。

「二度目はない」

端的かつ淡々とした声色。

しかし、先よりも一段と迫力を増した威圧感に、ウェスパシアヌスは首を横には振れなかった。

――あっ、漏れたな。

命の代償に尊厳を垂れ流したところで、ウェスパシアヌスは思い出したくもない悪夢を必死になって思い出す。

「わ、私も全員の名前を憶えているわけではない……だが、」一人だけは。

始末した聖歌隊隊長――現〈海の乙女〉騎士団長である女が黄色い声を上げて呼んでいた男の名だけは、はっきりと覚えている。

口を開けば嘘ばかり。真面に聞いていれば馬鹿になりそうだからと耳を塞げば、優しく手を引き剝がし、直後に耳元で絶叫をかましてきたあのクソボケ嘘吐き鉄仮面だけは――。

「ラ……」

「ラ？」

「ライ、ア、ア、ア――……だったはずだ」

書き下ろし

エピローグ

「――！」

眼前の鉄仮面(ヘルム)の剣士から、息を呑む声が聞こえてきた。

――今だ。

教皇の目は、剣士の後ろに転がる鉄の杖に向いていた。

あれこそ罪派(シンぱ)の教皇たる証(あかし)。

真なる罪(シン)を説く指導者に、代々受け継がれてきた至宝である。

――あれさえあれば！

逃げ出す隙は今しかないと、ウェスパシアヌスの掌(てのひら)が零距離の鉄仮面(ヘルム)の剣士へと叩きつけられる。

次の瞬間、掌と鎧(よろい)の間より閃光(せんこう)が瞬いた。

魔力の光。魔法の瞬き。

反撃を悟られるわけにはいかなかった以上、魔力の収束は最短かつ最小限。

それでも眼前の敵を引き剥がすことくらいは可能だ。魔法の衝撃で弾き飛ばされた剣士は宙に浮く。

その間、ウェスパシアヌスは俊敏に駆けた。

老体と侮ること勿(なか)れ。魔法を用いた肉体強化は、魔力を扱う者として基礎中の基礎だ。

「フ――フハハハァ！」

拾い上げた鉄の杖を掲げ、老躯(ろうく)の教皇は哄笑(こうしょう)を響かせる。

「油断したなぁ！　これさえあれば貴様を始末することなど造作もないわ！」

「……それで？」

「貴様が死ぬまでの僅かな時間、その目に焼き付けるがいい！　我らが神の威光を！」

次の瞬間だった。

哄笑するウェスパシアヌスは、手に持っていた鉄の杖を己の胸に突き立てた。瞠目する剣士を目の前に、胸より血を溢れさせるウェスパシアヌス。

しかし、その口元に湛えられていたのは——邪悪な笑み。

「ククッ、オ……オォ、ォォオオオオ!!」

「これは……!?」

そして起こる異変。

鉄の杖を突き立てられた胸より、今度は禍々しい魔力が噴き上がった。

警戒し、距離を取る剣士は、その魔力の奔流に包まれて変貌していく光景から目を離さずにいた。

「っ!!」

だからこそ気づけた。

視界を一文字に切り裂く一閃。咄嗟に反応できた為、大事には至らなかったものの、鋭い一閃を受けた剣は中央からポッキリと折られてしまった。

ヒュルヒュルと甲高い音を響かせ、回る刀身。

✦書き下ろし✦

エピローグ

それは何かを知らせる鐘の音の如く、鈍い音を古ぼけた廃城の室内に響かせた。

「その杖……罪冠具だったか」中ほどから折られた剣をそのまま構える剣士。彼の前に聳え立っていたのは――天井まで届かんとする巨躯を身じろがせる一匹の大蛇だった。

『――その通り。だが、有象無象と一緒くたにしてくれるなよ』

「見ればわかる」

剣士は人の形を捨て、〝魔〟そのものと化した教皇を見上げる。

「……悪魔というより、ただの魔獣だな」

『ほざけ。この御姿こそ我らが崇める神そのもの。教団や騎士団の扱う罪化とはまるで違うわ！』

罪化。

それは〈罪〉を解放した罪使いに起こる肉体の変化。段階に応じて変化の内容は変わるが、完全に人の形を捨て去る事例など聞いたこともない。

驚愕と困惑を目に浮かべる剣士を見て、魔蛇と化したウェスパシアヌスはほくそ笑んでいた。

『これこそ、我らが罪派に伝わる罪器カドゥケウス！』胸を貫く鉄の杖を指し、魔獣と化した教皇は三度哄笑を響かせた。

『罪器であり罪冠具！　手にした者を罪なる姿へと昇華させる伝説の至宝だ！』

「……要は力に溺れた愚者を魔に堕とす、そういう呪具だろう？」

『抜かせ』

巨体を揺らすウェスパシアヌス。それだけですでにボロボロであった廃城の壁面は、やすりのような鱗に削られて崩れ落ちていく。

『神の威光を借りた私に勝てる者は何人たりとも存在せぬ。命乞いをするなら今の内だぞ？』

それに、とウェスパシアヌスが告げた瞬間だった。

剣士の背後から轟音が響く。咄嗟に振り返れば、石造りの壁から人影が飛び出してくるところであった。

『ほれ、貴様の仲間も死んだようだぞ』

愉悦に浸る大蛇は、たった今出来た壁穴から覗く九対の眼光を見る。

『ヒュドラを一人で相手にするなど土台無理な話だったらしい。どうだ？　仲間の死を無駄にした気分は』

「……」

『ククッ、声も出んか。だが今更恐れたところでもう遅い。貴様はこのまま私が直々に──』

「いてて～……」

『！』

不意に足元から聞こえる声に眼球を下に向ける。

✦書き下ろし✦

エピローグ

するとついさっき壁を突き破ってきたばかりの少女が、濡羽色の髪を掻きながら身を起こしているではないか。

「大丈夫か？　ルキ」

「えへへっ、なんとか。ちょっと苦戦しちゃったけれど、なんてことなかったよ」

『なに……!?』

少女の言葉に驚愕するのも束の間、壊された壁の奥より激震が奔った。

何事かと振り向いた時には、すでにヒュドラの九対の双眸からは光が失われていた。

『馬鹿な……ヒュドラが、こんな小娘に！！？』

ヒュドラとは魔物の中でも最上位に位置する危険生物。

冒険者ならば金等級、聖堂騎士団なら部隊長以上が対応に当たるべき怪物だ。

(それをこんな小娘が……！！？)

「──自らの罪とも向き合えない小物が」凛とした声音が耳朶を打った。

言い放つのは眼前に佇む一人の剣士。

だが、魔蛇と化した教皇の目に映っていたものは、剣士の握る──。

『その剣……何故直っている……！！？』

「──罪器ラメントゥム」

折れていたはずの剣は光の粒子と化して元の形へと戻っていた。

「ラメントゥムは折れる度に強くなる罪器。俺の魔力が尽きない限り、ラメントゥムは何度でも蘇る」

『グゥ……罪器か!!』

ならば、とウェスパシアヌスは魔力を解放する。

途轍もない魔力の波動に、周囲には暴風にも似た圧力が襲い掛かった。

『貴様を殺せばいいだけの話!! 私が直々に貴様に死を与えてやろう!!』

「自分の罪も告白できない人間がよく言う」

『なんだとぉ!!? ……はっ!!?』怒りに煮え滾る魔蛇。

だがしかし、剣士の左腕に嵌められた手枷を見るや否や、その鋭い眼光に動揺の色が奔った。

『それは、まさかぁ……!!?』

「――告解する」

刹那、白銀の魔力が剣士より解き放たれた。

「我が〈罪〉は〈悲嘆〉」

同時に剣士の体表を駆け巡る淡い青は、血のように脈打ち、一層高まった魔力を剣士より迸らせる。

『ひ、〈悲嘆〉だとぉ……!!? 貴様、まさかぁ……!!』

「俺は――〈悲嘆のエル〉」

罪器ラメントゥムを構えた剣士エルは、毒牙を剝きながら恐れ慄く魔蛇へと鋩を掲げた。

書き下ろし

エピローグ

そして、告げる。

「罪深き罪人の名だ」憶えておけ、と。

白刃が――閃いた。

死闘を終えれば、すでに夜が訪れていた。

「ふむぅ……『ライアー』と。彼はそう言ってたんだ？」

「ああ」

瓦礫に座るエルの隣で、ルキはうんうんと鞄から取り出した一冊の書物を眺める。

「うぅ～ん、やっぱりそんな名前知らないけどなぁ～……」

「だが収穫だ。行く先々で俺の名を騙る鉄仮面……現状、唯一の手掛かりなんだからな」

「実害がないのが怖いとこだねぇ～」

うんうん唸りながらルキはこれまでの旅路を思い出す。

冒険者となって数か月。あちこち巡っていく中で、度々エルを見ては『あの時はありがとう』と礼を告げる人々に出会ってきた。

何事かと事情を聞いてみれば、彼らは過去に『エルに助けられた』と口をそろえるではないか。

当然、エルに彼らを救った記憶などない。

「……ライアー、か……追ってみるか」

罪派から聞き出した名前を今一度口に出してみる。

初めての名。

だけれども、どこか少し懐かしい。

「ちょっとエル。私には聞かないの?」

「……ごめん」

「ふふっ、嘘嘘! 私も賛成だよっ!」

満面の笑みで賛同するルキにホッと一息吐き、エルは腰を上げる。

「罪滅ぼしの旅に、目的が増えたな」

これが後に〈罪派潰し(シンぱ)のエル〉として名を馳(は)せる剣士の第一歩だった。

それをまだ〝彼〟は知らない。

✦あとがき✦

アアアアア！

はじめましての方ははじめまして。ＷＥＢ版をご存じの方はこんにちは。柴猫侍です。

この度は拙作『嘘吐き(うそつ)は勇者の始まり』をお買い上げいただき誠にありがとうございます。

ゲームに転生する作品は数あれど、そのゲームへの愛を大々的に押し出した作品はあまり見たことがないかも？　それがこの作品の出発点です。

この作品は『ギルティ・シン』という架空のナンバリングタイトルが好きで好きで堪(たま)らない元一般日本人がよりにもよって一番陰鬱な作風の世界へ転生し、彼の物語は幕を開けました。

そういうわけでどこかオリ主物の二次創作感が拭えない本作。

実際作者も『下地になる作品があった方が書きやすい』ということで、本作は作中で触れた七タイトル＋外伝一本分の設定を考えました。バカです。アホです。アンポンタンです。

過去の私は正気でありませんでしたが、結果的にライアーがギルシンを好きになる理由を補完できたと思えば結果オーライ……嘘です。今もヒィヒィ言いながら設定を煮詰めています。

既に幸薄闇落ち双子妹キャラや絶望闇落ち中ボス女騎士などが登場しておりますが、原作の世界観からすればまだまだ一端も一端。

本作では、既プレイヤーであるライアーの解説を貰いつつ、ゲームで起こった本来の物語を紐解く&ライアーによって変えられた物語を楽しむ——そんな一粒で二度楽しめるような作品を目指しております。

そして現時点で明かされていない謎の数々。

プロローグの勇者と魔王は？　残された二人の子供は？　フォカロルと対峙した際、ライアーが告解した〈罪〉とは……？

初見の方とWEB版読破済みの方、両方違う意味で楽しんでいただけるよう色々と嵌めてみました。お気になられた方は是非次巻！　……出ればの話ですが。

さて、最後に謝辞を。

書籍化に際してお声を掛けていただいた担当編集様。イラストを担当していただいたミユキルリア様。そして本作をお買い上げいただいた読者の皆様。

この一冊に携わってくれた全ての方々に感謝を！

それでは、柴猫侍でした！　アアアアア！

嘘吐きは勇者の始まり1
偽物勇者に転生したけど大好きなゲームの死亡ルートしかない
悲劇のヒロインを救い出す。

2025年2月28日　初版発行

著　　者　柴猫侍
イラスト　ミユキルリア
発 行 者　山下直久
発　　行　株式会社KADOKAWA
〒102-8177 東京都千代田区富士見2-13-3
電話 0570-002-301（ナビダイヤル）

編集企画　ファミ通文庫編集部
デザイン　草野剛デザイン事務所
写植・製版　株式会社オノ・エーワン
印　　刷　TOPPANクロレ株式会社
製　　本　TOPPANクロレ株式会社

●お問い合わせ
https://www.kadokawa.co.jp/（「お問い合わせ」へお進みください）
※内容によっては、お答えできない場合があります。
※サポートは日本国内のみとさせていただきます。
※Japanese text only

 ISBN978-4-04-738297-8 C0093　定価はカバーに表示してあります。

ソードマン
[バスタード・ソードマン]